옛날 옛적에 훠어이 훠이

최인훈 전집 10
옛날 옛적에 훠어이 훠이

초판 1쇄   1976년 8월 20일
초판 12쇄 1990년 12월 30일
재판 1쇄   1993년 8월 30일
재판 9쇄   2008년 5월 21일
3판 1쇄   2009년 6월 30일
3판 10쇄 2025년 3월 31일

지은이 최인훈
펴낸이 이광호
펴낸곳 ㈜문학과지성사
등록번호 제1993-000098호
주소 04034 서울 마포구 잔다리로7길 18(377-20)
전화 02)338-7224
팩스 02)323-4180(편집) 02)338-7221(영업)
전자우편 moonji@moonji.com
홈페이지 www.moonji.com

ⓒ 최인훈, 2009. Printed in Seoul, Korea

ISBN 978-89-320-1924-6 04810
ISBN 978-89-320-1914-7(세트)

* 이 책의 판권은 지은이와 ㈜문학과지성사에 있습니다.
  양측의 서면 동의 없는 무단 전재 및 복제를 금합니다.

최인훈 전집
10

옛날 옛적에 훠어이 훠이

문학과지성사
2009

일러두기

1. 『최인훈 전집』의 권수 차례는 초판 발행 연도를 기준으로 했다.
2. 이 책의 맞춤법 및 외래어 표기는 국립국어연구원의 『표준국어대사전』을 따랐다. 다만, 일부 인명(러시아말)과 지명, 개념어, 단체명 등의 표기와 맞춤법, 띄어쓰기는 작가와 협의하에 조정하였다.
3. 인용문은 원본 그대로 표기하는 것을 원칙으로 하였으나, 경우에 따라 현행 맞춤법에 맞게 옮겼다.
4. 속어, 방언, 구어체, 북한어 표기 등은 작가가 의도한 바를 그대로 따랐다.
    예) 낮아분해 보이다/더치다/좀체로/어느 만한/클싸하다 등.
5. 단편과 작품명, 논문명, 예술작품명 등은 「 」, 장편과 출간된 단행본 및 잡지명, 외국 신문명 등은 『 』 부호 안에 표기했다. 국내 신문은 부호 표기를 생략했다.
6. 말줄임표는 ……로 통일하였고, 대화문이나 직접 인용은 " "로, 강조나 간접(발췌) 인용은 ' '로 표기하였다.

차례

어디서 무엇이 되어 만나랴 • 7
옛날 옛적에 훠어이 훠이 • 99
봄이 오면 산에 들에 • 159
둥둥 낙랑樂浪둥 • 211
달아 달아 밝은 달아 • 323
첫째야 자장자장 둘째야 자장자장 • 413
한스와 그레텔 • 421

해설 극시인의 탄생/이상일 • 478
해설 설화적 형상을 통한 인간의 새로운 해석/김만수 • 488

어디서 무엇이 되어 만나랴

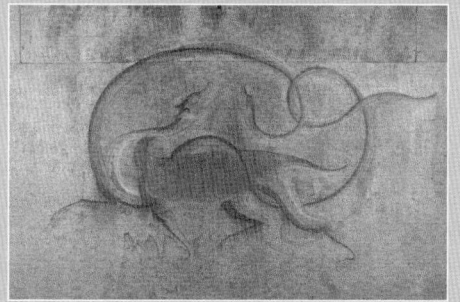

막 이 오르면 밤
온달 등장

두리번거리면서 무대 가운데로 나온다
약한 조명이 한 줄기 위에서 온달의 몸 하나만 밝히면서
그와 움직임을 같이한다
쭈그리고 앉아서 생각에 잠긴다
짐승들 우는 소리 가끔 들린다
다시 일어나 조심스럽게 발을 옮기며 여기저기 걸어본다
다시 쭈그리고 앉는다
생각한다
하늘을 쳐다보며 무엇인가 생각해내려고 애쓰는 온달
다시 일어나 아까와 같은 모양으로 둘레를 걸어본다
낙심해서 다시 주저앉는다

짐승들 우는 소리

하늘을 쳐다보며 무엇인가 생각해내려고 애쓰는 온달

손가락으로 허공을 더듬으면서 기억 속에 있는 길을 더듬어본다

자신을 얻었는지 일어난다

여기저기 걸어본다

완전히 지쳐서 털썩 주저앉는다

짐승 우는 소리

바람 소리

온달의 머리 위에서 비추던 단 하나의 조명이 꺼진다

사이

바람 소리

작은 빛이 무대 안쪽에 켜진다

온달 그 앞으로 걸어간다

온달   여보십시오

　　　　사이

온달   여보십시오

　　　　사이

소리	이 밤중에 누구십니까?
온달	네, 지나가는 나무꾼이올시다

대문이 열리며 초롱을 든 여자가 나타난다

여자	나무꾼이 왜 이런 밤중에……
온달	네 실은……
여자	아무튼 이리로……

암전, 방 안
온달 엉거주춤 서 있다

여자	자, 이리로……
온달	아니올시다. 소인은 헛간 같은 데서 머물러 있다가 밝는 날 물러가겠습니다
여자	자리가 불편해서 그러십니까? 워낙 산속이라……
온달	아니지요. 그런 것이 아니라……
여자	요기를 하셔야겠지요?
온달	아닙니다
여자	요기를 하셨습니까
온달	아니…… 저……
여자	(웃으며 기다린다) ……
온달	저……

여자   네?
온달   (허리에 찬 요깃거리를 풀면서) 냉수나 한 그릇 주시면 요깃거리는 여기……

여자, 나간다
온달, 두리번거린다
한참 후에 여자 음식상을 들고 들어온다

여자   자, 이리로……
온달   (황송해하면서 앉는다)
여자   산속 음식이라 별것이 없습니다

온달, 먹는다
거북하고 서툰 몸짓

여자   어쩌다 이렇게 늦으셨습니까?
온달   네, 저는 온달이라구 합지요. 나무도 하고 사냥도 합니다. 실은 오늘 제가 놓은 덫을 보러 가던 길입니다
여자   덫을 놓았습니까?
온달   네, 대개 짐승들은 밤에 걸리는데 아침결에 호랑이라든지 이리 같은 것들이 덫에 걸린 짐승을 채어가는 적이 많습죠. 그래서 밤사이에 가까운 바위굴에서 지내다가 새벽 일찍이 거두러 가는 것입죠

여자   네, 그리로 가시는 길이군요
온달   네, 그런데…… (밥을 먹으면서 띄엄띄엄)
여자   ……
온달   길을 잃었습지요
여자   늦게 떠나신 게로군요?
온달   아니……
여자   ……
온달   그런 것이 아니라……
여자   ……
온달   아무리 늦어도……
여자   ……
온달   눈 감고도 아는 길인데……
여자   ……
온달   오늘은 웬일인지……
여자   ……
온달   길은 잘못 들어서
여자   (웃는다) ……
온달   여기가 어딘지……?
여자   내일 밝는 날에 보시면 아시겠지요
온달   네
여자   사냥은 덫으로만 하십니까?
온달   아니지요
여자   활이나, 또 창으로?

온달	네
여자	호랑이도 잡습니까?
온달	잡은 것이 아니라……
여자	호랑이는 아직 못 잡아보셨나요?
온달	아니지요, 한 번 만났지요
여자	그래서요?
온달	그놈이 죽었지요
여자	어째서요?
온달	제가 그만……
여자	……?
온달	부둥켜안고 뒹굴다가 한참 만에 보니, 죽었더군요
여자	(웃으며) 잡으셨군요
온달	아니, 네, 그놈이 죽었지요
여자	그럼 돈을 많이 버시겠습니다
온달	무슨 돈을……
여자	짐승을 그렇게 많이 잡으시니……
온달	얼마 돼야지요
여자	성안에서 팔겠군요?
온달	네
여자	(온달의 손목을 가리키며) 그 손의 상처는?
온달	네, 아까 낮에……
여자	짐승에게?
온달	아니, 나무를 자르다가……

여자	나무를…… (신음한다)
온달	(숟갈을 놓으며) 어디……
여자	(고개를 들며) 괜찮아요. 조금…… 드세요
온달	됐습니다
여자	아닙니다. 다 잡수셔야 제가 즐겁습니다
온달	(다시 숟갈을 든다) ……
여자	어떤 나무를……
온달	네, 큰 고목을 잘랐습죠
여자	그 나무 얘기를 좀 해주세요
온달	큰 고목이었습죠
여자	(애써 웃으며) 그래요?
온달	네
여자	그래, 집에는 처자들도 있습니까?
온달	어머니뿐입니다
여자	그럼 아직 장가를 아니 드셨습니까?
온달	네
여자	그런 성안에서 사는 사람들이 부럽지 않습니까?
온달	소인이 할 일이 있어야지요
여자	왜요, 그만큼 일하시면 어디선들 못 살겠습니까?
온달	소인은 나무 하기와 사냥밖에는 모르니, 산을 떠나서 살 수 있겠습니까?
여자	그래도 성안에는 재미있는 구경거리도 많고 할 터인데……

온달	그러나 제 어머니가 거기서는 못 사십니다
여자	(끄덕이며) 착하셔라……
온달	……
여자	그만 드십니까?
온달	배불리…… 먹었습니다…… 이렇게……
여자	네?
온달	이렇게 좋은 음식을 처음 먹습니다

여자, 상을 들고 나간다
옷 한 벌을 가지고 나온다

여자	밤사이 이 옷을 갈아입으십시오
온달	아니, 소인은……
여자	사양 마십시오

여자, 온달을 이끌어 세워놓은 막(창호지) 뒤로 간다
창호지에 옷을 갈아입는 그림자
두 사람 다시 나온다
온달, 깨끗한 옷으로 갈아입었다

온달	자, 편히 앉으십시오

여자, 다시 나갔다가, 거문고를 들고 나옴

여자	곧 주무시렵니까?
온달	네, 저……
여자	괜찮으시다면 제가 거문고 몇 가락 바칠까 합니다
온달	네

여자, 거문고를 탄다

알맞을 국악 한 곡

곡이 끝났다

바람 소리

사이

짐승 소리

여자	맘에 드셨습니까?
온달	(꿈에서 깨듯) 네, 소인은…… 장에 가면 날나리 패들이 풍악을 잡히고 노는 것을 봤습지요만……
여자	네?
온달	이렇게 잘하지는 못하더이다
여자	그래요? (웃음) 자주 들으셨습니까?
온달	웬걸요
여자	왜요? 돈을 받습니까?
온달	아니지요. 풍악을 듣는 사이에 장바닥의 망나니들이 모피를 훔쳐갔습죠

여자	저런……
온달	그다음부터는 가까이 가지를 않았습지요
여자	저런…… (생각에 잠긴다) ……고단하시지요?
온달	아닙니다
여자	그러시다면, 곡조야 대접 못 하겠습니까?

다시 한 곡조

창호지에 어리는 그림자

거문고를 타는 구렁이 한 마리

여자	온달님
온달	네
여자	저 바람 소리가 들리십니까?
온달	(귀를 기울인다) 네
여자	온달님이 들으신 이 곡조는 저 바람 소리입니다
온달	……
여자	온달님

두 사람 마주 본다

오랜 사이

두 사람 일어난다

손을 잡는다

창호지 뒤로 들어간다

자리에 드는 두 사람의 그림자
누운 그림자
점점 어두워지면서 하늘에서 떨어지는 꽃잎이 눈송이처럼
거의 다 어두워진 무대
아침 햇살이 푸른 기운이 희미하게 비치면서 창호지에
어리는 구렁이의 그림자

소리   듣거라. 나는 하늘님을 모시던 하늘의 딸인데 실수가 있어서 이 산에서 대죄하던 중, 이번에 용서함을 받고 다시 내 나라로 가게 되었다. 하늘의 심부름꾼이 늙은 소나무에 내리고 나는 거기서 그를 맞아 승천하기로 된 것이었다. 그 나무가 바로 네가 어제 낮에 찍어 넘긴 그 노송이다. 천 년에 한 번 있는 그 나무를 잃은 나는 이제 천 년을 또 기다려야 한다. 비록 네가 알고 한 일이 아니로되 이 한을 어찌 풀랴. 다만 네 살과 뼈를 먹는 것만이 그 아득한 세월을 견딜힘을 줄 것이니 너는 과히 원망 말라. 나도 네가 억울함을 아는즉, 너와 더불어 하늘의 즐거움을 누렸다. 너는 과히 원망 말라

온달   아씨, 소인이 비록 무식하나 은혜를 어찌 모르며, 몰랐다고는 하나 아씨에게 끼친 화를 어찌 모른다 하겠소. 아씨 말대로 천한 몸이 하늘의 복을 누렸으니 어찌 죽음인들 마다하겠소. 다만 소인에게 늙은 어머니가 계신즉 한 가지 걱정일 뿐이오

| 소리 | 아뿔싸, 그 일을 몰랐구나. (사이 바쁘게 몰아쉬는 숨소리) 원래 내가 그대를 해치려 함도 아니고 그대 또한 알고 한 일이 아닐뿐더러 비록 짧기는 하나 더불어 하늘을 인 사이인지라 나도 그대를 살리고 싶다. 다만 우리 족속의 법이 해침을 받으면 반드시 돌려주는 것인즉, 이 일이 어렵구나. 한 가지 방편은 있으니, 만일 하늘의 뜻이면, 내 말이 끝나자마자 앞산에 있는 빈 절간에 걸린 종이 세 번 울리면 그때는 그대는 살리라 |

사이
쿵하고 울려오는 종소리
또 한 번
다시 한 번
고개를 수그리고 앉은 여자의 그림자
일어나 앉은 온달의 그림자
두 사람 칸막이를 돌아나온다
아까처럼 마주 앉는다
말없이
사이
바람 소리
짐승 소리

| 여자 | 온달님 |

온달	……
여자	제가 무섭습니까?
온달	(고개를 젓는다) ……
여자	온달님은 하늘이 아시는 분. 두려워 마십시오
온달	(고개를 젓는다) ……
여자	……
온달	인제 날도 밝았으니, 저는 이만 물러가겠습니다 (일어난다)
여자	(같이 일어서면서) 온달님, 가지 마십시오
온달	……
여자	온달님
온달	집에서 어머니가 기다리십니다
여자	……
온달	이 길은 늘 다니는 길이니 다시 들르지요
여자	정말이십니까?
온달	……아씨……

온달, 방에서 나와 신을 신는다
대문 쪽으로
낭자 뒤따른다

온달	(문간에서) 그럼
여자	(마주 본다) 가지 마십시오. 온달님!

온달   (돌아서서 뒷걸음질로 문간을 나간다)

　　　　　암전
　　　　　앞산에 있는 절간 종각
　　　　　온달 등장
　　　　　종각에 붙은 계단은 무너져내렸다
　　　　　기둥 모서리를 잡고 솟구쳐 누상에 오르는 온달
　　　　　마루에 쓰러져 있는 노파
　　　　　들여다보는 온달
　　　　　와락 달려들어 일으켜 안는다
　　　　　머리가 피투성이가 된 시체
　　　　　암전
　　　　　어둠 속에서 온달의 부르짖음
　　　　　오마니!
　　　　　암전
　　　　　동굴에서 벌떡 깨어나 앉는 온달
　　　　　새벽녘
　　　　　두리번거리면서 무대 가운데로 나온다
　　　　　약한 조명이 한 줄기 위에서 온달의 몸 하나만 밝히면서
　　　　　그와 움직임을 같이한다
　　　　　쭈그리고 앉아서 생각에 잠긴다
　　　　　짐승들 우는 소리 가끔 들린다
　　　　　다시 일어나 조심스럽게 발을 옮기며 여기저기 걸어본다

다시 쭈그리고 앉는다
생각한다
하늘을 쳐다보며 무엇인가 생각해내려고 애쓰는 온달
다시 일어나 아까와 같은 모양으로 둘레를 걸어본다
낙심해서 다시 주저앉는다
짐승들 우는 소리
하늘을 쳐다보며 무엇인가 생각해내려고 애쓰는 온달
손가락으로 허공을 더듬으면서 기억 속에 있는 길을 더듬어본다
자신을 얻었는지 일어난다
여기저기 걸어본다
완전히 지쳐서 털썩 주저앉는다
짐승 우는 소리. 바람 소리
온달의 머리 위에서 비추던 단 하나의 조명이 꺼지고
밝은 조명

온달   (멍하고 섰다가) 꿈……

잠시 그대로 섰다가

온달   (먼 데를 보며) 오마니! (짧고, 두려움에 떠는 목소리)

소스라치듯 몸을 날려 퇴장

온달의 통나무 집 약간 넓게 잡은 마당 오른쪽에 문이 난 울타리가 집을 둘러싸고 있다

여름

저녁 무렵

울타리에 짐승 가죽을 널어놓았다

방문은 열려 있고 아무도 없는 텅 빈 무대

뻐꾸기 소리

뒷산에서

사립문으로 대사와 공주 등장

대사   (공주를 안내하며 마당에 들어선다) 여기서 잠깐 쉬어가시지요

공주   (말없이 마당에 들어선다)

대사   아무도 없는 모양인가. 이쪽으로. (공주를 툇마루로 인도한다. 공주 마루에 걸터앉는다. 삿갓을 쓰고 승복으로 차렸다) 늘 지나다니는 집이라 허물이 없습니다. 멀리 가지 않았을 테니 목이나 축이고 가십시다

공주   (잠깐 사이를 두고) 예까지 왔으니 갓을 벗어도 되겠지요?

대사   벗으시고 땀을 들이십시오. 불편한 걸음을 용케 견디셨습니다. (공주, 갓을 벗는다) 이 근처에는 소승의 암자와 이 집밖에는 없으니 염려하실 것 없습니다

공주	그런 데다 나를 가두게 되었으니 대사도 인제 마음이 놓이시겠지요?
대사	다 공주님을 생각해서지요
공주	이 산 속에 생으로 묻어버리는 것이 위하는 것이군요
대사	때가 되면 돌아가시면 됩니다
공주	때가……
대사	그렇지요. 모든 것에는 때가 있습니다. 때를 거역하시면 안 됩니다. 참는 사람은 이기고 그렇지 못한 사람은 자기와 남을 함께 망칩니다. 공주님을 이곳으로 보내는 부왕의 가슴이 어떻겠습니까? 다 때를 거스르지 않기 위함이지요. 또 이렇게 되고 보니 말씀이오나 생활은 평양성에만 있는 것도 아니요 궁궐 안에만 있는 것도 아니올시다. 몸을 담는 곳을 보지 말고 마음속에 뜻을 가지면 하늘과 땅 사이에 원래 내 집 아닌 곳이 없습니다
공주	내 집을 두고 하필 다른 집을 찾을 것이 무엇인가요
대사	또 그 말씀이시군요. 잘 알아들으셨기에 소승을 따라 이곳까지 오신 것이 아닙니까?
공주	대사가 너무 무서운 소리를 하길래 아버님을 생각해서 그런 것이지요
대사	소승이 지어낸 이야기가 아닙니다. 만일 공주께서 그대로 성에 머물러 계시면 골육상쟁은 피할 길 없이 되어 있습니다
공주	분해요

대사	참으셔야 합니다
공주	왜 내가 참아야 하나요?
대사	아버님을 위하셔야지요. 그리고 이 나라의 백성을 위해서지요
공주	아무것도 안 하고, 제 집에 제 부모 곁에 있겠다는 사람이 쫓겨나야 하고, 무서운 음모를 꾸미는 사람들에게 자리를 내주어야 합니까?
대사	평화를 위해섭니다
공주	항복이에요
대사	이긴 것입니다. 참는 사람이 이긴 것입니다. 백성을 사랑하는 사람은 늘 져야 합니다. 자기가 이기고자 하면 백성이 괴로움을 당해야 합니다. 그러니 져야 합니다
공주	그 얘기를 왜 오라버니한테 못 하십니까? 대사가 그토록 아끼는 그 훌륭한 제자한테 말예요
대사	할 수가 없었지요
공주	없다니요
대사	왕자의 자리를 버리고 출가하고 싶다고 저에게 상의하시더군요
공주	……
대사	그분이 좋아서 하시는 일이 아닌 것을 아시지 않습니까?
공주	자기가 정말 싫으면 어떻게 해요? 알 수 없어요. 그 속을……

대사	만일 그렇다면 소승이 이렇게 애를 태울 일이 무엇입니까? 왕자님의 심정은 누구보다 소승이 잘 알고 있습니다. 소승이 만류한 것이지요. 출가의 뜻을 버리는 것이 이 경우에는 참다운 출가라고요. 보살을 남 먼저 건너게 하고 자기는 남았다 맨 나중에 건너가겠다는 것이니, 이 나라에 매인 인연을 제 혼자 벗어버리려는 것은 부처의 길이 아니라고요
공주	……
대사	그러니 (기척이 나는지 사립문께를 본다. 공주, 삿갓을 집어 쓴다. 대사, 아니라고 손짓으로 말리면서) ……그러니 괴로운 것은 공주님만이 아닙니다. 저 성안에서 바늘방석에 앉아 있는 모든 사람을 생각하면 오늘부터의 생활이 그리 끔찍한 것이 아니라는 말이지요
공주	언제까지 여기서 기다려야 하나요?
대사	아무도 모릅니다
공주	모두 내가 속은 거예요. 나를 쫓아내구 자기들만 편하려구 제일 약한 나를 몰아낸 거예요
대사	아버님 약속을 잊으셨습니까?
공주	그게 무슨 약속이 됩니까? 기약은 할 수 없으나 부를 날이 있으리라. (벌떡 일어서며) 모두 그 여우가 꾸민 짓이야
대사	과하십니다
공주	뭐가 과해요. 죄 없는 나를 아버지 곁에서 떼어내서 일

	생을 비구니로 보내게 꾸민 사람은 그럼 뭐라 해야 옳습니까? 내가 무얼 잘못했다는 겁니까? 내가 경솔하게 떠나왔나 봐요. 아버님의 그럴듯한 얘기에 홀려서
대사	그렇지 않습니다. 자, 고정하십시오. (공주 앉는다) 아무도 공주님께서 잘못하셨다고는 않습니다. 그러나 공주님께서 궁내에 계시면 공주님을 업고 제 속셈을 차리자는 무리들이 필시 일을 저지르게 되고 그렇게 되면 어머님께서는 가만있지 않을 테니 급기야 골육이 서로 다투는 일이 될 것입니다
공주	어머님만 살아 계셨어도……
대사	어머님께서는 훌륭한 비구니였습니다
공주	비구니라뇨?
대사	출가해서만이 비구니가 아니지요. 그분은 세간에 있으면서도 부처님의 제자였으니까요. 공주님께서 출가하시게 된 것도 모두 인연이겠지요
공주	몰라요. 무슨 인연이에요. 저만 살겠다는 사람들 때문에 희생이 되는 것뿐인데, 제가 무슨 뜻이 있어서 오는 길인가요?
대사	뜻보다 더 큰 것이 인연이요, 업이지요. 공주님의 이 걸음을 위해 과거 모든 부처와 삼천 세계의 준비가 있었다고 생각하십시오. 가만있자, 이 집 사람들이 어디로 갔을까. (부엌으로 들어간다. 공주, 일어서서 울타리 쪽으로 간다. 널어놓은 짐승 가죽을 둘러본다. 대사 물그릇을 들

고 부엌에서 나오다가 짐승 가죽을 구경하고 선 공주를 보고 빙긋 웃는다. 곁에 와서) 자, 목을 축이십시오

공주 (받아 마시고) 이게 호랑이가 아닙니까?
대사 그렇습니다
공주 이걸 어떻게 잡았을까요?
대사 맨손으로 잡았다더군요
공주 맨손이라뇨?
대사 산에서 맞부딪쳐서 사람이 이기고 짐승이 져서 이렇게 된 것이지요
공주 그럴 수가……
대사 호랑이가 재수가 나빴지요
공주 이 이빨(호랑이의 입께를 가리키며) 대력장군보다 힘세 군요
대사 글쎄요. 하긴 대력장군은 아직 호랑이를 맨손으로 잡았다는 얘기는 없으니깐요
공주 그 뚱뚱한 뱃속에는 술과 나쁜 꾀만 가득 차 있을 텐데 무슨 힘을 쓸라구요
대사 ……
공주 이건 뭐예요?
대사 곰입니다
공주 이게 곰이에요? 우스운 얼굴이군요. 이건?……
대사 (들여다보며) 여우군요
공주 어쩜, 닮았어……

대사	네?
공주	닮았다구요
대사	닮다뇨?
공주	아버님 곁에서 치마를 두르고 관을 쓰고 있는 여우하고 닮았다니간요 (여우 머리를 손가락으로 친다)
대사	공주님의 그 성미가 여러 사람에게 두려움을 준 겁니다. 세상과 맞서는 마음을 버리십시오
공주	이 집 주인이 사냥꾼이군요
대사	그렇지요. 사냥도 하고 농사도 짓고 그렇지요
공주	짐승을 이렇게 많이 잡으니 돈도 많고 잘살겠죠?
대사	허허 (집을 돌아보면서) 잘살면 이렇게 살겠습니까?
공주	(자기도 돌아보며) 정말 이렇게 사냥을 많이 하는데……
대사	공주님, 이 짐승을 하루에 잡는 줄 아십니까? 호랑이를 매일 만나는 줄 아십니까? 이 호랑이도 억지로 잡는 것이지요
공주	억지로?
대사	그렇습니다
공주	그게 무슨 말입니까?
대사	누가 호랑이 만나기를 좋아하겠습니까? 만났으니 맞붙었고 맞붙다 보니 이놈이 이 지경이 됐겠죠
공주	그래도 호랑이를 잡지 않았어요?
대사	잡은 게 아니라 잡힌 거죠
공주	난 그런 말이 싫어요. 오라버님도 꼭 그런 투로 얘기해

요. 어머니를 말리는 것도 아니고 안 말리는 것도 아니고…… 오라버니한테 달렸는데 남들 손에 주물럭거려지는 걸 내버려두고, 그래서 모든 일이 이렇게 된 거예요. 오라버님은 어머니가 대력장군이 하는 일을 알면서도 말리려 들지 않아요. 그러니까 싫지 않은 거예요. 그러니까 자기가 원한 거예요. 사실 간단한 일을 가지고 내가 속았어요. 난 어머니 생각을 하면 분하고 오라버니 생각을 하면 불쌍했어요. 그래서 내가 지기로 한 건데 지금 생각하면 또 그렇지 않은 것 같아요. 오라버니가 제일 나쁜 것 같아요

대사 공주님

공주 아니에요. 호랑이를 잡았으면 그 사람은 장사예요. 대력장군보다 더 용맹한 장사예요. 그걸 억지로 잡았다는 게 무슨 말이에요. 대력장군보다 더 뛰어난 장수예요. 그 뚱뚱보보다도……

대사 그런데 사람들은 바보 온달이라고 하지요

공주 (놀라며) 뭐라구요

대사 바보 온달이라구요

공주 (감동한 듯 잠깐 사이) 어쩌면, 이게 바로 온달 집인가요? 정말?

대사 (놀라며) 온달을 아십니까?

공주 (혼자 감동해서 집을 둘러보고 왔다 갔다 하면서) 알 만해요. 대사님의 그 인연이니 업이니 한 이야기가……

대사	온달을……
공주	알고말고요. 아주 옛날부터, 아주 옛날부터, 그땐 어머니도 계셨죠 (갑자기 낯을 가리고 흐느낀다)
대사	(당황해서) 공주님
공주	(흐느낀다)
대사	어쩐 일이십니까, 갑자기……
공주	(낯을 들고 웃으며) 괜찮아요. 옛날 생각이 나서…… 어렸을 때 제가 울보였대요. 그래서 아버님이 저를 안고 마루에서 어르시면서 자꾸 울면 바보 온달에게 시집보낸다고 하셨죠. 그러면서 멀리 산을 가리키면서 저 멀리 저 산속에 사는 바보 온달에게 시집을 보낸다고. 그게 봄이었겠죠. 마루에서 저를 안고 계셨으니. 지금은 헐린 낙랑 못가에 있던 정자였는지도 몰라요. 여름인지도 모르겠군요. 새들이 우는 소리도 들리던 것 같아요. 그러면서 뽀얀 먼 산을 가리키면서 저기 사는 바보 온달에게 시집보낸다고. 그러면 왜 그리 무섭던지. 아아 그 집에, 온달네 집에 내가 와 있다니, 이상하잖아요, 네? 대사님
대사	나무아미타불
공주	이상한 생각이 들어요. 이 집 울타리, 저 절구, 그렇지, 물레두 저 자리에 있구. 울타리, 그래요. 난 예전에 여기 와봤어요. 분명히 이것도 (짐승 가죽을 쓰다듬으며) 곰, 다 본 적이 있어요. 우스운 꼴을 한 이 곰, 처음 봤

을 때 이 곰의 낯이 우스웠던 걸 알겠어요. 그때도 우스웠거든요. 그 생각이 난 거예요. (소리 내어 웃는다) 꿈속에 와본 것이겠죠? 그런데도 이렇게 생생할 수 있을까요?

대사   부모미생전의 소식도 듣는다고 하니……
공주   부모미생전? 아니 그땐 어머니 생전이에요
대사   (웃으며) 부모가 태어나기 전에 우리가 있던 곳을 보는 것이 부처의 힘이란 말이지요
공주   부모가 태어나기 전에 내가 어디 있었나요?
대사   미움도 슬픔도 없는 곳이지요
공주   토끼!

토끼 한 마리가 마당을 가로질러 사라진다. 뻐꾸기 소리 뒷산에서

공주   뻐꾸기. 저 소리도 들은 적이 있어요
대사   자, 그럼 가보실까요. 이 집 식구들이 무관은 하지만 다행히 만나지 않았으니 오히려 잘되었습니다
공주   가요? (낯빛이 흐려진다) 좀더 있다가 가요. 쉬고 있자니 또 걷기가 대근해요
대사   쉬엄쉬엄 가십시다
공주   한번 가면 실컷 살 곳인데 서두를 것이 뭐예요 (마루에 가 앉는다)

대사	(따라가서 곁에 선다)
공주	바보 온달은 어떤 사람인가요? 바본가요?
대사	(웃으며) 어떤 사람이 바본가요?
공주	(깔깔 웃는다) 바보가 바보죠
대사	글쎄, 공주님께서 이곳에 와보셨다니 온달도 보셨을 것이 아닙니까?
공주	(눈을 흘기며) 나를 골리는군요. 좋아요. 키는 9척 같구…… 모르겠군
대사	곰의 대가리는 생각나시는데 사람의 얼굴은 생각이 안 나신다?
공주	참 이상하지요? 집이며, 그래요. 저것 저 절구까지 생각나는데 사람은 생각이 안 나요. (뻐꾸기 소리) 저 소리도……

이어 뻐꾸기 소리. 온달의 모친(온모) 등장. 대사를 보고 합장

대사	쉬고 있습니다
온모	(갓을 쓴 공주를 보며) 물을 떠다드릴까?
대사	마셨습니다. (공주를 보며) 동행이 있어서…… 그럼 가봐야지 (일어선다)
공주	(움직이지 않는다)
대사	(도로 앉으며) 좀더 쉬었다 갑시다
온모	(부엌에서 나오며) 요기하실 것을 드리리까?

대사	아닙니다. 곧 가야지요
공주	(일어서서 울타리께를 오락가락한다)
대사	(다가가서) 공주님
공주	(갓을 눌러쓰며) 이러구 있는데 어떨라구요. 뒷산을 좀 걷다 오겠어요. 그 편이 좋겠지요?
대사	그럴 것이면 가시는 길에 얼마든지 쉬고 가실 데가 있는데……
공주	(대꾸 없이 사립문을 나간다. 퇴장)
대사	(잠깐 그쪽을 보고 섰다가 마루에 가 앉는다) 온달은 산에 갔습니까?
온모	네, 오늘 두번째 갔답니다
대사	두번째?
온모	산에 덫이 있지요. 저 너머. 덫을 보러 갈 때는 산에서 자지요
대사	산에서?
온모	네. 대개 짐승들이 덫을 놓은 날에 제일 많이 걸리는데 아침에 아무리 일찍 가도 딴 짐승들이 덫에 걸린 놈을 채어간 뒤끝에 가게 되니까, 아예 가까운 굴에서 밤을 지내다가 새벽같이 가보는 것이지요
대사	그럼 오늘은……
온모	모르지요. 오늘 아침에 그 애가 새벽같이 뛰어와서 하는 말이, (돗자리에 말렸던 옥수수를 거둬들이면서) 아무 일 두 없느냐구 하는군요. 무슨 일이 있겠느냐구 했더니 간

밤에 꿈이 뒤숭숭해서 덫에 가보지도 않구 달려왔다면서 돌아서 갔지요

대사 온달은 효자지요

온모 (옥수수를 소쿠리에 담아 두 번 갈라서 부엌에 나른다. 바가지에 그 일부를 담아가지고 나와서 절구에 넣고 찧는다 사이

뻐꾸기 소리, 대사, 사립문께로, 그리고 뒷산 쪽으로 동정을 살피는 몸짓) 오늘은 동행이 계십니다

대사 (건성으로) 네

온모 어느 절의 스님이신지? 시중드실 상좌신가요?

대사 (마지못해) 아니지요. 지나는 길에 들러 가는 동행이지요

온모 젊은 스님인가 보던데

대사 아직 출가한 지 오래지 않아서……

온모 네?

대사 아니, 저 짐승 가죽이 신기한가 봅니다

온모 신기할 것두……

대사 저런 호랑이야 그림에나 볼까 신기할밖에. 나도 저렇게 큰 놈은 처음이외다

온모 미련한 놈이지요. 저 물건과 어루다니……

대사 하는 수가 있었겠습니까?

온모 갑자기 길목을 막고 서더라니, 하긴…… 좀체 그런 일이 없었는데…… 산의 영물을 다쳐서 어떨지…… 나무

관세음보살……

대사   제가 길목에 나섰으니 도리가 없는 일이지요. 남에게 살생할 기연을 준 것도 제 놈의 업이지요 (눈을 감고 무슨 생각을 한다.

온모, 무슨 말을 하려다가 눈을 감고 있는 것을 보고 다시 절구질을 잇는다.

사이. 다시 머리를 들어 대사를 본다)

대사   (눈을 뜨고) 힘이 드시지요?
온모   네?
대사   힘이 드시지요?
온모   네. 하는 일인데……
대사   (다시 눈을 감는다. 입속으로 염불)
온모   (절구질을 멈추고) 저어……
대사   (눈을 뜨며) 네?
온모   실은 좀 여쭈어볼……
대사   (바라본다)
온모   꿈이란 게 뜻이 있습니까?
대사   무슨 꿈인데?
온모   아까 온달이 왔을 때 그 얘기를 하고 산에 가는 것을 말릴까 하다가, 공연한 일일 것 같아, 하지 않았는데, 오늘 새벽 꿈이지요. 온달이 관을 썼는데 햇덩이처럼 눈이 부시더군요. 그런데 조금 있더니 그 관에서 피가 흐르지 않겠습니까?

대사	흠!
온모	어찌나 안됐는지. 산에서 혹시 무슨 일이나 없는지 걱정이 돼서 해가 뜨자 저 앞에 나가 기다리고 있자니 그 애가 오더군요. (절굿공이를 한 번 올렸다 놓는다. 사이) 보내놓고 나니 말릴걸 그랬어요. 무슨 꿈일까요?
대사	뜻이 있을라구요? 없는 마음에 없는 것들이 오며 가며 하는 것이지요
온모	네?
대사	염려할 것 없습니다

공주, 사립문에 손을 댄다

대사	온달이 장가를 들 모양이군요

공주, 손을 내리고 멈춰선다

온모	장가를요?
대사	백성이 관을 썼으니 장가를 들 형상이 아닙니까?
온모	제 놈이 어떻게 장가를……
대사	누가 알겠습니까? 천지의 조화가 온달에게라구……
온모	그래도 이런 데서 사니 어디서 색싯감을 데려오겠소? 그런데 웬 피가……
대사	피는 생명이니, 기운이 있어서 좋지요

온모	그랬으면야. 그래도 그런 길한 꿈이면 왜 그리 끔찍한지……
대사	모친 모자가 남을 해치는 일 없이 사니 무슨 걱정이 있겠습니까?
온모	그렇긴 하지만…… (절구질)

공주 등장, 사립문께를 거닌다. 대사 다가온다

대사	떠나실까요?
공주	기왕 늦었는데 신랑이나 보구 가야죠 (웃는다)
대사	공주님. 귀한 몸을 생각하셔서 조심을 하셔야죠. 한 사람 눈에라도 덜 띄는 게 좋습니다. 소승 말대로 하십시요
공주	귀한 몸. 천지간에 있는 목숨 가진 것이 제 둥지 없는 것이 없는데, 제 집에서 쫓긴 이 몸, 나보다 귀하지 않은 게 어디 있을라구요
대사	공주님
공주	글쎄 지금껏 제가 아버님과 대사님 말을 어긴 것이 없으니 제 말도 들어주어요. 옛날 어릴 적에 바보 온달이라면 그저 무섭고 그런 것이지, 우리처럼 집에서 살고 땅을 밟고 사는 사람이라고는 생각지 않았던가 봐요. 여기가 온달네 집이라니 꼭 거짓말 같고 꿈같고 옛날애기만 같아요. 온달을 보기 전에는 믿을 수 없어요. 네, 그러

	니 온달을 보고 가요
대사	온달은 호랑이도 아니고 도깨비도 아니고 우리 같은 사람, 그저 나무꾼이죠
공주	믿지 못하겠어요. 아버님 팔에 안겨 귓가에 듣던 이름. 저 산에 산다던 그 산에 내가 와 있고 그 온달네 집에 내가 와 있다니…… (울먹해진다)
대사	(뒤를 돌아다보며) 좋습니다. 기다려서 가기로 하지요
공주	(갓을 추키며 웃는다) 부모미생전 소식을 듣겠다는데 뭘 그래요?
대사	(할 수 없다는 듯이) 부처님 소식을 아시겠다는 데야 소승이 뭐라 할 리가 있습니까?
공주	그러니까 염려 마요. 예까지 와서 제가 어쩌겠어요?
대사	글쎄요
공주	어머니하고 둘이 살림인가요?
대사	그렇지요
공주	이상해요. 궁에서 예까지 나오는 사이에도 앞길이 캄캄하고 걱정이면서도 이런 기분은 들지 않았는데……
대사	어떤 기분 말인가요?
공주	궁을 떠나 비구니가 된다. 세상이 바뀌는 일인데도 조금도 이상한 생각이 들지 않았어요. 싫고 무섭고 분하고 억울하긴 해도 이상스럽다든지 어리둥절하진 않았어요. 그런데 여기가 온달네 집이란 말을 듣는 때부터 뭐가 뭔지 모르겠어요. 꿈속 같아요. 지금껏 살아온 게 모두 꿈

속 같아요. 온달이라는 사람을 보면 다시 제정신이 들지 몰라요. 도깨비를 말로만 듣다가 정작 도깨비를 보여준다고 누가 그러면 그 사람 기분이 지금 저 같은 거지요. 그때까지 도깨비를 믿던 사람도 아니라구 펄펄 뛸 테지요. 제가 그래요. 지금 꿈속 같아요. 꿈에 본 일을 생시에 그대로 당하면 놀라지 않겠어요?

대사 (독백) 설법이라면 좋은 설법이군
공주 설법?
대사 아니올시다. 소승의 혼잣소립니다. 아무튼 저리 가서 앉읍시다 (두 사람이 마루에 가 앉는다)

온달 모, 빻은 가루를 마당에 깐 자리 위에 펴서 말린다

대사 식량은 과히 염려하시지 않겠어요?
온모 네, 두 식구 입인데…… 그 애가 오죽 부지런합니까? 장가를 들일 때 마련을 하느라구 먹고 남는 걸 좀 모아두지요. 눈먼 새가 모이 줍는 것이죠. 먹고 남는 게 얼마나 됩니까? 그래도 꽤 장만했나 싶으면, 으레 기다리다가 흉년이 드는군요. 그때마다 도로 까먹구. 꼭 흉년 드는 게 때를 맞춘단 말씀이요. 그러다 보니 아직 떠꺼머리를 못 면하게 했으니 내가 죽을 순들 있나요?
대사 농사가 흉년이라구 짐승도 흉년일까요
온모 모르시는 말씀. 흉년 드는 해는 짐승들도 흉년인가 봅니

다. 어디로들 다 가는 모양인지 짐승 구경을 할 수가 없어요. 농사 안 짓는 것들이 거 웬일인지……

사립문이 열리며 온달 등장. 송아지만 한 곰 한 마리를 메고 들어온다

온모   (일어서며) 인제 오는군
대사   허, 곰……
온달   (마당가에 짐승을 내려놓을까 하다가, 뒤뜰로 돌아간다. 온달 모 뒤를 따라간다)
대사   보셨습니까?
공주   (꿈꾸듯) 저게 온달인가요
대사   부모미생전 소식이 어떻습니까?
공주   ……

온달과 모친 나온다. 대사를 향해 합장

대사   저게 걸렸던가?
온달   네
대사   듣자니 늦어서 갔다던데 그대로 있었군

모친, 부엌으로 들어간다

온달	작은 짐승이면 저런 놈들이 채어가는 것이지만, 저것을 채어갈 짐승이야 어디 있습니까?
대사	참말 그렇겠군. 저게 웅담을 빼 팔면 수월찮은 돈이지
온달	얼마 됩니까?
대사	이 사람아. 얼마 되다니…… 이즈음 저 중국에서 들어온 약 쓰는 법이 많이 퍼졌는데 녹용과 곰의 쓸개가 으뜸이라더군
온달	처음 듣습니다
대사	여태껏은 곰을 잡으면 어떻게 팔았나?
온달	가죽은 모피 다루는 장사아치들이 사고 고기는 말려서 양식으로 쓰지요
대사	흠, 그러면 중국인들이 좋아한다는 곰의 쓸개를 통째로 다 약으로 쓴 것이니 신선놀음이군그래
온달	곰은 저것 (울타리를 가리키며) 말고는 이게 두번째입니다
대사	여태껏?
온달	네, 저놈은 길에서 만나도 제가 피하고, 조심스러워서 덫에 걸리는 일도 드물지요
대사	내 말대로 하게. 그놈의 쓸개를 꺼내서 약방에 가져가면 모피 값 같은 건 어림도 없을걸세
온달	그런 얘기를 들어본 적이 없어서……
대사	그럴 것일세. 요즈음에 그쪽에서 건너온 새 처방이라고 하니 혹 널리 알려지지는 않았겠지만, 가만있자. 자네

어디서 무엇이 되어 만나랴 43

	가 가지고 가서는 옳은 값을 받지 못할 것이니 떼어놓게. 내가 팔아주지
온달	네
대사	들어보았기로서니 자네가 팔아서는 안 되지. 내가 장사치들한테 그럴싸하게 얘기하면 곰의 쓸개 아니라 돼지 쓸개라도 곧이들을 테니깐……
온모	(모친, 부엌에서 나오며) 스님, 있는 것으로 요기를 하시겠습니까?
대사	아닙니다. 우리는 길에서 가지고 온 걸로 요기를 했으니 괜찮습니다
온모	드릴 것도 없습니다만 (온달에게) 그럼 얘, 시장하겠구나

온달, 모친을 따라 부엌으로 들어간다

공주	(일어서서 사립문께로 온다)
대사	자 가실까요?
공주	가십시오
대사	네?
공주	저는 가지 않기로 하겠습니다
대사	그게 웬 말씀입니까? 이제 와서 돌아가시겠다니?
공주	누가 돌아간다고 했나요
대사	지금 말씀이……

공주	전 대사님 암자에 가지도 않고 궁으로 돌아가지도 않겠어요
대사	그럼 어떡하시겠다는 말씀입니까?
공주	여기 있겠어요
대사	여기라니요?
공주	여기가 여기지요. 이 집에……
대사	그건 안 됩니다. 출가한 분이 속가에 계실 수 있습니까?
공주	저는 아직 출가하지 않았어요. 지금 출가하러 가는 길이지요
대사	그러면……
공주	내가 부처님의 길에 드는 게 꼭 필요한 것이 아니라 나라는 한 몸이 궁에 없으면 될 것이 아니 됩니까?
대사	아니……
공주	알고 있어요. 내가 출가하여 왕족에게서 떨어져야 한다는 말이겠지요. 그러니까 지금 그렇게 하려는 것이지요
대사	소승은 잘 모르겠습니다
공주	이 집 식구가 되려는 것이지요
대사	네? 그게 무슨 말씀입니까?
공주	이 집 며느리가 되겠다는 말입니다
대사	(놀라서 한 발 물러선다)
공주	대사님, 무얼 놀라십니까? 궁 속에 있던 몸이 산속의 암자에서 세상과 끊는 몸이 된다면 이미 어제까지의 나는 없는 것. 그러니 내 한 몸을 이래라저래라 할 사람은

없겠지요. 아까부터 나는 꼭 꿈을 꾸는 것 같았지요. 그 옛날 아버님께서도 온달에게 시집보내신다던 그 말이 이렇게 이루어질 줄이야…… 인연이요, 업이라고 하셨지요? 이게 인연이요 업이 아니고 무엇입니까? 하필이면 이 길목에 온달의 집이 있고, 집을 나온 내가 여기서 발길이 멈춰지다니…… 이제 환해졌어요. 여기가 내 집이군요. 그래서 그렇게 모두 예전에 보던 물건이군요. 그래요. 내가 살던 곳이에요. 여기가 아버님 팔에 안겨서 멀리 바라보던 곳. 철없이 무서웠던 건 아마, 그때는 여기 올 길이 익지 못해서 그랬던가 봐요. 길이 없는 데로 보낸다고 하면 무서운가 보지요? 길이, 이젠 길이 익고 터져서 이렇게 오고 보니 그렇게 편할 수가 없군요

대사	공주님
공주	대사님. 반드시 출가해서 출가가 아니라고 하셨지요? 몸을 담는 곳을 묻지 말고 뜻을 찾으라고 하셨지요. 뜻보다 인연은 더 강하고 업은 피하지 못한다고 하셨지요. 인제 알겠군요. 그리고 또…… (생각한다) 뭐라 하셨더라…… (생각하다가) 옳지, 호랑이를 잡은 것이 아니라 잡혔다고 하셨지요. 오다가다 만난 것이라구, 그게 인연이라구. 알겠군요. 이렇게 만나는 것을, 그 옛날, 봄 날부터 지금까지 만나는 그 길을 걸어온 것을 인제 환하게, 아주 환한 마음이군요. 환한 길 위에 내가 서서, 환한 집에 내가 있어요. 지금껏 내가 믿고 살아온 것이 그

토록 허망한 인연인 것을 안 지금 나한테는 그 봄날, 아버님이 둥둥이 치시며 들려준 이름만이, 그래요. 온달 바보 온달, 그 이름만이 내게 남은 내 몫인 인연이에요. 그것이 울고 싶도록 붙들고 싶은 빼앗기지 않을 나만의 인연이에요. 저 사람들에게 내가 누구라는 것도 얘기하지 말고 며느리를 삼으라고 말해주세요

대사   안 될 일입니다
공주   왜 안 됩니까
대사   지엄한 몸을 생각하십시오
공주   출가한다 함은 모든 소유를 버리는 것. 지엄도 버려야지요. 아니면 지엄만은 가지고 가는 출가도 있는가요?
대사   ……
공주   아무 염려할 것 없습니다. 왕성에 있던 몸이 비구니가 되게 된 마당에 나는 놀라지 않았는데, 사람이 사람의 집에 살겠다 하는데 그토록 마다하니 알 수 없군요. 자 나를 이 집에 살게 말씀해줘요
대사   안 될 말씀입니다

온달 부엌에서 나온다

공주   그러면 내가 하지요
대사   공주님

공주, 온달의 앞에 다가가서 갓을 벗는다. 삭발은 아직 아니다

온달 (소스라치며) 악…… 당신은, 당신은……
공주 네, 저는 성안에서 살던 여염집 여잔데, 사정이 있어서 이 대사님 지시대로 이 집으로 시집을 오게 되었습니다
온달 (독백) 그 여자다. 꿈에 본 그 여자다
공주 스님께서 두루 돌아다니며 보시고 저를 이 집으로 인도하신 것입니다. 저는 일찍이 신수를 보는 용한 사람의 말이, 올해 부모 곁을 떠나 길 떠난 첫 집에 몸을 의탁하라 했는데 바로 이 집이 그 집이군요. 다행히 스님이 잘 아시는 터이니 저를 의심하실 것도 없으시겠으니 부디 갈 데 없는 이 몸을 거두어주시면 정성으로 두 분을 모실까 합니다

온달 모, 부엌에서 나와 멍하니 마주선다

공주 (모친을 향해) 어머님, 어머님을 모시게 해주십시오
온모 (대사를 향하여) 꿈이, 꿈이……
대사 (세게 고개를 저으며) 아닙니다. 좀 사정이 있는 일이오나 이 댁에 계실 분이 아닙니다
온모 글쎄, 보아하니…… 그런 것 같은데……

주먹 쥔 두 손을 가슴에, 뒤로 몸을 피하듯 하며 두려운 듯 공주를 주시한다

공주   아닙니다. 어머니, 스님께서 하시는 말씀은 이 집이 살림이 넉넉지 못하다 하시는 것으로 저를 위한 말씀이오나, 제가 바라는 것은 그런 것이 아닙니다. 기왕 팔자를 따르라는 이 몸을 되레 이렇게 오는 이 가는 이 없는 곳에 살고 싶습니다. 허락지 않으시면 하실 때까지 저는 이 자리를 물러나지 않으렵니다. 아마 듣자 하니 이 댁에서도 일손을 맞아야 할 처지니 저를 두어주세요

대사   이러심 안 됩니다. 공주, 아니 아씨, 음. (사이) 이 댁에서 허락을 아니 하시는데……

공주   아직 아무 말씀도 않으셨어요. 갑자기 무슨 말씀을 하겠어요? 온달님

온달   (넋 나간 듯이 서 있다가 흠칫 놀란다)

공주   온달님, 저를 거두어주십시오

대사   온달이, 안 된다고 말씀드리게

온달, 여전히 홀린 듯이 공주를 보며 서 있다

공주   그것 보셔요. 아무 말씀 안 하시는 건 저를 거두어주신다는 뜻이겠지요?

대사   안 됩니다

공주	저는 대사님에게 부탁하는 게 아닙니다
대사	온달이, 이 사람, 그러실 분이 아니야
공주	제가, 본인이 이렇게 말씀드리는데, 여부가 있으며, 더 들을 말씀이 무엇입니까? 갈 데 없는 이 몸을 거두어만 주신다면 힘껏 섬기겠습니다. 네, 어머니
온모	(두려움에 떨면서 마귀를 보듯) 관세음보살
공주	온달님의 마음에 달린 것. 저렇듯 말씀이 없으심은 거두시는 뜻이니……
온달	(독백) 아, 그 여자다. 꿈에 그 여자다
공주	두 분께 예를 올리겠습니다 (절을 하려 한다)
대사	(황망히) 물러서시오. 이분은 평강 왕의 공주이시오
공주	대사 (날카롭게 대사를 쏘아본다)

기겁한 모자 꿇어 엎드린다

대사	연유가 있어 공주님을 모시고 가던 중 잠시 들렀던 길이오. 공주님께서 하시는 말씀도 다 당신들과는 상관없는 일이니 이 일을 발설하지 마시오. (공주를 향해) 공주님, 자 떠나십시다
공주	(먼 데를 보며 서 있다)
대사	공주님
공주	(이윽고) 내가 누구인지를 알리고 싶지 않았으나…… 나는 정녕 평강공주요. 그럴 일이 있어 세상을 버리고

대사를 따라 출가하는 길에 올랐다가 우연히 이 집이 온달의 집임을 알았소. 이 몸은 이미 궁을 떠날 때 공주도 왕족도 아닌, 구름처럼 냇물처럼 가고 싶은 데 가고 쉬고 싶은 데 쉬는 것이 허락된 몸, 일찍이 이 몸이 어릴 때 아버님 말씀이 내가 자꾸 울고 보채면 온달에게 시집보내리라 하시던 생각이 문득 떠오르며 나한테는 환한 새 길이 보였소. 어디를 가나 매한가지인 이 몸, 보기에 어진 두 분을 모시고 다시 세상에 머무르고 싶어졌소. 모르고 설사 나를 받아들였더라도 언젠가는 알게 될 일, 나를 밝히고도 내 뜻은 여전하니 어떠할지?

대사   공주님
공주   온달님
대사   온달이, 용서를 빌게
공주   (대사에게 날카롭게) 무슨 말씀을! (온달에게) 온달님, 제 말이 거짓말 같습니까?

온달 고개를 들며 홀린 듯이 공주를 본다

공주   그러면……
대사   온달이

온달 고개를 푹 숙인다

온모   죽을 죄를 지었습니다

공주   (대사에게) 내 뜻은 이미 작정했습니다. 나는 왕궁에도 가지 않으려니와 암자에도 가지 않습니다. 두 분이 허락하실 때까지 여기 있으렵니다. (무대 전면으로 나온다. 대사 따라 나온다) 대사, 이상해요. 정말 뭐랄까. 지금 내 이 마음, 아까도 말했죠? 비구니가 되려고 여기까지 오면서도 나는 정신이 말짱했어요. 분하고 억울하지만 내가 왜 궁에 있을 수 없는가, 궁에 있을 수 없다면 이 길밖에 없다는 것, 그걸 알고 있었지요. 그래요. 슬펐지만 난 그 슬픔을 알 수 있었어요. 그러나 지금은 달라요. 온달, (그쪽을 본다) 난 온달이란 사람이 있는 줄은 몰랐어요. 무서운 걸 그저 온달이라 부르는 줄 알았나봐요. 그런데 내 눈앞에 그 온달을 본 순간 난 뭐가 뭔지 몰라졌어요. 아직 꿈같아요. 난 믿을 수 없어요. 이런 일은 있을 수 없어요

대사   그렇습니다. 있을 수 없습니다

공주   그래요. 있을 수 없어요. 그러니까 난 더 짜증이 나요. 믿을 수 없는 것이 눈앞에 있다니. 있을 수 없는 것이 이렇게 있다니. 그래요, 지금 말이 생각났어요. 네. 있을 수 없는 것이 있다니 이게 나를 짜증나게 해요. 나는 대사를 따라갈 생각이었어요. 그런데 지금은 안 돼요. 철도 없었던 때의 꿈같은 이야기가 꿈이 아니라는 일. 이것을 난 믿지 못하겠어요. 이런 일. 아아, 뭐라고 설

명할까. 난 갑자기 뭐가 뭔지 몰라졌어요. 모든 게 꿈같아요. 난 이 꿈에서 깨고 싶어요. 대사를 따라가는 일도 나는 아까처럼 믿을 수 없어졌어요. 내 길이 알 수 없는 꿈길에 들어와버렸어요. 난 미치는 것 같아요. 이게 무슨 꿈인지 나는 알아보고 싶어요. 내가 여기 있겠다는 마음 알겠어요? 이 꿈의 끝장을 못 보면 난 미칠 것 같아요. 꿈이 나를 잡았어요. 부모미생전의 소식인가요? 이 어리둥절한 소식을 더 알고 싶어요. 난 인제 여기서 살아야 해요 (다시 아까 위치로. 대사 뒤따름)

대사   온달아. 무엄하다. 왜 대답이 없느냐?

공주   무엄하지 않아요. 내가 내놓은 말. 내가 허락하는데 누구한테 무엄하단 말입니까? (꿇어앉아 맞절을 하는 자세가 된다)

대사   공주님

온모   (아들에게) 온달아. 왜 가만히 있느냐. 죽을죄를 빌어야지

공주   아닙니다. 온달님의 뜻은 이제 알았습니다. 어머님만 허락하신다면 저는 여기서 살겠습니다

온모   공주님

공주   어머님

온모   공주님. 온달아. (두려움에 질리면서) 이놈아. 이 무엄한 놈아. 공주님 이것이 워낙 얼되어서 혼이 빠졌나 봅니다. 그래서 사람들도 바보 온달이라 부르지요. 죽을

| | 죄를 용서하십시오. 살려주십시오
공주 | 바보가 아닙니다. 제가 왜 바보한테 거두어주기를 원하
겠습니까? 평양에서도 보지 못한 훌륭한 장삽니다. 갑
옷 입고 투구 쓴 말 잘 타는 장군들 가운데 저 호랑이를
맨손으로 잡은 자는 하나도 없어요

온달 얼굴을 들어 공주를 본다
공주 마주 본다

온모 (주먹 쥔 두 손을 눈높이에 들며 마귀를 막듯 공주 쪽을 가
리며 대사를 향해 목쉰, 가늘고 떨리는 소리로 비통하게)
이 일을 어찌하면 좋습니까?

대사 두려운 듯 온달을 본다
온달 무엇에 씌운 듯이 공주를 본다
공주 무엇에 씌운 듯이 마주 본다

무대 암전. 밤. 아까와 같은 모습대로의 네 사람. 약간씩
어두워지는 조명. 멀리서 짐승 우는 소리. 오래 그대로 있
다가 이윽고 막

공 주궁 무대 안쪽에 엷은, 비쳐 보이는, 위장으로 막
은 침대. 그 앞의 의자. 양쪽으로 출입문

공주 의자에 앉아 있다
1막에서 10년 후. 가끔 바람 소리. 초가을의 밤
무대는 너무 밝지 않게
공주 생각에 잠겨 있다
자주 바람 소리에 귀를 기울인다

공주 (시녀를 부른다. 시녀 등장)
시녀 부르셨습니까?
공주 네가 있었느냐?
시녀 네. (분부를 기다린다. 공주 말없이 의자에 앉아 있다) 무슨 분부시온지?
공주 (문득 거기 사람이 있는 것을 깨달은 듯이) 오냐, 별일이 아니다. 어째 잠이 오지 않는구나. 너, 나하고 말동무하련?
시녀 네
공주 게 앉거라
시녀 괜찮습니다
공주 (밖에 귀를 기울이며) 무슨 소리가 나지?
시녀 (귀를 기울여보고) 귀뚜라미 우는 소리밖에는 듣지 못하겠습니다
공주 그래?
시녀 나가서 보고 올까요?
공주 아니다. 내가 잘못 들은 게지. (귀를 기울이고) 그래 귀

뚜라미 소리다. (한참 침묵) 장군께서 속옷을 넉넉히 가지고 가셨느냐?

시녀   네, 마침 제가 꾸렸습니다. 여러 벌 넣어드렸습니다

공주   내가 챙겨드릴 걸 그랬구나. 싸움터에서는 한데에서 밤을 지내시니 밤에는 썰렁하실 거야

시녀   그렇습니다. 철이 철인걸요

공주   너 몇 살이냐?

시녀   열다섯이옵니다

공주   그래? 열다섯, 꼭 내 나이구나

시녀   네?

공주   네가 여기 있은 지 얼마나 되지?

시녀   1년 하고 조금 되었습니다

공주   너도 들어서 알겠다만 내가 네 나이에 장군께 시집갔느니라 (얼굴에 옛날을 되새기는 웃음)

시녀   네

공주   그때 연유가 있어서 장군과 나는 장군의 본가에서 지냈는데 내가 그때는 일도 많이 했느니라

시녀   황공하옵니다

공주   아니다. 그때는…… (생각한다) 그때 내가 한 살림만큼 일하는 자는 이 궁 안에 없을 거야

시녀   저희들은 편합니다

공주   시어머님과 세 식구지만 산속의 외딴 살림이라 일도 많았지

시녀	장군께서 입궐하시기가 불편하셨겠습니다
공주	입궐?
시녀	네, 여기서 퍽 떨어진 곳이라고들……
공주	그때는 장군께서 벼슬을 하시기 전이지
시녀	그러면?
공주	사냥도 하시고, 농사도 지으시고……
시녀	농사를요?
공주	(유쾌하게) 그럼 나도 김을 매었지
시녀	네?
공주	(웃는다) 네가 어리구나. 산속에 사는 것이 별궁에서 놀고 지내는 것인 줄 알아?
시녀	네에
공주	내가 장군께 갈 때 적지 않은 패물을 가지고 갔는데 장군께서 다 잃어버리셨지
시녀	잃어버리시다니요
공주	내가 장군더러 성내에 가서 소용되는 물건을 바꿔오시라고 했더니 다 도적을 맞고 오셨지
시녀	어떻게요?
공주	(생각한다. 웃으며) 그렇게 되었어
시녀	듣고 싶습니다
공주	어른이 실수하신 이야기를 들어 무엇 하겠느냐
시녀	장군께서 어떻게 실수를 하십니까?
공주	왜? 장군께서라고……

시녀	네, 싸움터에서 여태껏 져본 적이 없으시고 게다가 장군께서 신라 장수를 얼마나 많이 베셨습니까?
공주	네 말이 맞다. 신라 군사들에게는 무서운 어른일 테지
시녀	신라 군사들뿐이 아닙니다. 백성들 간에서는 장군은 하늘이 내신 장수라고들 한답니다. 장군께서 산에 계실 때는 호랑이를 타고 다니셨다지요?
공주	호랑이를 타고 다녀?
시녀	산신령께서 장군께 보낸 호랑이를 타고 다니셨다던데요?
공주	그래? (입가에 웃음)
시녀	공주님께서는 보시지 못하셨습니까?
공주	응? 그래. 나도 보았지. (생각에 잠긴다) 보고말고. 산의 영물도 장군 앞에서는 강아지 같았지
시녀	그럼 정말이군요
공주	(신이 나서 귀여운 듯이) 그럼 정말이고말고
시녀	진정 그 소문이 헛말이 아니군요
공주	왜 헛말이겠느냐
시녀	그럼 그 호랑이를 집에서 기르셨습니까?
공주	아니야, 장군께서 행차를 하실 때면 어디선가 나타났지
시녀	어쩌면……
공주	그래서 영물이라지 않느냐?
시녀	장군께서 궁에 들어가시면 모두들 호랑이장군이라고 한다더군요

공주	너는 잘도 아는구나
시녀	저도 얻어들었습죠
공주	장군께서는 어진 분이야
시녀	네, 저희들도 압니다
공주	그래?
시녀	한번도 꾸지람을 들은 적이 없습니다. 저뿐 아니라 공주궁에 있는 하인은 물론이거니와 모시고 다니는 군관들도 그렇게 말하는걸요?
공주	군관들이?
시녀	그러믄요. 장군께서는 싸움터에서 제일 먼저 나아가시고 뒤끝에는 제일 늦게 돌아오신다고요
공주	(일어서서 서성거리며) 그럼, 네가 맞았다. 궁중에서도 하인들도 군사들도 다 그분을 우러러본단 말이지? 그렇고말고, 나도 알았지. (혼잣말이 되며) 그때 첫눈에 나도 알았어. 너 사냥을 간 적이 있느냐?
시녀	없습니다
공주	그러리라. 산에는 짐승도 많지
시녀	사슴을 본 적이 있습니다
공주	어디서……
시녀	궁에 들어갔을 때 후원에서 봤습니다
공주	(웃으며) 사슴을……
시녀	사슴 같은 것도 잡아오셨습니까?
공주	가끔 큰 짐승을 잡아오셨지. 너 곰을 본 적이 있느냐?

시녀	없습니다
공주	곰이라는 짐승이 꽤 크니라
시녀	얼마나 큽니까?
공주	큰 것은 송아지만 하다
시녀	사로잡는가요?
공주	사로잡을 때도 있지. 집에서 기르기도 했어
시녀	사람을 해치지 않습니까?
공주	어느 해 겨울에 장군께서 곰의 새끼를 한 마리 잡아오셨어
시녀	네
공주	겨울을 지내니까 아주 정이 들어서 내 일을 잘 거들어주었지
시녀	신통해라
공주	암, 강아지보다 낫지
시녀	어떤 일을 거듭니까?
공주	절구질하지
시녀	어쩌면
공주	힘이 세어서 종일 절구질을 시켜도 그만두라기 전에는 밤까지 한단 말이야. 또 장군을 따라서 나무 하러도 갔지
시녀	나무를 합니까?
공주	응, 아니지. 장군께서 하루 종일 나무를 하시면 그걸 저녁에 짊어지고 오는 것이지. (생각에 잠기며) 너 수수떡을 먹어봤느냐?

시녀	못 먹어봤습니다. 수수로 떡을 만듭니까?
공주	하고말고. 그런데 이놈이 수수떡을 제일 좋아하거든. 한번은 밤중에 부엌에 들어와서 떡을 뒤져 먹다가 그릇들을 모두 부숴버렸어
시녀	저런 (웃는다)
공주	장군께서 귀여워하시니까. 저녁때가 되면 마중하러 나가고, 보이지 않는다 싶으면 고개 위에 가서 앉아 있지
시녀	네 식구가 사셨군요
공주	그래, 맞다. 한식구지. 가만 (귀를 기울인다) 아닌가? (멍하고 있다가)…… 내가 무슨 말을 하다가 말았던가?
시녀	곰하고 한식구……
공주	옳지. 그놈 얘기를 했지. 그런데 이것이 어느 여름에 집을 나가고는 돌아오지 않았어
시녀	산으로 갔군요
공주	그렇지. 그런데 장군께서는 그 후에 보셨다는 거야
시녀	그 곰을요?
공주	응. 제 아내를 데리고 가는 것을 보셨다더군
시녀	가고 말았군요
공주	아무렴. 곰이 사람의 식구야 되겠느냐. 애야
시녀	네?
공주	우리 시어머님께서 아직 그 집에 계시는 줄 너도 알지?
시녀	네
공주	한사코 오시지 않겠다고 하셔서 그대로 계시다마는……

	장군께서 돌아오시면 모시고 나도 오랜만에 뵈오러 가야 하겠다. 너도 따라와보렴?
시녀	네, 소원입니다
공주	그래라. 요즈음 오면서 시어머님 심정을 알겠다. 그러나 인제는 나이가 많으시니 혼자 계시게 하는 것이 근심스럽구나. 밖에서들 혹 뭐라 하는 소리를 못 들었느냐?
시녀	무슨?
공주	(머뭇거리다가) 아니다. (일어나서 몇 걸음 거닌다. 다시 의자에 앉는다) 졸리느냐?
시녀	아닙니다
공주	되었다. 이야기를 하고 나니 좀 시원해졌어. 그만 물러가거라

시녀 물러간다

공주	(허공을 보며 앉아 있다) 왜 이리 마음이 안존하지 못할까. (기척에 귀를 기울인다) 아무도 아닌가? (잠시 귀를 기울이다가 또 시녀를 부른다. 시녀 등장)
시녀	부르셨습니까?
공주	응, 아직 새벽이 되자면 멀었지?
시녀	네, 아직
공주	날이 밝거든 궁중에 사람을 보내서 싸움터의 소식을 알아 오너라

시녀	네, 매일같이 가는 자가 있습니다
공주	아니다. 시간을 기다리지 말고 날이 밝거든 곧 사람을 보내도록 해라
시녀	그리하겠습니다
공주	되었다. 물러가라

시녀 물러간다

공주	이번 싸움에 이기고 돌아오시면 대장군이 되셔야지. 벌써 됐어야 할 것을…… 그때마다 이러쿵저러쿵하던 무리들도 이번 승전에는 반대할 구실이 없을 테지. 장군을 멀리 보내려고 하지만 그건 안 돼, 장군은 이 몸 가까이, 늘 이 몸 가까이서 이 몸을 지켜주어야지. 내가 그날 장군을 뵈었던 그날부터 장군은 이 몸의 방패요, 이 몸의 울타리였지. 비록 용맹하다고는 하나 산속에서 짐승들의 왕으로 평생을 바치었을 장군을 대고구려의 장군까지 밀어온 것이 이 몸인데…… 아니, 나도 할 만큼 한 것이지. 어느 여염집 아낙네가 나만큼 일을 했으랴. 장군과 함께 걸어온 이 길에서 나는 어떤 반대자들이건 사정없이 물리쳐왔다. 앞으로도 내 길을 막는 자는 용서치 않으리라. 그런데 (귀를 기울이며) 아직 날은 밝지 않고, 싸움터에서 오는 파발마도 이르지 않았겠고…… 이상스럽게 마음이 설레는군

온달의 영靈 등장. 갑옷을 입고 투구는 벗었다. 온몸에 낭자한 피. (적절한 조명과 분장으로 유명을 달리한 온달의 모습을 강조)

공주   오, 장군 (달려간다)

온달   (손을 들어 막으며) 가까이 오지 마시오

공주   (멈춰선다) 장군

온달   가까이 오지 마시오

공주   이게 어찌된 일입니까?

온달   나는 이미 이 세상 사람이 아니오

공주   (경악하며) 오!

온달   공주, 이번 싸움에 나는 기필코 이기려 하였소. 나는 싸웠소. 그리고 이겼소

공주   그러나 장군께서……

온달   나를 죽인 것은 신라 군사가 아니오

공주   그것이 웬 말입니까?

온달   나를 죽인 것은 고구려 사람이오

공주   내 편이……

온달   그렇소, 우리 사람이 나를 죽였소

공주   그놈이, 오호, 누굽니까?

온달   그 일은 급하지 않소. 공주. 내가 여기 온 것은 당신에게 작별을 고하기 위함이오

공주	하느님, 이것이 꿈입니까?
온달	꿈이 아니오, 공주. 내 말을 잘 들으시오. 장수가 싸움에서 죽는 것은 마땅한 일. 비록 내 편의 흉계에 죽음을 당했을망정 나는 상관없소. 공주, 당신을 이 세상에 두고 가는 것이 내 한이오. 내가 없는 궁성에 의지 없을 당신을 생각하면 차마 내 어찌 저승길의 걸음을 옮기리까. 공주, 이 몸에게 베푸신 크나큰 은혜 티끌만큼도 갚지 못하고 가는 이 사람은 죽어도 죽지 못하겠습니다. 10년 전 그날, 이 몸이 하늘을 보던 그날, 당신이 내 오막살이에 오신 날, 이 몸은 당신의 꽃다운 얼굴에 눈멀고 당신의 목소리에 귀먹었습니다. 당신은 그 전날 밤에 내게 오셨습니다. 산에서 동굴에서 지낸 하룻밤에 당신은 나와 더불어 천년을 맹세하셨습니다. 그날, 당신께서 내 앞에서 갓을 벗어 보이셨을 때 나는 알아보았습니다. 당신이 내 하늘인 것을 알아보았습니다. 벙어리 된 이 몸은 당신의 망극한 말씀을 들으면서도 벙어리 된 입을 놀릴 수 없었습니다. 당신은 이후 내 하늘이었습니다. 산짐승과 더불어 살던 이 몸에게 사람 세상의 온갖 지혜를 가르치신 당신, 창으로 곰을 잡듯, 덫으로 이리를 잡듯, 적의 군사를 잡는 것은 쉬운 일이었습니다. 당신을 위해서 나는 싸웠습니다. 당신의 기쁨을 위해서 신라와 백제의 성과 장수들을 나는 취하였습니다. 싸움터의 길은 내가 짐승들을 쫓던 그 길보다 더는 험하지 않

았습니다. 설사 천 배나 그 길이 험하였기로서니 나에게 그것이 무슨 두려움이었겠습니까. 이 천한 몸에게 주어진 영광도 오직 공주를 위한 방패라 생각하고 나는 두려운 줄도 몰랐습니다. 공주, 고구려 평양성의 인심은 무섭더이다. 이 몸은 산에서 활을 쏘고 창으로 끼니를 얻던 그때처럼 편한 마음을 한신들 가지지 못하였습니다. 나보다 뛰어난 사람들이 구름처럼 모인 평양성에서 나는 눈멀고 귀먹은 짐승이었습니다. 나는 보지도 듣지도 않았습니다. 부마될 내력 없는 이 몸을 비웃는 소리도 나에게는 가을날 산의 가랑잎 스치는 소리더군요. 하늘인 당신을 모신 이 몸은 아무것도 듣도 보지도 않았습니다. 무엇을 들어야 할 이치가 있었을까요? 숱한 사람들이 나에게 말했습니다. 공주 당신께서 하시는 이야기를 다 들어서는 안 된다고. 온달은 나라의 부마이고 나라의 장군이라고…… 그러나 이 몸에게는 부질없는 말들. 공주, 당신이 나의 고구려였습니다. 고구려, 그것은 당신이었습니다. 덕이 높으신 왕자의 말씀도 내 귀는 듣지 못하였습니다. 그분들은 모두 다른 고구려를 섬기는 어른들인 것을 나는 알게 되었지만 지금까지도 이 몸과는 상관없는 일입니다. 지금 나는 당신에게서 떠납니다. 나는 두렵습니다. 당신 말고 다른 고구려를 섬기는 사람들이 당신을 해칠 일이, 공주……

공주   장군 (가까이 다가선다)

온달	(다가서다가) 안 됩니다 (손을 들어 막으면서 한 발 물러선다)
공주	가지 마시오. 장군
온달	이윽고 새벽이 되겠으니, 죽은 자는 제 몸이 있는 곳을 찾아가야지요 (이때 새벽 종소리)
공주	장군. 장군을 해친 자가 누굽니까?
온달	머리에, 머리에 상처가 있는 장수, 잠든 나를 찌른 그자를 내가 칼로 쳤소 (뒷걸음질로 물러간다)
공주	장군 이름을, 그자의 이름을……
온달	(고개를 젓는다) 공주, 어머니를 어머니를…… (영 사라진다)
공주	아아 장군……

암전. 침상에서 일어나며 어둠 속에서 부르짖는 공주의 목소리. 차례로 밝아지는 조명 속에 시녀 1, 2, 3 등장

공주	(허공을 보면서) 장군께서, 장군께서……
시녀 1	공주님
시녀 2	꿈을 꾸셨습니까?
시녀 3	공주님
공주	(정신을 차리고) 오, 너희들이냐
시녀 1	가위눌리셨습니다
공주	나를 일으켜라. (부축을 받으며 의자에 와 앉는다. 온달이

	사라진 쪽을 본다. 일어서서 그쪽으로 두어 걸음) 오오
시녀 2	웬 꿈을 꾸셨습니까?
공주	꿈? 아, 꿈이었으면, 꿈이었으면, (의자에 와서 쓰러진다) 꿈이었으면……
시녀 3	(물을 드린다) 드십시오
공주	(받아 마신다)
시녀 1	자리에 드십시오 (부축하려 한다)
공주	(손으로 물리치며) 아직 날이 새지 않았느냐?
시녀 2	곧 밝을 것입니다
공주	(좌우를 돌아보며) 너희들은 무슨 소리를 못 들었느냐?
시녀 1	아무 소리도 듣지 못하였습니다
시녀 2	공주님께서 가위눌리시는 소리밖에는 못 들었습니다
공주	누가 저 밖을 살펴보아라

시녀 1, 2, 문밖으로 나간다. 잠시 후 들어온다

시녀 1	아무도 없습니다
공주	꿈…… (흠칫하며) 저 소리, 들리느냐? (일어선다)
시녀 2	네, 말이
공주	말이 우는 소리지?
시녀 3	그런가 봅니다
공주	궁에 사람을 보냈더냐?
시녀 1	아닙니다. 밝는 날 일찍이 들어가라고 일렀으니 그자는

아닐 것입니다

공주　그러면 이 새벽에 웬 말이냐? 나가보아라. 빨리

시녀 2, 3 급히 퇴장

공주　너희들도 나가보아라

시녀 1 퇴장

공주　무슨 일이나 없었으면 (온달이 사라진 쪽을 보며) 꿈이었던가? 방금 저기 서 계셨는데…… 아직도 말씀이 귀에 쟁쟁한데…… 부디 무사하시기를…… 이 몸을 위해서였다고? 이 몸이 베푼 은혜? 내외간에 어째서 그런 말씀을 하시는가? 은혜? 은혜를 말하면 이 몸이야말로, 세상을 버렸던 몸이 내 집에 돌아오게 된 것이 누구의 힘이었던가? 내가 그것을 몰랐던가? 아니, 님을 뵈온 그날부터 하늘이 보내신 장수를 고구려에 으뜸가는 자리에 세우는 것이 내 꿈이었지. 장군은 마땅히 그럴 만한 분이었기에. 오늘날 백제와 신라의 장수들이 두려워하고 온 나라가 우러러보는 높은 자리가 장군에게는 기쁨이 아니었다니…… 산을 타고 다니실 때처럼 편안한 날은 하루도 없었다니…… 그러면 고구려의 부마요, 고구려의 높은 장수로 지낸 이 세월이 장군에게는 고통이었다는 말인가? 장군에게 싸움터에서 싸움터로 영광을 찾으시게 한 내 진언과 뒷받침은 장군에게 고통을 만들어주었단 말인가? 내 한 몸의 권세를 위해서만 나는 장군에게 싸움을 권했던가? 아니다. 산속의 모진 살림도 나는 견뎠었지. 내가 장군을 첫눈에 보았을 때, 오, 나야말로 하늘을 보았지. 생시가 꿈이 되고, 꿈이 생시가 되던 그 마음. 내 인연의 길목에 홀연히 모습을 나타내신 장군. 곰 한 마리를. 그래, 송아지만 한 곰 한 마리를 메고 사립문을 들어오실 때 나는 이 눈을 믿을 수 없었지. 장군이, 온달이, (웃음을 지으며) 바보 온달이 진짜 사람이라니…… (웃음을 짓는다) 왜 그토록 믿기지 않았을까? 옳지, 그때 내 마음은 그 일을 믿을 수 없었지. 온달이 육신을 가진 진짜 사람이라는 일. 그 일이 무작정 믿기지 않았지. 그러자 살아온 세월이 모두 아리송해졌지. 나는 알고 싶었어. 그것이 정말 꿈인지 생신지, 모두를. 장군을, 나를, 세상을, 고구려를, 신라를, 무엇인가를, 조바심 나게 나는 알고 싶었지. 장군은 누구인가를, 장군은 천하의 명궁인 것을 알았지. 장군이 얼마나 글을 깨치는가를 알고 싶었지. 나는 가르쳐드렸지. 곧 내가 더 가르쳐드릴 것이 없는 것을 알았지. 그래서 또 나는 알았지, 장군은 평양성에 오셔야 한다는 것을, 아버님께서 사냥을 나오신 날 나는 장군에게 일러드렸지. 아버님 눈앞에서 떠나지 말고 자꾸 짐승을 쏘아

맞히시라구. 평양성에서도 장군은 으뜸가는 용사인 것을 나는 알았지. 장군은 싸움마다 이기시고 한없이 이기실 힘을 가지셨으니 나는 장군이 어디까지 이기시는가를 알고 싶었어. 장군이 누구인가를 알기 위해서…… 아내 된 이 몸이 장군을 위해서 무얼 할 수 있는가를 알기 위해서. 그래서 나는 장군의 적들을 알아냈지. 그들을 목 자르고 멀리 쫓아보냈어. 장군과 내가 가는 길을 더 분명히 보기 위해서. 그 길을 위해서 장군은 태어나지 않았는가. 그 길을 위해서 장군은 내 앞에 나타나시지 않았던가? 그 길을 위해서 어린 시절 내 귓전에 그 이름을 울려주시지 않았던가? 그런데 그것을 그 길을 바라시지 않으셨다니? 내가 드리는 말씀을 한마디도 물리치지 않으신 당신은 당신이 아니었습니까? 당신은 누굽니까? 그토록 오랜 세월, 이 몸의 하늘이었으면서도 지금 그러지 않다고 하시는 당신은 누굽니까? 님이여. 당신은 누굽니까? (밖에서 웅성이는 소리)

시녀들 (등장) 공주님

공주 오, 웬일이냐? 누가 말을 타고 왔더냐?

시녀들 (꿇어앉으며 흐느낀다) 공주님

공주 웬일이냐? 사위스럽다

시녀 공주님. 장군께서 전사하셨다 합니다

공주 무엇이라? 그러면, 그러면 (쓰러진다. 시녀들, 부축해서 의자에 앉힌다) 소식을 가져온 자를 불러라

시녀 2 나간다. 전령傳令을 데리고 등장

공주   싸움터에서 왔느냐?

전령   아닙니다. 저는 궁중의 근무이온데 방금 싸움터에서 전령이 와서 장군께서 돌아가신 것을 알려왔기에 위병장의 명령으로 공주궁에 알리러 왔습니다. 우리 편이 싸움에는 이겼으나 장군께서는 전사하셨다 합니다

공주   그러면 아까 말씀이…… 물러가라. 궁에 들어가겠으니 차비를…… (기함해서 의자에 앉은 몸이 쓰러진다)

부축하는 시녀들. 다른 시녀 여러 명 등장. 우왕좌왕하면서 벌컥 뒤집힌 무대

등불이 넘어지면서 암전

전장. 들판에 작은 천막을 치고 그 아래 온달의 관을 놓았다. 멀리 지평선 쪽으로 전기戰旗들이 펄럭이는 것이 원경으로 보임. 장교 지휘 아래 군병 여럿이 관을 들어올리려 하고 있다. 구령에 맞춰 일제히 들어올리려 하기를 몇 번 거듭하지만 들리지 않는 관, 장교, 당황해서 직접 거든다. 마찬가지다. 전령 장교 한 사람 등장

전장   (지휘 장교에게) 무엇하고 계시오. 공주님께서는 벌써 이곳에 오셔서 기다리고 계시오. 빨리 관을 옮겨오라는

	분부시오.
지장	이상한 일이오
전장	이상하다니……?
지장	관을 움직일 수가 없소
전장	무어라구요? 이 사람들을 가지고……
지장	그것이 아니오. 사람이 모자라서가 아니오. 관이 들리지 않는단 말이오
전장	무슨 말이오

지휘 장교. 구령을 내려 다시 관을 드는 작업을 해 보인다 전령 장교도 다가서서 거든다. 안 들리는 관

전장	이게 어찌된 괴변인가
지장	이 일을 어찌하면 좋겠소?
부장	일찍이 듣지 못한 일. (두려운 듯이 관을 보면서) 나하고 같이 갑시다

두 장교 더불어 퇴장. 좌우로 갈라서는 병사들
여러 사람이 오는 소리. 공주, 시녀 2, 여러 장수, 장교, 병사들 등장

| 공주 | 오호…… (한발 한발 관에 다가선다. 관 앞에서 열라는 손짓) |

어디서 무엇이 되어 만나랴 73

의병장들 관 뚜껑을 연다

공주   (관 앞에 꿇어앉아, 한 손으로 모서리를 잡고 다른 손으로 시체를 쓰다듬는다) 장군…… 이게 웬일입니까? (고개를 돌려 장수들을 한 사람씩 천천히 훑어본다. 갑자기 몸을 일으켜 돌아서서) 장수들은 투구를 벗으시오
         (장수들 영문을 몰라 어리둥절한다)
공주   내가 알아볼 것이 있으니 장수들은 투구를 벗으시오
온달의 부장   싸움터에서 장수는 투구를 벗지 못합니다
공주   알고 있다. 그러나 내가 명하는 것이니 잠시 벗어라
전장   안 됩니다
공주   정말 못 벗겠느냐?
부장   군율이 산과 같습니다
공주   괘씸한 것. 네가 벌써 나를 업수이 보는가? 그러면 내 손으로 벗기리라. (다가선다. 호위 군사들 창으로 앞을 막는다. 장교들도 가로막는다) 너희들이, 너희들이 내 앞에 창을 대느냐? 물러서라. (호위병들 묵묵부답으로 막아선 채로 있다. 공주 비틀거린다. 시녀들이 급히 부축한다) 아아 그랬던가…… 그랬던가…… 새벽에 하신 말씀을 이제야 알겠구나. 오, 오랜 꿈, 오랜 꿈의 길이 이제 환하구나. 장군, 당신이 누구였던가를 당신이 나의 누구였던가를…… (관 곁에 돌아온다)

공주의 영창…… 합창대의 합창. 혹은 대원의 한 사람에
의한 독창으로, 공주는 동작만

그 옛날 봄날에
님의 이름 들었네
무섭고 그리운
님의 이름 들었네
온달 내 님。

그 옛날 여름날에
님의 얼굴 보았네
장하고 그리운
님의 얼굴 보았네
온달 내 님。

그 옛날 산속에
님의 사랑 받았네
꽃피고 눈도 오는
님의 시집 살았네
온달 내 님。

그 옛날 그때부터

내 님은 달렸네
백제와 신라와
오랑캐를 무찔렀네
온달 내 님0

그 옛날 그때부터
이 몸은 꿈이었네
아둔하고 우둔한
내 님의 꿈이었네
온달 내 님0

그 옛날 그 기쁨이
벌판에 흩어졌네
내 아닌 내 마음이
내 님을 죽였다네
온달 내 님0

그 옛날 그 노래를
어느 누가 막으리
저승이 만 리라도
소리쳐서 부르겠네
온달 내 님0

공주　　장군, 비록 어제까지 장군이 치닫던 벌판이라 하나, 이제 누구를 위해 여기 머물겠다고 이렇게 떼를 쓰십니까? 장군의 마음을 내가 알고 있으니 집으로 돌아가십시다. 고구려는 내 아버지의 나라. 당신의 원수를 용서치 않으리다. 평양성에 가서 반역자들을 모조리 도륙을 합시다. 자, 돌아가십시다 (손짓을 한다)

의병장들 관 뚜껑을 닫고 관을 올려놓은 받침의 채를 감는다

공주　　들어올려라

올라오는 관. 모두 놀라는 소리

공주　　가자, 평양성으로. 그곳에서 잔악한 반역자들을 샅샅이 가려내어 목을 베리라 (공주 움직인다)

공주, 시녀, 관, 군사들, 서서히 퇴장. 부장과 장수 몇 사람만 무대에 남는다

장수 1　　(부장에게) 공주의 노여워하심이 두렵습니다
장수 2　　필시 무슨 기미를 알아보셨음이 틀림없습니다
부장　　어떻게 알 수 있단 말인가?

장수 3	투구를 벗으라고 하신 것이 증거가 아닙니까?
부장	어떻게 알았을까? (둘러보고) 너희들 중에 배반하는 자가 있으면 행여 온전히 상금을 누릴 목숨이 있거니는 생각 말라
장수들	무슨 말씀입니까. 억울합니다
부장	그렇겠지. 이것을 문제 삼는다 치더라도 (투구를 벗는다. 머리를 처맸다. 피가 배어 있다) 이것이 어쨌단 말인가. 이토록 신라놈들과 싸운 것이 군법에 어긋난단 말인가? (음험한 웃음) 두려워 말라. 공주보다 더 높은 분이 우리 편이야
장수들	(비위 맞추는 너털웃음)
부장	가자, 평양성으로. 그곳에서 과연 누구의 목이 먼저 떨어지는가를 보기로 하자

모두 퇴장

처 음과 같은 온달의 통나무 오두막 앞에서 한 달 후

초겨울의 저녁 무렵

심부름하는 아이〔婢〕 부엌을 드나든다

온달의 어머니 처마 밑 의자에 나와 앉는다. 멍하게 하늘을 본다. 일어서서 마당을 서성거리다가 사립문을 나간다

사이

공주와 대사 등장

공주   (문간에서 멈추고 서서) 어머니
비   공주님 (인사드린다)
공주   어머니께서는?
비   뒷산에 가셨습니다
공주   뒷산에?
비   매일 나가십니다. 어떤 때는 하루 종일 계십니다
공주   적적하셔서……
비   장군께서 여기 계시는 것같이 마중하러 나가시는 모양입니다
공주   아…… (사이) 바람이 찬데
대사   네가 가서 모시고 오너라
공주   내가 가지요
대사   이 애를 보내십시오
공주   ……

비 나간다

공주   (둘러본다. 집 안에 들어간다. 사이. 나온다) 그대로군요
대사   노부인의 소원이라 그대로 두었지요
공주   (집을 한 바퀴 돌아간다. 뒤뜰에 갔다가 반대편으로 나온다. 마당 가운데로 나서며) 내 집. 대사님

대사	네
공주	그날 대사의 암자로 가는 길에 무엇 하러 이 집에 들렀습니까?
대사	……
공주	들르지만 않았어도……
대사	우리가 보지 못하고 듣지 못한 숱한 업들이 닦아놓은 길을 어떻게 피할 수 있었겠습니까? 업도 우리를 보지 못하고 우리도 업을 보지 못합니다. 다만 만날 뿐입니다.
공주	(격하게 발작적으로 격해지는가 하면 갑자기 풀이 죽고 하는 식으로) 나는 모르겠어요. 지금도 모르겠어요. 그날 장군을 뵈오면서, 아니? 집이라는 말을 들은 그 찰나에 내 머릿속의 무엇인가가 어긋나버렸어요. 무엇일까요?
대사	집착을 버리십시오
공주	집착? 아니에요. 그것은 내 것이 아니니까 집착할 수도 없지 않아요? 생시와 꿈이 어긋난 것일까? 무엇이 내 안팎에서 틀려버린 것일까? 그때 이 마당에서 내가 느끼던 그 짜증스러움. 내가 살아오던 세월이 뱃멀미처럼 곤두서면서 나는 평양성의 시간을 토해버렸어요. 그 뒤에 남은 어질머리를, 어질머리를 달래느라구 나는 발버둥쳤어요. 정신을 수습하려는 뱃손님처럼. 그런데도 지금은 (이마에 손을 얹는다) 나는 어지러워요. 이 마당, 저 울타리, 저 산봉우리들. 초겨울의 이 무렵 내가 살던

	집이에요. 그 세월이 흘렀는데 왜 이토록 아무 일도 없을까요. 그것이 이상스러워요
대사	공주님, 우리가 없어도 강산은 있고, 우리가 없어도 세월은 있습니다
공주	용서할 수 없어요. 나는 그것을 용서할 수 없어요. 좋아요. 그러나 세월과 내가 함께 있는 동안만은 나는 이 어질머리에서 풀려나고 싶어요
대사	그래서 노부인과 사시러 여기 오신 게 아닙니까?
공주	(갑자기 누그러지며) 그래요
대사	그리고 공주님께서는 궁에 계셔서는 안 됩니다
공주	무슨 낙이 있다고 내가 거기 있기를 원하겠어요. 그러나 나를 죽지 부러진 새라고 업수이여기는 것이 괘씸해서 지금까지 버티고 있었던 것뿐입니다
대사	그런 생각은 버리십시오
공주	나를 위해서가 아닙니다. 장군의 명예를 위해서, 장군이 돌아가시자 손바닥 뒤집듯 돌아서는 것들이 미워서
대사	모든 일은 끝났습니다
공주	그런데 나는 끝난 것 같은 느낌이 들지 않아요
대사	네?
공주	장군께서 꼭 돌아오실 것만 같아요. 집에서는 꼬박 밤을 새웠어요
대사	한 달밖에 안 됐으니 그러시겠지요
공주	한 달? 어제 같아요. 이렇게 와보니, 여기서 살던 세월

이 어제 같구요. 10년 전에 이 마당에 들어서던 일이 어제 같구요. 대사님. 마음은 왜 움직이지 않습니까? 어지러운 바람이 몰아쳐갔는데 왜 마음은 꼭 어제 같습니까?

(대사 거닌다)

공주	어째서 이럴까요?
대사	공주는 잊어버림이 모자라서 그렇습니다
공주	잊어버림이? 어떻게 잊어버립니까? 저는 걱정입니다
대사	네?
공주	어머님께 장군이 돌아가신 이야기를 어떻게 했으면 좋을까요?
대사	그것이 어렵군요
공주	나의 참마음 같아서는 영영 말씀드리고 싶지 않아요. 그리고 모시고 있으면서 언제까지나 말씀드리지 않을 수도 없고
대사	방법은 있습니다
공주	무슨?
대사	공주께서 제 암자에 거처하면서 가끔 여기 와 머무르시면 되지 않겠습니까?
공주	저는 옛날처럼 장군이 계시던 시절처럼 어머님을 모시려고 온 것입니다. 그리고 한두 번이지 번번이 저 혼자만 나타나면 어찌 생각하시겠습니까?
대사	그러니……

공주	아무튼 나는 인제 돌아갈 곳은 없는 몸이니 양단간에 정하기는 해야 하겠는데……
대사	얼마 동안은 괜찮으리다. 장군께서 싸움터에 계시는 동안 다니러 오셨다고 하면 되지 않겠습니까?
공주	싸움터에…… (슬픈 웃음)
대사	장군께서도 공주님이 노부인과 사시기로 한 일을 잘했다고 하실 것입니다
공주	(끄덕인다) 저한테 당부하시던걸요
대사	평소에 걱정을 하셨겠지요. 어머님을 모시지 못하셨으니
공주	어머님께서 평양에 오시기를 한사코 마다하셨지요. 나이 많으신 분이 갑자기 생소한 곳에서 부대끼실 것도 그렇고, 여기 계시게 한 것입니다
대사	네. (머뭇거리며) 말해서 어떨지 모르겠습니다만……
공주	네?
대사	실은 장군께서 저한테 하신 말씀이 있었지요
공주	무슨 말씀을?
대사	네……
공주	갑갑하군요
대사	공연히 말을 낸 것 같군요
공주	아이 갑갑해라
대사	말씀드리지요. 어머님이 여기 계시게 된 것은 어머님 뜻이기도 하겠지요마는 장군께서도 그렇게 바라고 계셨습

니다

공주 그럴 리가 있습니까?
대사 말씀드리기 어렵습니다
공주 괜찮아요. 내가 인제 무엇을 두려워하겠습니까?
대사 장군께서는 당신이 미천한 몸인 것을 늘 어려워하셨습니다
공주 아아. (사이) 그래서요?
대사 그래서 어머님을 궁에 모시는 일도 삼가신 것이지요
공주 (일어선다) 장군, 야속하십니다. 어째 저를 그토록 몰라주셨습니까? 이 한을 어떻게 풀면 좋겠습니까 대사님?
대사 노부인께 효성을 다하시러 온 게 아닙니까?
공주 그렇습니다. 아까 얘기는 궁리를 하면 도리가 있겠지요. 그 말을 듣고는 나는 인제 정말 여기를 떠나지 못하겠습니다. 대사님. 그런 이야길랑 더 들려줘요. 내가 몰랐던 이야기를
대사 그뿐입니다
공주 생각해주세요
대사 차차 생각해보지요. 공주께서 여기 계시면 늘 뵙게 되겠지요
공주 그동안 격조하게 지냈었군요. 왜 나를 자주 찾아주지 않으셨어요? 내가 몰랐던 일을 나한테 알려주실 수 있었을 텐데
대사 그때는 그렇게 되더군요

공주	내가 대사를 노엽게 한 일이라도 있었던가요?
대사	아닙니다. 저도 처음에는 말씀도 드리고 할까 했습니다만
공주	그런데 왜?
대사	되레 이롭지 못할 것 같아서……
공주	누구에게?
대사	모든 사람에게지요
공주	저는 대사님이 왕자의 편이신 줄 알았어요
대사	왕자는 불도의 동행자입니다. 길을 찾는 친구로서 무관하게 저를 대하시는 것이지요
공주	왕자는 왜 왕비를 간하지 못합니까? 왜 간사한 자들이 둘레에서 날뛰는 것을 막지 못합니까?
대사	왕자는 늘 온달 장군에게 호의를 가지고 계셨습니다
공주	그래서 내 남편을 죽이도록 놓아두었습니까? (격한 투로 점점 흥분하면서) 그 사람의 미지근한 태도 때문에 얼마나 많은 사람이 사태를 그릇 판단했는지. 나는 왕자가 가장 나쁜 비극은 피하도록 힘을 쓰는 줄로 알았어요. 내가 그 사람을 믿지 말고 내 손에 힘이 있었을 때 화근을 뿌리째 뽑았어야 하는 것을. 힘도 용기도, 지혜도 없는 사람을, 허깨비 같은 사람을 어렴풋이 믿고 있다가 하늘 같은 남편을 잃을 줄이야. 반역자들을 처단하라는 내 호소를 그 사람은 종시 믿어주지 않더군요
대사	어전 회의에서 말이지요

공주	(끄덕인다)
대사	무어라 하시던가요?
공주	무슨 말이라도 한다면 시원하지 않겠어요?
대사	……
공주	아무것도 없는 빈 얼굴, 빈 마음, 그래도 임금의 자리는 마다 않을 테지요?
대사	공주께서 무사히 여기 오시게 애쓰신 것도 왕자님이십니다
공주	무사히?
대사	황공합니다
공주	살인자들
대사	고정하십시오. 효도를 하시려면 조용히 계셔야 합니다
공주	(쓸쓸하게 웃는다) 조용히? 조용하지 않으면 내가 어떻게 한단 말이오? 10년 전 이 마당에 들어설 때도 나는 조용할 수밖에 없었지요. 그때 내가 이 집에 머문 것이 잘못인가? 내가 그대로 지나치기만 했어도 이 집 주인은 아직 여기 있을 것을…… 내가…… 내가 나빴었군. 그러나 그때, 나를 사로잡은 그 이상한 설렘…… 그 속에 이 모든 불행이 깃들여 있었는가? 그렇다면 이 몸은 장군의 큰 재앙이었던가? (비통한 음성)
대사	공주님. 아닙니다. 고정하십시오. 공주님의 비통한 마음을 풀어드릴까 제가 또 한 말씀 드리지요
공주	말해주오. 진실을. 이 가슴에 화살 같은 못을 박는 말이

	라도 좋소, 진실을 말해주시오
대사	그때 공주님께서는 말로만 듣던 온달 장군이 생시의 사람인 것을 보시고 놀라신 것이지요
공주	놀랐느냐구요? (고개를 젓는다) 놀랐느냐구? (고개를 젓는다) 달라요. 그렇게 말해버리면 쉽겠지요. 그러나 달라요. 아직도 잡히지 않는 그때의 이 마음. 이 안타까움. 10년이 가도 가시지 않는 이 안타까움. 놀랐느냐구요? 네 놀랐지요. 놀라운 일이 조금도 놀랍게 느껴지지 않는 데 놀랐지요. 이런 말이 있나요? 아니 말이야 있든 없든……
대사	그 말씀을 제가 드리려는 겁니다
공주	그 말이라니
대사	장군께서도 놀라지 않으셨을 거라는 말씀이지요
공주	그럴 리가……
대사	장군께서는 여기서 뵙기 전에 공주님을 알고 계셨습니다
공주	나를 보셨다는 말인가요?
대사	장군께서 그 전날 산에서 주무셨다던 생각이 나십니까?
공주	나고말고요. 그래서 그날 짐승을 메고 들어오시지 않았습니까? 송아지만 한 곰을 (꿈꾸듯)
대사	맞습니다. 장군이 그날 밤 산에서 꿈을 꾸셨다더군요
공주	꿈을?
대사	네

공주	그래서?
대사	꿈에서 공주님을 뵈었다더군요
공주	처음 듣는군요. 자세히 얘기해주세요
대사	그래서 공주님을 보았을 때 대뜸 알아보았다고 하더군요
공주	꿈 얘기를 더 자세히……
대사	(웃으며) 꿈속에서도 공주님과 혼인을 하셨다고
공주	어떻게?
대사	장군이 산에서 일을 하다가, 그 뭡니까 덫을 놓은 데로 가는 길인데 가도가도 늘 가는 굴이 나타나지 않더라는군요. 그런데 어느덧 날은 저물고 방향을 알 수 없는데 불빛이 보이더랍니다. 찾아가서 주인을 찾으니 어떤 낭자가 나와서 맞는데…… 그 낭자와 부부가 돼서 살았답니다
공주	꿈 얘기지요?
대사	그렇지요
공주	그게 답니까?
대사	네?
공주	꿈 말예요. 그래서 어떻게 됐답니까?
대사	꿈이 옛날얘기처럼 자꾸 뒤가 있나요? 그래서 그랬겠지요
공주	(웃는다)
대사	그러니 산에서 돌아와서 공주를 보니 꼭 꿈속에 보는 그

　　　　　낭자라더군요

공주　　꿈속에 여자는 무엇 하는 웬 여자였던가요?

대사　　글쎄요. (생각한다) 꿈이니, 그 역시 (생각한다) 옳지, 자기는 이 산속에서 이 집에 살면서, 장군이 오시기를 기다리고 있었다더군요

공주　　꿈에서는 제 집에 장군이 들르신 것이군요. 생시와는 반대로

대사　　그렇군요. 그래서 말하자면 장군께서는 공주가 찾아오실 줄을 알고 계신 것이 되지 않습니까?

공주　　(밝은 표정)

대사　　그러니 공주님이 굳이 이곳에 머무르셨기 때문에 그 후의 일이 생겼다고만 할 수 없는 것이지요. 공주께서 어릴 적 꿈결같이 들으셨던 온달이라는 이름이, 살아 있는 사람인 것을 보고 놀라신 것처럼, 장군도 꿈에서 백년해로한 낭자가 제 집 뜰에 서 계신 것을 보신 것이니 놀랐다면 두 분이 다 놀랐겠고 놀라지 않았다면 역시 두 분이 마찬가지였겠으니 공주께서 두 분의 인연을 혼자 정하신 것처럼 생각하시고 괴로워하실 것은 아닐 일이다, 이런 뜻이지요

공주　　(밝게) 그랬던가요…… 대사님께서는 언제 그 얘기를 들으셨습니까?

대사　　장군이 얼마 전에 어머님을 뵈러 이곳에 오신 길이죠. 제 암자에도 들르셨지요. 그때 말씀하시더군요. 제가

	그날 여기서 쉬게 된 연유를 말씀드렸더니, 장군도 옛날 애기를 하시더군요
공주	그랬던가요…… 제게는 그런 말씀을 않으셨는데
대사	장군의 성품이 그렇지 않았습니까?
공주	그렇지요. 집에서나 군대에서나 말이 없으셨지요. 그러나 제가 부탁드린 일은 모두 해주셨지요. 어떤 일이든
대사	장군은 꿈속에서 맺으신 백년가약을 생시에 당하시고 평생을 그 꿈이 이어진 것으로 생각하셨지요. 장군이 그렇게 말씀하시더군요. 그 꿈이 잊히지 않는다고, 그 꿈속에 아직 사는 것 같다고요
공주	장군도 저를 미리 아셨다고……
대사	(문간을 보며) 제가 가봐야겠군요. 멀리 가셨는가?

대사 퇴장. 공주, 그대로 서 있다. 나가는 대사를 보지 않고 생각에 잠겨 서 있는 모습. 움직인다. 집을 손으로 어루만진다. 여기저기를. 마치 앞의 막에서 관을 만지던 손짓처럼, 정면을 향하면서

공주	나를 꿈속에서 만나셨다고? 내가 장군을 미리 알았던 것처럼 나를 알고 계셨다고? 왜 이렇게 늦는가? 모든 일이 끝나고 소용없이 되었을 때 진실이 드러나다니……? 그때의 내 마음, 그 짜증스러움. 알 듯 말 듯 하던 심사. 아무리 말을 뱉어도 혀가 짧게 느껴지던 그

마음은 그 탓이었는가? 내가 산 꿈. 산속의 꿈에서 장군과 같이 보낸 나의 시간을 내가 몰랐던 탓이었던가? 분명히 내가 산 세월, 장군을 모시고 다름 아닌 내가 산 세월을 내가 생각해낼 수 없는 까닭에 느낀 안타까움이었던가? 장군도 그것을 느꼈을 것이 아닌가? 나의 행동이 당돌했겠지. 나한테는 그렇게 당연하던 일이. 아니 틀림없어. 장군께서는 잘 알고 있으면서 나한테는 알아듣게 할 수 없던 꿈의 세월 때문에. 장군께서는 산속의 그 밤을 자연스럽게 사시는 것이지만 나는 그렇지 않으리라는 짐작. 아, 내가 바로 그랬었는데 내가. 나는 그 시절, 어릴 때 그 무섭고 그리운 귓가의 세월이 그대로 자연스러웠는데 장군께서는 그렇지 못하시리라는 염려. 우리는 같은 어려움을 살았었군. 그 염려 때문에, 장군과 나의 삶이 생소하지 않은 것을 알리려고 나는 장군께 글을 가르치고, 술책을 일러드리고, 고구려를 말씀해드리고, 신라를 말씀해드리고, 장군이 되시게 하고, 궁중이 어떤 곳인가를, 누구를 죽이셔야 하는가를 일러드렸지. 장군과 나 사이에 있는 그 안타까움을, 서먹함을 거둬버리기 위하여. 서로의 꿈을 기억해주지 못하는 그 미안스러움을 메우기 위해서, 우리가 더불어 하는 일이 많으면 많을수록 그 안타까움이 그 미안스러움이 덜어지기나 할 것처럼. 우리의 꿈속에서는 보지도 못하던 남이, 우리는 그 속에서 서로를 잃어버리지 않기 위해서 그 남들을 없애는 길밖에는 없었지. 그러면 더 많은 남들을 없애야 했지. 더 많은 신라 놈들 모두를, 백제 놈들 모두를, 요하 건너편에 사는 놈들 모두를, 어디까지 가야 끝날 것이었는가, 우리가 우리를 만나기 위해서는. 그리고 장군은 가버리셨군. 어디로? 내가 모르는 어디로. 장군이 살아 계실 때 몰랐던 일이, 그 짜증스러움이 지금 알아지고, 지금 가셨는데 장군은 없고, 장군과 내가 한 꿈속에서 살면서도 모르고 지냈다는 것이 또다시 새로운 짜증스러움이 되는구나. 어찌하면 좋은가? 이 일은 어디 가서 풀리는가? 이 새로운 꿈은?

온모, 대사, 비 등장. 공주 다가간다. 온모, 공주를 보고 놀라며 두려운 듯한 몸짓, 전에 여기서 살던 때의 두 사람의 미묘한 관계가 엿보이게 하는 동작으로

공주	어머님, 그동안 별고 없으셨습니까?
온모	……
공주	(절한다)
온모	(마주 절한다)
공주	추운 날씨에 어디를 갔다 오십니까 (온모를 살피고) 옷걸이도 걸치지 않으시고 (자기 배자를 벗는다. 밝고 진한 주홍빛 배자, 온모에게 다가가 입혀드린다)
온모	온달은……

공주	온달 장군은 싸움터에 계십니다
온모	싸움터?
대사	네. 이번에는 좀 오래 계실 것 같습니다. 그래서 공주께서 문안드리러 왔습니다. 장군이 돌아오실 때까지 여기서 모시고 계시겠답니다
온모	여기서……
공주	어머님, 그동안 불편하셨지요? 자주 와서 문안드린다는 것이……
온모	(고개를 젓는다)
공주	이번에는 장군께서는 오래 걸리실 모양이니 (말을 잇지 못하다가, 힘들여 밝게) 그사이 제가 시중을 들겠습니다
온모	여기서 사시겠다고?
공주	네
대사	여기서 이러실 것이 아니라 들어가시지요. (온모에게) 공주께서는 어머님이 오신 다음에 들어가신다고 여태껏 밖에서 기다리셨습니다
온모	(별다른 빛 없이, 앞장서 들어간다)

공주, 비 뒤를 따른다. 이때 많은 사람들이 가까이 오는 기척. 장교 1, 군사 여럿 등장. 들어가던 사람들이 멈춰 서다가 다시 나온다

대사	(장교를 알아보고) 오, 당신이군. 웬일이시오?

공주	웬일인가?
장교	왕명을 받들어 공주를 모시러 왔소
공주	나를
장교	그러하오
공주	나는 여기서 살기로 했느니라
장교	돌아오시라는 분부시오
공주	내 일은 내가 알아서 할 것이니 돌아가서 그렇게 여쭈어라
장교	아니 됩니다
공주	무엇이라? 네 이놈, 네가 실성을 했느냐?
장교	실성한 것도 아니오
공주	아니 이놈이……
장교	온달 장군도 돌아가신 이 마당에 공주는 궁을 지키지 않고 왜 함부로 거동하셨소?
온모	무엇이? 온달이, 온달이……
장교	(그쪽을 보고 웃으며) 모르고 계셨습니까? 온달 장군은 한 달 전에 세상을 떠났습니다
온모	(쓰러진다. 비, 공주, 붙든다) 온달이, 온달이……
공주	이놈, 네 이 무슨 짓이냐? 네가 어떻게 죽고 싶어서 이다지 방자하냐?
장교	방자? (껄껄 웃는다) 세상이 바뀐 줄도 모르시오? 온달 없는 공주가 누구를 어떻게 한다는 말이오
대사	이게 어찌 된 일이오. (장교에게) 지나치지 않은가!

장교	가만히 비켜 서 있거라
대사	오!
장교	아니, 이놈을 끌어가라

병사들 일부, 대사를 끌고 퇴장

장교	(공주에게) 자 걸으시오
공주	네가 정녕 내 말을 듣지 못하겠느냐?
장교	내 말을? 왕명을 받들고 온 사람에게?
공주	이놈이 정녕 실성했구나. 내가 돌아가면 어찌 될 줄을 모르느냐? 나는 이곳에 머물기로 하고 이미 아버님께도 여쭙고 오는 길, 누가 또 나를 지시한단 말이냐? 정 그렇다면 근일 중에 내가 궁에 갈 것이니 오늘은 물러가라
장교	정 안 가시겠소?
공주	(분을 누르며) 내가? 말을 어느 귀로 듣느냐? (타이르듯) 네가 아마 잘못 알고 온 것이니, 그대로 돌아가면 오늘의 허물을 내가 과히 묻지 않으리라
장교	(들은 체를 않고) 정 소원이라면 평안하게 모셔오라는 명령이었다. 잡아라

병사들, 공주의 팔을 좌우에서 잡는다

공주	어머니

장교	편하게 해드려라

병사 1, 칼을 뽑아 공주를 앞에서 찌른다. 공주 앞으로 쓰러진다. 붙잡았던 병사들 서서히 땅에 눕힌다

장교, 손으로 지시한다
병사 2, 큰 비단 보자기로 공주의 시체를 싼다
장교, 또 지시한다
병사들. 공주를 들고 퇴장. 장교 뒤따라 퇴장. 공주의 살해에서 퇴장까지의 동작은 마치 의전 동작처럼. 기계적으로 마디 있게 처리

대사	공주. 좋은 세상에서 또다시 만납시다

온모, 사건이 진행되는 동안 전혀 움직이지 않고 서 있다가 모두 퇴장한 다음 무대 정면으로 조금씩 움직여 나온다. 밝은 진홍색 배자와 성성한 백발이 강하게 대조되게, 날이 저물 무렵, 이 조금 전, 병사들의 퇴장 무렵부터 눈이 조금씩 내리기 시작. 흰 눈, 진홍빛 배자, 백발이 이루는 색채의 덩어리를 인상적으로 나타낼 수 있도록 조명을. 온모 소리는 없이 입속에서 중얼거리는 표정

온모	(얼굴을 약간 쳐들어 눈발을 보며) 눈이 오는군…… 오

늘은…… 산에서…… 자는 날도 아닌데…… 왜…… 이렇게 늦는구? (계속 내리는 눈발 속에)

─ 막

옛날 옛적에 훠어이 훠이

■ 작가의 말

1. 이 이야기는 평안북도에 내려오는 전설이다.
2. 전설 원화는 애기를 눌러 죽이는 데까지이다.
3. 이 전설의 상징 구조는 예수의 생애 — 절대자의 내세, 난세에서의 짧은 생활, 순교, 승천의 그것과 같으며, 구약성서 출애굽기의 과월절의 유래와도 동형이다.
4. 희곡으로 읽는 경우에는 종교적 선입관 없이, 인간의 보편적 비극으로 읽힐 수 있을 것이다.
5. 상연에서는 연출 지시에 있는 바와 같이, 대사·움직임이 모두 느리게, 그러면서 더듬거리는 분위기가 나오도록 하는 것이 좋으며, 이 같은 비극이 너무 합리적으로 해석되어서는 안 된다.
6. 스스로의 운명을 따지고 고쳐나갈 힘이 없는 사람들의 무겁고 어두운 이야기로 표현되어야 한다.
7. 인물들은 거의 인형처럼, 조명·음향, 그 밖의 연출수단의 수단처럼 연출할 것.
8. 마지막 장면에서는 사건의 경위에 관계없이, 지상의 사람들은 신들린 사람들처럼, '흥겹게' 춤출 것.

첫째 마당

오막살이, 눈이 내리고 있다. 저녁 무렵, 흐릿한 등잔불, 아내, 방에서 바느질을 하고 있다. 달이 찬 몸. 열다섯쯤 또는 그보다 아래. 바느질감을 들어 눈으로 대중을 해본다. 세간이랄 것이 없다. 무대는 방바닥이 되는 네모난 마루 한 장 위에 그녀가 앉아 있고, 등잔대 하나, 화로, 그밖에는 아무것도 없다
바느질감을 눈높이에 들고, 가끔 멍하고 있다
그러고는 자기 배를 내려다본다
가만히 쓰다듬는다
기척
귀를 기울인다

바람 소리

귀를 기울인다

바람 소리

바느질을 다시 해나간다

등잔 심지를 바늘 끝으로 들어올린다

부엉이 우는 소리

귀를 기울인다

화로에 얹은 찌개그릇을 만져본다

부젓가락으로 재를 다둑거려놓는다

바느질을 다시 해나간다

기척

귀를 기울인다

바람 소리

귀를 기울인다

바람 소리

아내, 일어서서 방을 나온다 (마루에서 내려선다)

사립문일 듯한 자리로 와서 어둠 속을 멀리 내다본다

눈이 내려 머리에 쌓인다

바람 소리

부엉이 소리

사이

천천히 방으로 돌아온다

기척에 돌아선다

사이

다시 걸음을 옮겨 방으로 돌아온다

등잔 심지를 올린다

바느질감을 집어든다.

가끔 손놀림을 멈춘다

배를 쓸어본다

웃는다

바람 소리

부엉이 소리

고개를 들어 귀를 기울인다

기척

일어선다

남편, 마당에 들어선다

지게에 부대 두 개를 포개어 지고 왔다

지게를 벗어 마루 끝에 세운다

아내, 지게 벗는 것을 도와준다

남편 어깨에서 눈을 털어준다

남편, 신을 턴다

아내, 남편 바지를 털어준다

모든 움직임은 느리게, 한 가지 한 가지 그때마다 생각난 듯

느릿느릿

모든 인물들의 말은 보통보다 훨씬 느리다. 띄엄띄엄, 생각난 듯이

남편은 심한 말더듬이

모든 사람의 말의 주고받음이 답답하게, 그러나 당자들은 그것이 자연스럽게, 한 사람의 말이 끝나고, 받는 말이 시작되기까지의 사이도 보통보다 지독히 굼뜨게

아무것도 아닌 말을 그렇게, 어렵게 한다

아내	길이 미끄러웠겠소
남편	조, 조, 조금
아내	(자루를 만지며) 잘됐군요
남편	사, 사정, 사정했더니—

부대를 마루에 올려놓는다

아내 부대를 만지며

아내	조하고, 콩하고—
남편	으, 웅—
아내	빨리 들어오시우, 아침에 한술 뜨고, 여태 지내자니, 오죽 시장하시겠소 (부대를 옮겨놓는다)
남편	놔, 놔, 놔둬
	(아내, 그대로 자루를 옮긴다)

아내	(거칠게) 놔, 놔, 놔, 놔두라니깐, 무, 무, 무, 무, 무거운 것, 드, 드, 들, 들지, 마, 말, 말래두 (아내 손에서 자루를 뺏아들어 옮겨놓는다)
남편	돼, 됐어

두 사람 마주 본다

아내	여보 여기 앉아서 몸을 녹이우 (아랫목에 화로를 밀어놓으며, 엎혀 있는 찌개 그릇을 바로잡는다)
남편	괘, 괘, 괘, 괜찮아
아내	(밥상을 차리며) 자, 여기, 앉아요
남편	가, 가만있어, 여, 여, 여, 여기 아, 아, 안장
아내	여보 난 방에 있는 사람인데
남편	(화를 내며) 아, 아, 아, 아, 앉으라니깐

아내 할 수 없이 아랫목에 앉으며 상을 차린다

아내	시장할 텐데
남편	(가져온 자루를 열고, 조를 한 사발 퍼낸다)
아내	여보?
남편	(자루 아가리를 도로 맨다)
아내	왜 그러우?
남편	(사발을 들고 일어선다)

아내	(따라 일어나면서) 그걸 ―
남편	가, 가만 아, 앉아 있어, 바, 바, 밥 하, 하 그릇 지, 지, 지어줄게, 겨, 겨우내 바, 밥 한 그릇 모, 못 먹고, 몸을 풀 뻔해, 해, 해, 했는데
아내	여보, 미쳤소? 씨앗 조를 어떻게 먹는다 말이오?
남편	괘, 괘, 괘, 괜찮아, 가, 가을에 가, 가서 바, 바, 바치기는 마찬가진데, 이, 이런 때, 하, 하, 한 그릇 머, 머, 먹어봐야지 어, 어, 얼핏 지어줄 테니
아내	아이고 여보, 이리 내요
남편	이, 이, 이, 일 없대두
아내	안 돼요, 이리 내요, 내가, 그 밥을 먹고, 무슨 정승을 낳겠다구, 씨앗 조를, 먹는단 말이오
남편	허, 비, 비, 비, 비키래두
아내	안 돼요

(실랑이. 아내, 끝내 사발을 뺏다가 엎지른다)

| 아내 | 아이고, 이를 어쩌누, 아이고 |

(기어다니면서 낟알을 주워 담는다)

| 아내 | (주워 담으면서) 아이고 시장할 텐데 (화로를 가리키며) 여보 찌개가 타는데 (화롯불을 덮어놓고) 빨리 들어요 |

남편, 돌아앉으며 아내와 함께 흩어진 씨앗을 줍는다
아내, 주워 담은 씨앗을 자루에 쏟아넣고, 남편을 아랫목으로 밀어 앉힌다

아내   자

남편   (말없이 개다리소반에 마주 앉아, 아내에게도 숟갈 들기를 눈으로 재촉한다)—나, 나, 나물 죽— 겨우내 사, 사, 산나물 주, 죽— 여, 여, 여보

아내   안 돼요

자루 앞에 막아 앉는다
남편, 할 수 없이 죽을 뜬다
두 사람 숟갈질

아내   (자루를 쓸어보며) 잘됐구려

남편   ……

아내   여보, 당신 무슨 근심이 있구려

남편   —아, 아무것도 아, 아, 아니야

아내   아무, 것도, 아니라니, 그럼, 무슨, 일이—있긴, 있구려?

남편   아니라니깐

아내   아이— 갑갑해라

남편   ……

아내   ……

남편   저, 저, 저, 저, 거, 거, 거, 건너 고, 고, 고, 고을에, 도, 도, 도, 도적이 내, 내, 내, 내려왔대

아내	도적—이요?
남편	과, 과, 과, 관가에 부, 부, 부, 부, 불을 지, 지르고, 나, 나라 고, 곳간을 터, 터, 터, 털어갔다는구려
아내	아이구머니
남편	도, 도적들이 어, 어디로 나타날지 모, 모, 모르니까, 수, 수상한 그, 그림자라두 보, 보이면 아, 알리라구 바, 방이 부, 붙었어
아내	해마다— 있는— 일인데
남편	그, 그런데, 그, 그중, 하, 한 도적을, 자, 잡아서, 모, 모, 목을 잘라, 과, 과, 관가 앞에 거, 걸어놓은 걸 봤어
아내	쯧쯧— 굶어죽거나— 칼 맞아— 죽거나—
남편	사, 살자고 나, 나, 나라를 거, 거스른 것인데 주, 죽어서야 보, 보, 보람 있나
아내	그야— 그렇지요
남편	그, 그, 그런데 여, 여, 여 여보
아내	……
남편	그, 그, 그, 그, 그 모, 목 잘린 도, 도, 도적이누, 누, 누, 누, 누군지 알아?
아내	……
남편	아, 아, 아 알아?
아내	내가— 어떻게 아우?
남편	세, 세상에 차, 참 벼, 별일이지, 지, 지난 여, 여름에, 비 빌기 먹은 나, 나, 나, 나— 나, 나귀를 끄, 끄, 끌

아내	고 왔던 그, 그, 그, 소, 소, 소, 소금장사 있지 않소? —네
남편	그, 그, 그, 그, 소, 소— 소, 소, 소, 소— 소, 소금장사야
아내	뭐요!
남편	그, 그, 그, 그, 그렇더라니깐
아내	아니— 그— 해소기침쟁이가
남편	차, 차, 차, 참, 벼, 벼, 별일이지
아내	저런— 세상에—, 마루 끝에— 앉아서— 그렇게— 숨차하더니
남편	그, 글쎄 마, 말이야
아내	관가에— 불을 지르다니

밖에서 기척
두 사람 숨을 죽인다
나뭇가지에서 눈이 떨어지는 것 같은 소리

남편	(낮은 소리로) 아, 아, 아, 아, 아무것도 아, 아, 아, 아니지?

아내, 귀를 기울인다
아내, 문가로 다가가서 밖을 엿보려고 한다
남편, 붙든다

아내	아무것도— 아닌가— 보우
남편	응
아내	(화롯불을 헤치며) 우리한테서 가져갈 게— 무에 있다고 (문득 씨앗 자루를 돌아보며 입을 다문다)
남편	(얼른, 밖에 대고 하듯) 그, 그, 그, 그, 그렇구말구, 도, 도, 도— 도, 도, 도적 어, 어, 어, 어른들도 가, 가, 가, 가— 가, 가, 갈 만한 데 가, 가, 가, 가시지, 아, 아, 암
아내	맞았소, 하기야— 이런 땐— 걱정이 없어— 좋소
남편	조, 조, 조, 좋구, 마, 마, 마, 말구

사이
밖에서는 눈이 여전히
두 사람 움직이지 않는다
비로소 마음을 놓고 고쳐 앉는다
늑대 울음소리
그 소리에 귀를 기울인다

아내	이 눈이— 마지막, 눈인가— 보오
남편	오, 올해 누, 누, 눈만은, 푸, 푸짐했으니, 노, 농사도 자, 자, 자, 잘됐으면
아내	제발

남편	머, 머, 먹는 이, 입이 하, 하, 하, 하나 느, 늘게 되, 되니—
아내	한두 해 사이에야— 먹으니— 얼마를 먹겠소
남편	휴, 흉년에 어, 어른은 굶어 주, 죽고, 아, 아이는 배, 배 터져 주, 죽는다지 아, 않소
아내	물이나 먹고— 배 터질지, 어디— 무척— 팔자 좋은 고을에서— 생긴 일이었던 게지요. (배를 쓰다듬으며) 태어나도, 이— 배고픈 세상— 살아야 할 테니, —가엾지
남편	우, 우리네 사, 사는 게, 어, 어, 언제는 다, 달랐나, 따, 따, 따 땅벌레 자, 자, 자식이면, 따, 따, 따, 따 땅벌레지. 하, 하늘이 저, 정한 일을
아내	여보, 난 이대로— 있었으면— 좋겠소
남편	……
아내	낳지는 말고—
남편	?
아내	애기도— 이 세상에서— 고생 안 하고— 당신도, 나더러— 씨앗 조를, 먹이겠다니— 그런, 호강— 언제, 하겠소
남편	배, 배, 배, 밴 애, 애, 애기를, 아, 아, 안 낳았다는 마, 마, 말 드, 들었소?
아내	그야— 그렇지만
남편	저, 저, 저 도, 도, 도, 도토리골이, 이, 이, 있잖아?

| 아내 | 네—
| 남편 | 오, 오, 올봄에, 씨, 씨, 씨, 씨 뿌리기를 끄, 끝내놓고, 거, 거기를 조, 조, 좀, 이, 일궈볼까 해
| 아내 | 일궈요?
| 남편 | 응
| 아내 | 거기를— 무슨— 수로— 일구우
| 남편 | 지, 지난 여, 여름에 자, 잘 사, 사, 사, 사, 살펴봤는데, 히, 힘은 드, 드, 드, 들겠지만— 좀 고생하면
| 아내 | 비탈인 데다— 돌— 마당에다—
| 남편 | 그, 그러니 그, 그, 그만한 데가 나, 남아 있지
| 아내 | 그건— 그래요
| 남편 | 거, 거기다 가, 감자를, 시, 심으면, 야, 양식이, 조, 조, 좀, 보, 보, 보태지겠지
| 아내 | 그게, 어디— 모두— 우리가, 먹게— 되겠수?
| 남편 | 바, 바치구두 어, 얼마야, 나, 남겠지
| 아내 | 나두— 몸이나, 풀구— 나면— 올라가, 일구지요
| 남편 | 그, 그랬으면, 내, 내년, 보, 봄에는, 거, 거, 거기다, 농사를, 지, 짓게, 되, 되겠지
| 아내 | 이태 전 같은— 흉년만— 들지, 않으면
| 남편 | 그, 그쎄, 나, 나는—
| 아내 | ……?
| 남편 | 그, 그것보다두
| 아내 | 그것보다두—?

남편	그, 그, 그 도, 도, 도적이 끄, 끄, 끄, 끓는다는데
아내	도적이— 끓어두— 우리한테서야— 뭘, 가져가겠어요?
남편	그, 그, 그, 그게, 아, 아, 아니라
아내	……?
남편	도, 도적이, 무, 무, 무, 무, 무서운가, 어, 어, 어디—
아내	(끄덕인다)
남편	휴, 흉년 드, 드, 들고 나면, 도, 도, 도, 도적이, 끄, 끄, 끄, 끓구, 도, 도, 도적이, 끄, 끄, 끓으면, 토, 토, 토벌이, 이, 이, 이, 이, 있지 않나
아내	여보 (남편 팔을 붙든다)
남편	벼, 벼, 벼, 병정으루 끄, 끄, 끄, 끌려나가면—
아내	관가에— 포졸이— 저렇게— 많은데
남편	우, 우, 우, 우리한테나, 마, 마, 많지, 그, 그걸, 가, 가지구, 떼, 떼, 떼도적을, 다, 다, 당해, 내나, 그, 그래서, 그, 그, 그, 해도 저, 저, 저, 저, 서, 서울서, 온, 벼, 벼, 병정들이, 끄, 끄, 끝판을 내, 내지 않았나
아내	아이구
남편	……
아내	그래, 여보— 돌아가는, 말은 — 뭐랍디까?
남편	도, 도, 도, 도, — 도, 도, 도적이?
아내	네
남편	응, 지, 지, 지, 지, 지경 밖으로, 다, 다, 다, 달아났는

	가, 봐
아내	그래요?
남편	그, 그, 그, 그— 그, 그— 그, 그렇다나, 봐
아내	제발— 그래야지, 우리, 애기— 낳는, 해부터— 제발, 풍년 들고, 도둑— 없어지고—
남편	그, 그, 그, 그, 말이, 그, 그, 그, 말이지
아내	참— 그렇군요
남편	그, 그, 그, 그랬으면 (아내의 배를 쓰다듬으며), 저, 저, 저, 복, 있고— 우, 우, 우, 우리, 편하고
아내	여보, (자기 배를 쓰다듬으며) 이, 애기는, 복이, 있을 거요
남편	어, 어떻게 아, 아, 알아?
아내	왜— 몰라요, 이것 보세요 (씨앗 자루를 쓰다듬으며) 그, 어른께서, 이렇게— 또, 꾸어주시지— 않았소
남편	저, 저, 정말— 고, 고개 넘어, 기, 기, 기, 김가는, 그냥, 돌아가데
아내	그것, 봐요, 다, 우리— 애기, 복인가— 봐요. (씨앗 자루를 쓰다듬으며) 이렇게, 듬뿍, 가져다, 주지 않아요
남편	드, 드, 드, 듬뿍 (씨앗 자루를 괜히 조금 옮겨놓고, 꾹 눌러놓고 한다)
아내	게다가—
	(귀를 기울인다)
남편	(따라서 귀를 기울인다)

아내	눈이— 저렇게
남편	(끄덕인다)
아내	(남편의 팔을 잡는다)
남편	(아내의 배를 쓰다듬으며)
아내	(웃는다)

아내, 씨앗 자루를 다시 다독거리고, 매만져놓는다. 남편, 아내의 움직임을 좇아 부축하듯 한다

남편	사, 사, 사, 사, 사내, 아이면
아내	아빠를— 도와
남편	바, 바, 바, 밭에 나, 나, 나, 나, 나가고
아내	계집아이면—
남편	어, 어, 어, 엄마를 도, 도와 사, 사, 사, 살림을 하고
아내	여보
남편	응?
아내	나두— 밭에 갈 때는— 어떡허우?
남편	데, 데, 데— (쉬었다가) —데, 데, 데리고, 가지
아내	참— 그렇구먼
남편	그, 그, 그— 그, 그, 그럼
아내	시원한— 그늘에다— 눕혀놓고
남편	응
아내	다람쥐도— 보구, 새— 소리도— 듣구

남편	개, 개, 개, 개울에서 미, 미, 미역도 가, 가, 감기고
아내	구름이— 지나가면— 구름 보고— 웃고
남편	푸, 풍년만, 드, 들면
아내	도적만— 끓지 않으면
남편	가, 같은, 소, 소, 소리라니깐
아내	참— 그렇구만
남편	……

두 사람 웃는다

남편	여, 여, 여, 여 여보, 자, 자, 자, 잡시다
아내	참— 그렇구만
남편	……

두 사람 웃는다
아내, 불을 끈다
늑대 우는 소리 멀리서

둘째 마당

봄, 같은 무대, 애기 울음소리,
아내, 부엌에서 나와 방으로 들어가 아이를 안고 나오다

| 아내 | 오냐— 오냐, 우리— 애기— 배가 고파서, 자, 자—
(젖을 물린다. 애기, 자꾸 운다)
| 아내 | 젖이 안 나오니— 이를 어째, 에미가— 먹은 게 있어
야— 젖이 나오지 (일어서 어르면서)

우리애기 축흔애기
젖은먹고 크는애기
보채면서 ᄌ란애기
흉년들면 도적되지

도적되면 넓은세상
오도갈데 없어지고
관ᄀ기둥 높은곳에
잘린토막 머리되어

ᄀ뭌ᄀ치 쪼은대면
엄ᄆ아ᄑ 나은파
우는신세 되는신세
아이무서 다른애기
우리애기 은닌애기

아기를 방에 들여다 눕히고 나온다

옛날 옛적에 훠어이 훠이 117

고개 너머 개똥어멈 들어선다

개어(=개똥어멈)   애기— 잘 크는가
아내   개똥이— 어머니
개어   자는가, 보군
아내   네— 금방
개어   젖은— 잘— 나는가?
아내   그닥
개어   쯧쯧, 먹어야— 나지, 성한, 몸도, 허기진— 봄인데, 오죽, 입에— 당기는 게— 많을라구, 이거— 받게
아내   아유, 이건, 뭔데—
개어   별게, 있겠나— 도토리, 묵이라네
아내   집에두, 아이들— 많은데
개어   먹어두— 자꾸, 먹자는, 귀신들이, 아홉이나, 되니, 그까짓것— 있으나마나. 먹을, 사람, 주려구, 가져왔네
아내   이 양식— 귀한 때에
개어   지난, 여름, 내가, 염병, 앓을, 때, 자네, 아니면— 누가, 그렇게 살펴, 주었겠나, 고마운, 일— 내, 잊히지, 않네
아내   그거야
개어   자네, 자, 맛 좀, 보게, 여기— 내, 간장도— 조금— 가져왔네(질항아리를 내놓는다)
아내   이렇게— 너무

개어	자, 그릇, 하나— 내, 오게
	(아내, 부엌으로 들어가 그릇 두 개와 숟가락 두 개를 들고 나온다)
개어	옳지
	(함지에서 도토리묵을 그릇에 퍼서, 아내에게 밀어놓는다)
아내	형님도
개어	(손을 저으며) 내가 먹으려구 왔겠나, ─자, ─어서 (아내 한 술 뜬다)
개어	어떤가?
아내	꿀이군요, 꿀
개어	(으쓱해서) 내가, 도토리, 묵, 하나는, 좀— 다룬다네 (먹는 것을 보면서) 에구, 얼굴이, 부었구만. 친정, 어머니가, 보았으면— 오죽이나, 가슴, 아플까 (치마꼬리로 눈물을 닦는다)
	(아내 숟갈질을 멈추고 쿨쩍거린다)
개어	아이구, 이, 이, 주둥아리야 (제 입을 때리며) 개똥, 아범한테— 구박을, 당해, 싸지. 글쎄— 우리 아범이, 내, 입하구— 배(가리키며)가, 닫혔더라면, ─자기, 팔자가, 열렸을, 거라는군. 그래도 말이야, 바른, 대로, ─ 그, 배가— 누구, 때문에— 열리우— 응?
아내	(웃으며) 애기가— 많아도, 다, 크면— 입살이를— 하겠지요
개어	입살이가— 뭐요? 파먹을, 땅이, 있어야, ─입살이

	를, 하지, ─그런데, 참, 그─ 얘기 들었소
아내	네─
개어	참, 별, 일도─ 다, 보지. 세상이, 흉하면─ 별, 일이─ 다, 나는가 보지. 동생은, ─그, 용마, 우는, 소릴, 들었나?
아내	(고개를 흔든다)
개어	나도, 못 들었는데, 그─ 저, 재 너머, 쇠돌, 어멈은─ 두 번씩이나 들었다는군
아내	그래요?
개어	응
아내	어떻게─ 우는데?
개어	들었으니, 아우? 어젯, 밤에도, 좀─ 듣자고 별렀더니, 아범이─ 글쎄, 사람을, 가만, 둬야지. 호미를 들고, 하루내 밭에서, 기어다니다, 들어오면, 밤이면 밤대로, 아범이, 달려들어서─ 또─ 김을 매는구려. 그러구─ 나면, 그저, 새벽까지, 죽었다─ 깨는데, 어느, 귀로, 듣겠나. 나이 먹으니─ 장사가, 있나. ─그런데, 말이야─ 장수가, 태어나면─ 용마도, 따라서─ 태어난다는군
아내	장수가요?
개어	(끄덕이며) 그렇대요
아내	장수면─ 어떻게, 생겼을까요
개어	글쎄, 전에─ 우리, 돌아가신─ 친정, 할머니가, 그러

	시는데, 몸에는— 비늘이, 돋아 있구, —겨드랑 밑에— 날개가— 붙어 있다는군
아내	아이구— 그럼 우리 애기는— 아니구먼
개어	암, 아니어야지, 그리구, 나면서부터, 걸어다닌다는군
아내	우리, 애기는— 아직, 돌아눕지도, 못하니, 호호— 아니지요?
개어	아무렴, 장수가— 나봐요, 저도, 죽구— 부모, 죽이구, —온, 마을까지, 쑥밭을— 만들 테니
아내	마을은— 왜요?
개어	전에— 어느, 고을에— 장수가, 났는데, 땅이, 나빠— 그렇다구— 온, 마을에— 불을, 질러서, 사람 채로— 다, 태워버렸다더군
아내	아이구— 그럼, 어떡하나, 죄 없는, 우리— 애기가 (방 쪽을 보며)
개어	글쎄, 용마가, 운다는— 저, 산이, 우리, 고을 말고도— 세, 고을에, 걸쳤으니, —아마, 그쪽에서— 장수가, 난, 모양이지
아내	글쎄— 그랬으면— 제발
개어	그, 그쪽에서는— 관가에서, 말씀이— 용마가, 운다면— 반드시, 장수가, 이, 고을에— 난, 것이니, 갓난, 애기에서— 열 살, 안쪽의, 아이를— 샅샅이, 훑어보고, 좀— 유별난, 데 있는, 놈은— 잡아올린대요
아내	저런

개어   그런데, 집집마다, 아이들이— 힘깨나, 쓰는 것처럼— 보일까, 부모들이, 무서워하니까, —우리 집— 먹는 귀신들이— 글쎄, 인제는— 나무 하러 못 간다구— 자빠졌구, 아래루, 내리— 요강, 그릇 하나— 옮겨놓지, 않는구려

아내   저런

개어   애녀석들— 다, 버리지, 않겠어— 글쎄? 이러다간, 장수— 한 되려면— 모두— 송장돼야 쓰겠구먼

아내   갓난애기, 말고도, —저, 자란, 애기들두

개어   글쎄— 그, 용마라는 게— 몇 살배긴지, 모르니, 주인이— 몇 살인지, 알겠소? 누가— 본 사람이 있나? 그러니, 그저— 미장가전, 아이놈들은, 모두— 관가에서— 짚어본다는군

아내   (마음이 놓이는 듯) 나는 또—

개어   아이구— 나는, 인제— 가야겠소, 어디— 우리, 새끼나, 한번— 볼까, 가만, 내가— 보지

방문을 살며시 열고, 배를 문턱에 걸치고 아기를 들여다본다. 일어나면서

개어   그, 놈, 훤하게, 장수처럼— 안, 생겼소
아내   (기쁜 듯이) 그럼요

남편 급히 들어오며

남편	여, 여, 여보, 여, 여보
개어	왜, 그리— 헐레벌떡
남편	아, 아, 아, 그, 글쎄 지, 지, 지, 지금, 포, 포졸들이— 도, 도, 도, 도— 도토리골루, 해, 해, 해서, 사, 사, 사, 산으로, 드, 드, 들어가는군요
개어	포졸들이— 왜?
남편	요, 요, 용마를, 자, 잡으러, 가, 가, 가, 간대요?
개어	용마가— 우리, 고을에— 있대요?
남편	워, 원님의, 마, 마, 마, 말씀이래요, 고, 고, 고을마다, 포, 포졸들이, 제, 제, 제, 고을 쪽에서들, 후, 훑어, 가는가, 봐, 봐요
개어	글쎄, 장수든, 용마든— 우리, 고을에만— 없어준다면야
남편	포, 포, 포졸들이, 사, 사, 사, 살기등등해서, 오, 올라갔으니, 요, 용마가, 자, 잡히든—
개어	용마가— 그리, 쉬이— 잡힐까?
아내	아휴— 당신— 땀 좀— 봐요
남편	나, 나도, 고, 골안까지, 따, 따, 따라갔다, 오, 오는, 길이야
아내	당신이, 왜요?
남편	아, 아, 아마, 며, 며칠 거, 걸려 사, 사, 사, 산을, 뒤,

뒤질, 모양이던데, 아, 아, 아래쪽, 밭을 가, 가, 갈아 엎구, 이, 이, 있자니, 나, 나리들이, 드, 드, 들어오더 군, 자, 잔뜩, 가, 가, 가지구, 오, 온, 수, 수, 술밥을, 지, 지고, 도, 도, 도토리골, 너, 너머까지, 갔다가, 겨, 겨우, 노, 노, 놓여 왔지

개어   자기들, 먹을 것— 자기, 등으로, 지면— 벼락이 칠까, 원— 사람 못 만났으면— 버리고, 갈 뻔, 했군

남편   웨, 웬걸요, 오, 오, 올, 때부터, 지, 지워, 가지고, 오, 오던걸요

개어   그랬겠지, 나리들이— 행여— 아직, 씨도, 묻지들, 못 했는데, —이 바쁜 때— 하하, 하기야— 용마가, 괜히, 울겠소— 누가, 지고— 왔습디까?

남편   저, 저, 저— 저, 저, 개, 개, 개, —개, 개, 개똥 아, 아, 아, 아, 아범이더군요

개어   —아이그, 저런, 세상에, 길목에, 있으니— 잡혔군, 그래, 어젯밤에도, 밤새— 밭을 갈았는데—

남편   —바, 바, 바, 밤에두요?

(아내, 어물어물 돌아선다)

개어   아니— 그런, 밭이, 아니라— 아이구, 요놈의, 요년의 주둥아리야 (입을 때린다) 아니, 아니— 그런 말이 아니라— 아이구 요놈의, 요년의— 주둥아리야 (입을 때린다)

이때 노랫소리

우리애기 촉촉애기
젖은먹고 크는애기
보채면서 자란애기
흉년들면 도적되지

도적되면 넓은세숭
오도갈데 없어지고
관ㄱ기둥 높은곳에
잘린토막 목이되어

노랫소리 점점 가까워진다
목쉰 소리
세 사람 귀를 기울이며
소리 나는 쪽으로
남편 몇 발짝 움직이다
할머니 나온다
하얗게 센 머리 굽은 허리
걸레짝 같은 옷에
지팡이를 짚고
허리에는 우리나라의
옛날 사람들이 하듯

보따리를 챘다
납작한 보따리
거의 아무것도 안 든

남편	어, 어, 어, 어디서
노파	(세 사람을 물끄러미 쳐다본다)
개어	못 보던 할머닌데
노파	나, 물 한 모금
	(아내 부엌으로 들어간다)
	(할머니 땅에 앉는다)
아내	(부엌에서 물을 떠가지고 나와) 여깄어요
노파	(받아 마신다)
개어	어디서, 오시우?
노파	저기서
	(손을 들어 멀리를 가리킨다)
개어	저기서?
	산 넘어서요?
노파	(고개를 끄덕이다)
개어	어디를 가시우?
노파	(퀭하니 바라본다)
개어	어디를 가시우?
노파	아들, 찾을
개어	아들이요?

노파	아들
개어	아들이, 어디, 있소?
노파	관가
개어	관가?
노파	(끄덕인다)
개어	관가 어디에 계시우?
노파	높은 데
개어	(조금 질려서) 아니, 높은 양반이, 왜, 제, 어밀, 이렇게, 길에, 내놓누, 그래, 얼마나 높은 양반이우?
노파	높은 데
개어	설마 원님만큼 높지야 않겠지
노파	더 높은 데
개어	아니, 원님보다 높다니
노파	더 높은 데
개어	뭐요, 그게 무슨 자리우?
노파	기둥 위에
	(세 사람 서로 쳐다본다)
개어	그럼, 저, 혹시, 그, 할머니 아들이, 그 도적이우?
노파	(끄덕인다)
개어	그래서— 관가— 기둥 위에— 머리를 달아—놓은— 그— 도적이요?
노파	(끄덕인다)
	세 사람 (물러선다)

노파   머리라두— 가져다— 파묻어야지— 물— 잘— 마셨소— 고맙소
(지팡이를 짚고 일어선다)

반대쪽으로 걸음을 옮기면서 노래를 부른다

도적되면 넓은세송
오도갈데 없어지고
관ᄀ기둥 높은곳에
잘린토막 머리되어

ᄀ묵 ᄀ치 쪼ᄋ대면
엄ᄆ아ᄑ 나ᄋ파
우는신세 되는신세
아이무서 다른애기
우리애기 ᄋ닌애기

세 사람
노파의 노랫소리가
사라질 때까지
움직이지 않고
귀를 기울이며
서 있는다

개어	아니― 그래서― 우리― 아범은― 지금― 어디 있소?
남편	아, 아, 아직, 사, 사, 사, 산에, 이, 이, 이, 있어요
개어	나으리들한테?
남편	네
개어	아니, 그게― 웬 소리유, 그래, 한 사람은― 이렇게, 오구
남편	아, 아, 아, 아, 아범은, 저, 저, 절로, 나, 나, 남았어요
개어	절로, 남다니, 아니― 웬 소리요
남편	나, 나, 나, 나으리들이, 오, 오, 오, 오면서, 지, 지, 지, 집들마다, 드, 드, 들러서, 다, 다, 닭을, 부, 부, 붙들어가지고, 와, 와, 왔는데, 개, 개, 개, 개똥이네, 씨, 씨, 씨, 씨암탉도 부, 부, 부, 붙들렸다는군요
개어	아, 아, 아, 아이구머니
남편	그, 그, 그래서, 트, 틈을, 봐, 봐서, 그, 그, 그, 놈을, **빼**, **빼**, **빼**, 가지고 오, 오, 오, 올, 올, 모, 모양입니다
개어	아이구― 우리 집, 씨암탉을― 아이구, 붙들어가겠거든― 짝을, 맞춰, 짐승도― 수탉이나, 잡아갈 것이지, 하필이면― 알토란 같은― 우리, 씨암탉을― 아이구
남편	(아내에게) 여, 여, 여, 여기는, 아, 아, 안 들렸소?
아내	아니요

옛날 옛적에 훠어이 훠이 129

| 남편 | 거, 거, 걱정이, 돼서— 자, 자, 자, 자우?
| 아내 | 네
| 개어 | 나는, 가우, 귀신들만, 두고, 왔으니— 쑥밭이겠군, 어이구— 장순지, 용만지— 원수구나— 원수야
(허둥지둥 나간다)

같은 날 밤, 남편, 아내 마주 앉아 있다. 아가는 옆에 잠들어 있다
씨앗 자루가 윗목에
두 사람 귀를 기울인다
바람 소리

| 아내 | 잡힐까요
| 남편 | 그, 그, 그, 글쎄—

늑대 우는 소리

셋째 마당

같은 무대. 아내와 개똥어멈 함께 들어선다. 두 사람 다 괭이를 들었다.

아내	깨지나 않았는지, (개똥어멈에게) 지금— 들어오는— 길이에요
	(방에 들어가 애기를 안고 나와 마당에 앉아 절을 물린다)
개어	(들여다보며) 순하기도, 하지— (퍼드러져 앉는다) 어이구— 재앙 없는, 세월이— 없구만, 눈이, 푸짐하길래— 올해, 풍년이나 드나 싶더니— 난데없는 용마, 때문에, 남정네란, 남정네가— 모두— 산에, 올라가서— 용마를, 찾고 있으니, 언제, 밭을, 갈아서— 씨를, 뿌리나, 그, 뿐인가, 벌써— 열흘째— 양식이다, 닭이다 도토리다, 하구— 마을에서, 거둬, 올려가니, 용마, 잡기, 전에— 사람, 잡지 않겠나?
아내	집의, 닭은—
개어	어느, 닭, 말이오?
아내	수탉, 말이에요
개어	글쎄— 어느, 수탉, 말이오
아내	수탉이— 여러, 마리였던가요
개어	짐승, 수탉인지, 사람, 수탉인지, 어느 수탉이냔, 말일세
아내	아이구, 개똥어머니두—
개어	짐승 쪽은, 벌써— 사흘, 전에, 마저, 가져가고, 사람, 수탉은— 아직 산속에 있다우
아내	우리, 애아범은— 어제, 낮에— 잠깐, 내려왔다, 갔는데
개어	그래, 뭐라던가? 여름까지— 게서 산다든가? 용마를,

옛날 옛적에 훠어이 훠이 131

	낳아가지구— 온다든가?
아내	오늘쯤— 내려올지, 모른대요
개어	그래? 다— 그만두구?
아내	들으셨겠지만, 안— 잡힌대요
개어	그렇다더군. 우는, 소리를, 듣고— 찾아가면— 저쪽, 골짜기에서 울구, 귀신에— 홀려 다니는, 셈이라더군. 그게, 누구— 탓이나 되는지, —화풀이는— 마을, 사람한테— 하구, 요즈음은, 숫제, 나으리들은— 낮이구, 밤이구— 닭에다— 떡에다, 술 추렴이구, 밤에— 말이, 우는, 소리가, 나면— 우리— 아범들을, 가보라고— 시킨다는군
아내	어쩌나
개어	그러나, 저러나— 글쎄— 올, 농사가, 큰, 일이— 아니우, 언제— 씨를— 묻는단, 말인가
아내	오늘쯤— 내려온대요
개어	참— 그렇다지
아내	네
개어	일두— 못, 치르면서— 괜한 사람— 고생만, 하지 않았수. 그래— 용마가, 영물인데— 아무렴— 사람, 손에, 잡히겠나
아내	그런, 모양이지요
개어	그렇구, 말구, 장사를— 태우러, 나온, 말인데— 우리— 아범 따위, 손에, 잡히겠나. 저한테— 만만한—

말이야, 넓은, 천지에— 어떤 년밖에— 있을라구
(아내, 못 들은 체하고 일어서서 애기를 방에다 눕히고 나온다)
순하구만— 순해. 자— 가서, 해 지기, 전에— 더, 갈아— 놔야지. 어이그, 밤에— 좀 시달리더라두, 빨리, 와야지, 이건, 아— 나뭇짐, 지고, 밭괭이, 드는, 힘, 있는 게— 장수면, 마을이, 모두— 장수겠는데, 우리, 집, 밥 먹는, 귀신들이— 막무가내로, 꼼짝을— 않으니, 혼자서— 밭 갈랴, 나무 하랴, 밥 지으랴
(두 사람, 연장들을 챙겨 들고 나가다가)

아내 저것 봐요
(멀리를 가리킨다)

개어 저게, —내려오는군

아내 네, 저기— 개울가로, 나으리들이—

개어 읍 쪽으로— 가지 않고, 왜— 이리로 돌아드는구?

아내 참— 그렇군요

개어 저것— 보게

아내 네?

개어 저기서— 쉴, 참인가, 보지—

아내 네— 그런가— 봐요

개어 가, 봐야겠네
(개똥어멈 바삐 나간다)

아내 (따라나가려다가 돌아본다)

방 안에서 기척이 난다

아내   깨었나?
        (돌아 들어가서 문을 연다)
        아이구머니나!

엉덩방아를 찧으며 마당으로 굴러떨어진다
와들와들 떨면서 방 안을 들여다본다
열린 문으로 방 안을 걸어다니는 애기가 보인다 (인형)
팔을 활짝 벌려 들었다 내렸다 하면서 또박또박 걸어다닌다

아내   아이구, 이걸, 어쩌누, 아이구, 어쩌면, 좋아
        (앉은 채 엉금엉금 기어서 문턱을 잡고)
아내   아이구, 아가야, 아이구, 아가야
애기   (확성기에서 나오는 목소리, 메아리처럼) 못 참겠다
아내   아이구
애기   (메아리처럼) 못 참겠다
아내   안 된다, 아가야, 안 된다

조명, 시뻘건 빛, 핏빛처럼, 이윽고 핏빛 조명 스러지고 벙어리처럼 손짓 발짓하며, 허리를 펴고 일어서지도 못하는 아내

방 안에서 또박또박 걸어다니는 애기

아내, 가서 방 문고리를 건다

아내, 귀를 기울인다. 연극의 첫 장면에서 남편을 기다릴 때처럼, 그러나 그때하고는 다른 마음을 가지고

기척이 날 때마다 귀를 기울였다가는, 애기가 있는 방 쪽을 살핀다

이 움직임을 되풀이

기척

아내, 사립문 앞으로 나서며 멀리를 바라보는 시늉

남편, 들어온다

지쳐서 겨우 옮기는 걸음

망태기를 내려놓고 털썩 마당에 주저앉는다

남편	아이구
아내	……
남편	허, 허탕이야
아내	……
남편	워, 워, 원님이, 노, 노, 노, 노발대발이래
아내	……
남편	워, 워, 원님, 마, 마, 말씀이, 마, 마, 말을, 모, 모, 모, 못 잡았으며, 으, 으, 읍으로, 드, 드, 드 들어오지도, 마, 마, 말란다는군
아내	……

남편	(멀리서 포교들 노랫소리) 저것 봐, 그, 그래, 저, 저렇게 가, 가, 강 건너에서, 바, 바, 밤을 새, 새, 새우고, 내, 내일은, 마, 마, 마을마다 뒤, 뒤, 뒤져서 자, 자, 장수를 차, 차, 찾아낸다는군, 아, 아, 아이구, 이, 이 놈의—
아내	……
남편	(처음, 아내를 똑바로 바라보며 말을 멈춘다)
아내	……

아내, 남편을 바라본다

남편	—왜, 왜, 왜, 왜, 그러우?
아내	……

남편이 내던진 망태기를 멍하니 쳐다본다

남편	응?
아내	……

남편을 쳐다본다

남편	아, 아니, 왜, 왜, 왜, 왜 그러는 거요?
아내	(고개를 흔든다)

남편	(아내의 팔을 붙들면서) ─?

남편, 문득, 사방을 둘러본다
아무것도 찾아내지 못한다

아내	(방문 쪽을 바라본다, 방문을 닫혀 있다)

방 안에서 기척이 난다

남편	(그쪽을 바라본다) 왜, 왜?

그쪽으로 간다

아내	(말린다)
남편	(무엇인가를 느낀, 두려운 몸짓으로) 응?
아내	(붙들었던 팔을 놓는다) 여보
남편	……
아내	큰, 일, 났어요
남편	무, 무어? (알아차리고, 방 쪽으로 내디디려던 걸음을 멈춘다) 저, 저, 저, 저, 정말이야?
아내	(끄덕인다)
남편	(방 쪽을 뚫어져라 바라본다)

방 안에서 기척
남편, 아내를 본다

아내 (끄덕인다)

문고리를 잡아 흔드는 아기

남편 아이구 (풀썩 주저앉는다)

아내, 그 옆에 쭈그리고 앉는다
두 사람 마주 본다
그러다가는 방 쪽을 돌아본다

남편 여, 여, 여, 여보 (일어서서 방으로 다가간다. 아내를 돌아본다)

아내, 일어서서 남편 곁에 선다
아내, 앞서서 방문 앞에 와서, 문고리를 벗기려다 말고, 뚫린 구멍으로 들여다본다
자리를 내준다
남편, 들여다본다

남편 아이쿠

엉덩방아를 찧는다
앉은걸음으로 엉금엉금 물러나서 마당 가운데로 나온다
아내는 방문 앞에 서 있는다

남편　(눌린 목소리로) 여, 여, 여, 여보, 이, 이, 이, 이, 일을—

아내, 그대로 서 있는다
남편, 손짓으로 아내를 부른다
아내, 그대로 서 있다
남편, 또 손짓한다
아내, 마당으로 나온다
아까처럼 남편 곁에 쭈그리고 앉는다

남편　어, 어, 어, 어, 어쩌면 좋소?

아내, 남편을 쳐다본다. 아무 말도 들리지 않는 것이다

남편　어, 어, 어, 어쩌면 좋소
아내　……

두 사람, 마주 보고 앉아 있다

오랜 사이
멀리서 포교들이 노래 부르는 소리
두 사람 귀를 기울인다
바람 소리, 아내 깜짝 놀란다

남편   바, 바, 바람 소리야

아내, 일어선다
부엌으로 들어가 소쿠리를 들고 나온다
소쿠리에 든 산나물을 방문 앞에다 벌여놓고, 가로막고 앉는다
남편, 아내의 움직임을 눈으로 좇는다. 영문을 모르는 투로 끝에 가서야, 알릴락 말락 고개를 끄덕인다
그러면서 사립문 쪽을 흘깃 쳐다본다
문고리가 또 흔들린다

아내   (천천히, 보통 쓰이는 자장가 가락으로)

우리애기 착한애기
젖은 먹고 크는애기
보채면서 크란애기
흉년들면 도적되지

도적되면 넓은세상
오도갈데 없어지고
관ᄀ기둥 높은곳에
잘린토막 목이되어

ᄀ묵ᄀ치 쪼ᄋ대면
엄ᄆ아ᄑ 나ᄋ파
우는신세 되는신세
아이무서 다른애기
우리애기 ᄋ닌애기

문고리 한 번 더 덜커덩하다가 뚝, 그친다
남편 아내를 보고, 또 사립문 쪽을 살핀다
아내, 뜻 없이 나물을 뒤적거린다
두 사람, 귀를 기울인다

남편　　―바, 바, 바, 바람 소리야

바람 소리
아내, 다시 나물을 뒤적거린다
남편, 아내 손길을 그대로 따라 눈길을 옮긴다

아내, 일어서서 부엌으로 들어간다

남편 뒷모습을 좇는다

아내, 나온다

남편, 아내가 다시 문지방 밑에 자리를 잡을 때까지, 눈으로 좇다가, 아내가 다시 나물을 뒤적이기 시작하자, 눈길을 거두면서 얼핏 사립문 쪽을 본다. 한참 그대로 있다가 다시 아내의 손 움직임을 따른다. 조금 엉덩이를 들면서 아내한테 무언가 말할 듯하다가 그만둔다

남편, 일어나서 뒤꼍으로 간다

짚을 가지고 나온다

아내, 쳐다본다

남편, 사립문 앞에 짚을 벌여놓고 새끼를 꼰다

오랜 사이

남편, 문득 손놀림을 멈춘다

끌리듯, 아내 따라 멈춘다

밖에서 기척

사이

남편, 간신히 옮기는 걸음으로 사립문 쪽으로 다가간다

귀를 기울인다

기척

숨을 내쉬며 돌아선다

아내의 눈길을 맞으며

남편 다, 다, 다, 다, 다람쥐

아내, 고개를 떨군다

다시 나물을 뒤적인다

남편, 새끼를 꼰다. 포졸들 노랫소리

꼬다 말고 아내를 건너다본다

아내, 마주 보지 않고 나물을 뒤적거린다

새소리, 갑자기

두 사람, 깜짝 놀라 고개를 들었다가, 눈길을 마주치고 방 안 기척을 살핀다

다시 나물을 뒤적이고, 새끼를 꼰다

사이

기척이 없는 방 안

갑자기 무대, 그늘이 진다

두 사람, 깜짝 놀라 하늘을 본다

남편 구, 구, 구, 구 구름—

천천히 그늘이 벗겨진다

다시 밝아진 무대

이때 문고리 덜컹거린다

남편, 뛰어 일어나며 귀를 막는다

방문을 돌아보고, 귀에서 손을 떼며, 어쩔 줄 몰라 사립문

쪽을 살핀다
아내를 돌아본다

아내　　（천천히 슬프게）

우리애기 착흔애기
젖은 먹고 크는애기
보채면서 자란애기
흉년들면 도적되지

도적되면 넓은세상
오도골데 없어지고
관가기둥 높은곳에
잘린토막 머리되어

가목가치 쪼은대면
엄마아퍼 나아퍼
우는신세 되는신세
아이무서 다른애기
우리애기 오닌애기

문고리 흔드는 소리 뚝 그친다
이 사이 남편은 사립문 앞에서 망을 보다가 돌아온다

아내, 아무렇지 않게 나물을 뒤적인다
남편, 주저앉아 새끼를 꼰다
속의 무서움을 꼬듯이, 그런 몸짓으로

저녁놀이 비치기 시작한다
차츰 짙어가는 노을
시뻘건, 핏빛 같은 노을
보랏빛으로 바뀐다
갑자기 어둠
사이
이때 먼 데서 말의 울음소리
두 사람, 화닥닥 놀랐다가 굳어진다
남편 얼굴에만 조명, 이윽고 아내 얼굴에 조명
문고리 흔드는 소리

애기   (확성기로, 메아리처럼) 배고파

아내, 일어선다
남편, 일어선다
아내, 방 안으로 들어간다
무대 완전한 어둠
사이
방 안에 불이 켜진다. 희미한

아내, 나온다
아내 얼굴에 둥근 조명
남편 얼굴에 둥근 조명
두 사람, 마당 한가운데로 나와 주저앉는다
사이
부엉이 소리
귀를 기울이는 두 사람 얼굴(조명된)
기척
얼굴에 들어왔던 조명 나감
무대, 어둠
사이
불이 다시 남편 얼굴만 비추면서

남편　새, 새, 새, 새가— 지, 지, 지나가는 거야

아내 얼굴에도 조명 들어옴
깃소리, 나무에서 다른 나무로 옮아가는 새의
부엉이 우는 소리
조명 나간다
사이
어둠 속의 무대
늑대 우는 소리
이윽고, 숨을 내쉬듯이

조명 들어옴

꼬부리고 앉아 있는 두 사람
여전히 조명은 얼굴에만
두 사람의 얼굴 방 쪽으로 돌아간다
벌떡 일어서서 문고리를 흔드는 애기의 그림자
문고리 흔들리는 소리
밤의 고요함 속에서
우레처럼 우렁차게

남편   (조명된 얼굴이 아내 쪽으로 돌아본다)
아내   (천천히 슬프게)

우리애기 착한애기
젖은 먹고 크는애기
보채면서 자란애기
흉년들면 도적되지

도적되면 넓은세상
오도갈데 없어지고
관가기둥 높은곳에
잘린토막 목이되어

ᄀᆞᆷ ᄀᆞ치 쪼ᄋ 대면
엄ᄆᅠ아ᄑᅠ 나ᄋ파
우는신세 되는신세
아이무서 다른애기
우리애기 ᄋ닌애기

사이, 문고리 흔드는 소리 멈춤
또 한 번 말이 우는 소리
더 세차게 흔들리는 문고리
밤의 고요함 속에서
그 소리는
우레처럼 우렁차게
메아리처럼
"내 말!"
확성기를 거친 애기의 목소리

남편 (벌떡 일어서며) 여, 여보 (아내를 내려다본다)
아내 (마주 보다가) 안 돼요!

남편의 가랑이를 잡고 매달린다

남편 —(붙잡힌 채 어둠 속을 본다)

메아리처럼, 애기의 목소리
"내 말!"
문고리가 덜컹거린다

남편, 아내를 걷어차고
방문 쪽으로 다가선다
아내, 또 매달린다
남편, 힘껏 걷어찬다
쓰러지는 아내

남편　　(문을 열고 방에 들어선다)

창호지에 비치는 그림자
큰 그림자가 작은 그림자를 눕힌다
애기 위에 올려놓은 큰 자루의 그림자
남편, 밖으로 나온다
아내, 벌떡 일어선다
남편, 아내를 붙들고 마당에 주저앉는다
아내, 몸부림치지만, 남편, 놓지 않는다
문풍지에 비치는 그림자
버르적거리는, 자루에 눌린 작은 사람의 그림자
오랜 사이
방에서 (메아리처럼) "엄마!"

아내, 일어선다

남편, 아내를 아까처럼 차지른다

남편, 방 안에 들어선다

또 하나 포개어지는 자루의 그림자

남편, 나온다

먼저처럼 아내를 꽉 껴안고 쭈그리고 앉는다

가끔 고개를 들어 창호지에 비치는 그림자를 본다

이윽고, 움직이지 않게 된 그림자 (메아리처럼) 말이 우는 소리 (구슬프게)

방 안의 등잔불이 꺼진다

달빛

달빛이 차츰 어두워진다

구름에 아주 가린 달빛

바람 소리

어둠

희미한 달빛

지게에가 무엇인가 지고 나가는 남편, 마당을 가로지르는 무대, 어둠

바람 소리

넷째 마당

이튿날 새벽
새소리
무대에는 사람이 없다
방문은 닫혀 있다
멀리서 노랫소리 들려온다

우리애기 착흔애기
젖은먹고 크는애기
보채면서 조란애기
흉년들면 도적되지

노랫소리 차츰 가까워진다. 거친 쉰 목소리. 그러나 뚜렷한, 할머니 나온다. 먼젓번처럼 누더기옷이다. 다만, 허리에 두른 봇짐이 불룩하다. 바가지를 찬 것 같다. 아내 뒤곁에서 나온다. 뚫어지게 할머니를 바라본다

노파   찾았소(봇짐을 앞으로 가져온다) 내 새끼를 찾았소

아내, 뒤곁으로 들어간다. 할머니, 땅에 앉는다. 보따리를 어루만지면서 띄엄띄엄 중얼중얼 자장가를 부른다. 거의 들리지 않는다. 가끔 자락이 높아질 때면 아직 노래를 부르

는 것을 알 수 있다. 아내 넋 빠진 사람처럼 나온다. 할머니에게 물 그릇을 준다

할머니 고맙소. (마신다) 고맙소. (사발을 땅에 내려놓는다. 그리고 보따리를 도로 바로잡는다) 너는 춥지도 않고, 덥지도 않고, 목이 마르지도 않고, 배고프지도 않고 보채지도 않는 착한 내 새끼야. (일어선다. 아내 바가지처럼 불룩한 데를 눈으로 좇는다) 가자. 가서, 새 울고 볕 좋은 이 에미가 김매는 밭머리께 묻어주마. 가자. (걸으면서 한 손으로 보따리를 토닥거린다) 가볍기도 하지. 갓 났을 때보다 더 가볍구나 (나간다. 자장가를 부르면서)

아내, 할머니가 떠나는 것을 바라본다. 할머니가 사라진 쪽을 바라본다. 새소리, 화창한 봄날이다. 새소리와 섞여 할머니의 자장가가 들릴 듯 말 듯 들려오는 것에 귀를 기울이고 서 있다. 방 안으로 들어간다
사이
남편, 지게를 지고, 괭이를 들고 들어선다
말없이 지게를 내려놓고 서 있다
이윽고, 힘없이

남편 여, 여, 여, 여보

뒷마당으로 돌아간다
나온다
사립문을 나가면서 두리번거린다
한참 있다가 혼자 돌아온다
마당에 주저앉는다, 고개를 떨구고
사이
문득, 방문을 돌아보다가, 그것을 연다
대들보에 목을 맨 아내(인형)
남편, 뛰어들어가 끌러내린다

남편   여, 여, 여, 여, 여보

아내를 붙들고 흔든다
이윽고 아내 곁에 주저앉아버린다
무릎 사이에 고개가 파묻혔다
사이
일어난다
끌러낸 띠를 대들보에 건다
말이 우는 소리, 사립문 쪽에서 용마를 탄 애기 (말, 애기 모두 인형, 추상적인 구조의), 마당으로 들어온다
무대, 캄캄해지고, 각각, 말과 애기, 남편의 머리 위로 비추는 부분 조명 및 방 안에 누운 아내의 위에서 비추는 조명

남편	(마당에 내려서다가, 용마와 애기를 보고 주저앉으며) 너, 너, 너, 너를 무, 무, 무, 무, 무, 묻고 오, 오, 오, 오는 길인데
애기	(고개를 저으면서, 들고 있던 진달래꽃 묶음을 아버지한테 준다)
남편	(꿈결처럼 걸어가서 받는다)
애기	엄마, 엄마! (확성기를 통한 목소리)
남편	(방으로 들어가 꽃묶음을 아내 가슴에 얹는다) 여, 여, 여보, 다, 다, 당신, 애, 애, 애, 애기가, 가, 가, 가, 가져왔소, 다, 다, 다, 당신 애, 애, 애, 애기가, 사, 사, 사, 사, 살아왔소

아내 (인형) 꽃묶음을, 들고, 일어나, 마당으로, 나선다
아내, 애기한테로 걸어가서 애기를 끌어안는다

애기	(확성기를 통한 목소리) 엄마 아빠, 빨리 타요
남편	(아내를 말에 태우면서) 자, 자, 자, 자, 가, 가거라, 어, 어, 어, 어 —어, 어, 어서 가거라, 사, 사, 사, 사, 사람들이 오, 오, 오, 오, 올라. 네, 네, 네, 네, 네가 주, 주, 주, 주, 죽었다고 해, 해, 해, 해, 했으니 마, 마, 마, 마, 마을 사람들이, 오, 오, 오, —오, 오, 오, —오, 오, 올게다
애기	(손짓하면서)
아내	빨리, 빨리, 포졸들이, 와요

남편	(소매로 눈물을 씻으면서) 오, 오, 오, 오냐

끝내 타지는 않고
용마의 고삐를 잡고 사립문을 나간다

무대, 다시 밝아진다
빈 무대
마을 사람들 여럿과 포졸들 여럿 들어선다

마사 1 (마을사람)	여보게

포졸 하나, 다짜고짜로 문고리를 낚아챈다

포졸 1	어딜 갔나?
포졸 2	분명하겠지?
마사 1	예, 경기를, 일으켜서, 간밤에
포졸 3	흠
마사 1	산에, 가져다, 묻고 오는, 길이라더군요
마사 2	저것 보게, 저기
사람들	아니, 저 세 식구가 말을 타고 하늘로 올라가는군 꽃을 던지는군 가거든 옥황상제께 여쭤주게. 우리 마을에 다시는 장수

를 보내지 맙시사구

사람들이 한마디씩 하자
하늘에서

하늘에서   우리 애기

착한 애기

사람들   휘이 다시는 오지 마라, 훠어이 휘이 (밭에서 새 쫓는 시늉을 하며)

하늘에서   젖 안 먹고

크는 애기……

사람들   휘이 다시는 오지 마라, 훠어이 휘이

사람들, 어느덧 손짓 발짓 장단 맞춰 춤을 추며, 어깻짓 고갯짓 곁들여, 굿춤추듯, 농악 맞춰 추듯, 춤을 추며

하늘에서   ……보채면서

자란애기

흉년 들면……

사람들   훠어이 휘이, 다시는 오지 마라, 훠어이 휘이

점점 신명이 난
  하늘과 땅이

서로 주고받는 사이에

　　천천히

					— 막

봄이 오면 산에 들에

깊은 산속의 밭머리
처녀가
김을 매고 있다
큰 소나무가 드문드문
하늘에 뭉게뭉게 구름
시끌짝한 매미 소리
처녀
가끔
구름을 쳐다본다
다시 김을 맨다
무엇인가 기척을 살핀다
그 언저리에
아니면 어딘가

멀리서

숨어서 엿보는

누군가를 느끼듯

한참씩 김매기를 멈추고

듣는다

매미 소리뿐

이런 시늉을

거푸하면서

김을 매나간다

구름, 소나무, 바위 따위

십장생도十長生圖의

한 모서리처럼

보이는 무대

다만

매미 소리만이

그림에 없는

등장인물인 셈

무더운

푹푹 찌는 한여름

깊은

산속의

들밭이다

마을 총각 바우 나와 엿본다

　　　　가만가만 다가선다
　　　　처녀 문득 놀라며
　　　　쳐다보았다가
　　　　그대로 김을 맨다
　　　　같이 김을 매나가면서

바우	달내
달내	……
바우	……그 말 ……들었어
달내	(머리를 들고) 무슨 말?
바우	마을 사람들 이야기……
달내	(벌떡 일어서며) 거짓말이야
바우	글쎄 사람들이 그러더라는……
달내	(앉으면서) 거짓말이야
바우	그럴 테지…… 아무튼, 나는 아무래도 좋아, 달내만 마음이 한가지라면……
달내	……
바우	달내만 한가지라면
달내	내 맘은, 늘 한가지야
바우	그래? 그런데 왜? 돌아오는 가을에……
달내	돌아오는 가을에……
바우	그렇게 정하지 않았어?
달내	그렇지만……

바우 　그렇지만?
달내 　그렇지만……
바우 　그렇지만?
달내 　그렇지만…… 그때 가봐야 해
바우 　뭘, 뭘 봐야 한다는 거야?
달내 　……
바우 　오는 봄에 사람을 뽑는대
달내 　(퍼뜩 고개를 들어 쳐다본다)
바우 　먼 데 가서 성을 쌓는대
달내 　저런
바우 　이번에는 오래 걸린대
달내 　……
바우 　많이 뽑는대
달내 　……
바우 　그러니 한 번 뽑혀가면……
달내 　……
바우 　언제 돌아올지……
달내 　……
바우 　이번 가을에 혼사를 치르면
달내 　……
바우 　사람 뽑을 때, 총각보다는 나을지도 모르구
달내 　(고개를 흔든다)
바우 　왜?

달내	……
바우	내가 싫은 게군?
달내	(고개를 흔든다)
바우	(힘이 나서) 그럼 왜 그래?
달내	나 죽어버릴래
바우	(놀라서 쳐다보다가) 저…… 아버지는…… 달내 아버지는, 뭐라고 그래?
달내	아버지야 뭐, 다 아는 일인데……
바우	그런데 왜 달내는 빨리 서두르지 않는 거야?
달내	……
바우	이것 봐 달내, 달내가 무슨 궁리를 하는지 도무지 모르겠군. 난 마을 사람들이 하는 소리는 믿지 않아, 이번 성 쌓기는 몇 해가 걸릴지 모른다더군, 그게 걱정이야
달내	성 쌓기……
바우	그래. 그러니 그전에 우리가 내외가 되면, 어찌 되든 지금 하구는 달라지지 않아? 그런데 달내는 무슨 궁리를 하는지 모르겠구
달내	미안해…… 궁리는 내가 무슨 궁리를……
바우	난 오늘 달내 말을 받아내려구 왔어
달내	(김만 맨다)
바우	(호미를 뺏으며) 이럴 때가 아니라니까, 우리가 내외만 되면 김매기 같은 건 내가 매일이라두 해줄 테니까……
달내	……

바우	응?
달내	……
바우	왜 그래?
달내	……
바우	어떻게 하겠어?
달내	……
바우	이대로 해를 넘기구, 성 쌓기에 가버리면, 우리는 그만이야. 달내 아버지한테 내가 얘기할까?
달내	(고개를 세게 젓는다)
바우	(말이 없다가)……

갑자기

달내를 잡고

소나무 뒤로 끌고 간다

뿌리치는 달내

두 사람 모습 소나무 뒤로

매미 소리 뚝 멎는다

끝내 뿌리치고 나오는 달내

바우 우두커니 섰다가

사라진다

매미 소리 다시 시끄럽게

갇은 산속의
바가지처럼 생긴 굴
바닥에
사발과 바가지가 굴러 있다
달내 꿈결처럼 걸어
들어온다
사발과 바가지를 내려다본다
앉으면서
바가지를 집어든다
쓰다듬는다
볼에 댄다
굴을 둘러본다
오랜 사이
드러눕는다
오랜 사이
일어나 앉는다

달내   그렇게 미안하다고, 미안하다면서…… 참, 어렸을 적에
내가 하도 옛날얘기를 해달라고 졸랐더니 소금장수 얘
기를 해주셨지. 옛날에 소금장수가 있었는데
길을 가다가 (여기서부터 이야기에 따라 몸짓으로 시늉)
해가 저물어
어떤

냇가까지 왔는데
빨래하던 아낙네를 만나서
어디 자고 갈 데가 없느냐고
물어도
얼굴을 숙이고 (제 얼굴을 숙이면서)
쳐다보지도 않기에
아니 내외를 해도
이런 산골에서
길 가는 나그네가
길을 묻는데
그럴 수 있느냐고
핀잔을 줬더니
마지못해 얼굴을 드는데 (제 얼굴을 든다)
눈도 없고
눈썹도 없고
코도 입도
귀도
아무것도 없는
맨숭 얼굴 (손바닥으로 제 얼굴을 쓱 문댄다)
소금 짐을 내던지고
걸음아 날 살려라
달아나는데
고개 넘어

해는 떨어지고

마침

창호지에 불빛이 비친

우리 집 같은

오막살이 하나 (굴을 둘러보며 가리킨다)

너무 반가워

덮어놓고 뛰어드니

젊은 아낙이 일어서면서

웬 사람이냐고

자초지종

이렇구 저렇구

아이구 무서워

걸음아 날 살려라 (뛰는 시늉)

목숨 도망하다 보니

장사 짐도 버리구 왔다고

겨우 숨을 돌리는데 (숨을 돌리며)

저게 당신 짐이냐고

가리키는 구석에

물먹은 소금 짐이 하나 (굴 구석을 가리킨다)

아이구 소리보다 먼저

돌아보는

아낙네 얼굴이

그 달걀귀신 (달내 제 얼굴을 내민다)
……내가 하도 무서워했더니 잘못했다고, 잘못했다고
할머니한테 어릴 적 그 얘기 들었을 때 나도 그리 놀라
고서 이 주책 보라고 잘못했다고 그리고 미안해서 개울
가로 업고 나가서 가재를 잡아주던……
(사발을 쓰다듬으며)
내가 올 적마다

돌아앉으며
미안하다고
미안하다고
그때처럼
그 옛날 얘기하던
그때처럼
돌아앉으면서
돌아앉으면서

사발을 품고 엎드린다
오랜 사이
일어나 앉는다
사발과 바가지를
내려다본다
사발과 바가지를 쓰다듬는다

겨울밤

휘파람처럼

날카로운

먼

바람 소리

아버지와 딸내

방에 앉아 있다

두 사람

바람 소리에

귀를 기울인다

누군가를

기다리는 듯한

그러나

서로

그것을 감추듯

아버지는 새끼를 꼬고 있다

조금 떨어져 앉아서

바느질을 하고 있는 딸

어두운 불빛

가끔 샛바람에

불꼬리가 너풀거리고

아비	(딸 쪽을 쳐다본다)
딸내	(눈길을 느끼고 아비를 건너다보다가 도로 바느질감으로 눈길을 되돌린다)
아비	(무슨 말을 하려다가 그만둔다)
딸내	(그런 아버지를 다시 흘깃 보고는 얼른 눈길을 거둔다)

아버지와 딸은 그들이 하고 있는 일을 아주 정성스럽게 마치 새끼꼬기를 처음 배우는 사람, 바늘을 처음 들어보는 사람처럼 어렵게 한다. 늑대나, 그런 것이 우는 소리. 두 사람 귀를 기울인다

딸내	아버지
아비	(딸을 본다)

불러놓고서는 딸은 말을 꺼내지 않는다

아비	응?
딸내	(무엇인가 생각하고 있다)
아비	응? (두려운 눈치다)
딸내	저
아비	(새끼 꼬는 손을 멈추고, 딸의 다음 말을 기다리지만, 나올 얘기가 두려운 듯 더 채근하지를 못한다)

달내   (그대로 손을 느릿느릿 놀리면서) 엊저녁에 다녀갔어요
아비   (몸이 굳어진다)
달내   꿈에요
아비   (고개를 떨군다)

두 사람, 다시 저마다 하는 일에 파묻힌다. 마치 무엇인가를 피하기 위해서 사람들이 매달리는 그런 일감을 다루듯, 쓸데없이 꼼꼼하게, 그러나 서툴게, 그리고 느릿느릿

바람 소리

먼 데서

겨울밤의

한참 듣고 있노라면

이쪽 넋이 옮아가는지

마음에 바람이 옮아앉는지

가릴 수 없이 돼가면서

흐느끼듯

울부짖듯

어느 바위 모서리에 부딪혀

피 흘리며 한숨 쉬듯

울부짖는

그

겨울밤의

바람 소리

딸내	(고개를 들어 아비를 본다)
아비	(흠칫 놀라며 쳐다본다)
딸내	(망설이다가) 문을 열어달래요
아비	(소스라치면서 문 쪽을 본다)

아비와 딸은 함께, 무대 가운데, 뒤쪽에 있는 문을 바라보고 있다. 바람 소리, 뚝 그친다

아비	꾸, 꾸, 꾸, 꿈에
	(이때 비로소 아비가 말더듬이임이 드러난다)
딸내	(끄덕인다)
아비	그, 그, 그, 그래서— 여, 여, 여, 열어 줘. 줘. 줘, 줬나?
딸내	(느릿느릿 고개를 젓는다)
아비	(고개를 떨군다)

두 사람 다시
하던 일로 돌아간다
푸드덕, 하고
무엇인가, 새 같은 소리
나는 소리
아니면 지붕에 쌓인 눈이

부서져내리는 소리

두 사람

귀를 기울인다

그뿐

더 기척이 없다

먼 데서

늑대 우는 소린지

바람 소린지

잘 모를

그런가 하면

사람이 우는 소리 같은

그런 바람 소리

달내   아버지 (흑, 하고 느끼면서 고개를 떨군다)

아비   (쳐다보지 않고, 손을 멈추고 허공을 바라본다. 이윽고) 우, 우, 우, 울지 마, 마, 마, 마, 마라

달내   (바느질감을 집어들며 고개를 주억거린다) 꿈에라두, 열어드릴걸 그랬어요

아비   아, 아, 아, 아니다

달내   그래두, 그렇게 슬피 울며, 열어달라는 걸

아비   아, 아, 아니다, 저, 저, 저, 저두, 다, 다, 다, 다— 아, 아, 아, 알 게, 아, 아, 아니냐

달내   그렇지만

아비	모, 모, 모, 모, 몹쓸 것, 왜, 왜, 왜— 꾸, 꾸, 꾸, 꿈에는, 모, 모, 모, 모, 몹쓸 것
딸내	(손을 멈추고 멍하고 있다)
아비	(고개를 흔들며, 느릿느릿 새끼를 집어든다)
딸내	아버지
아비	(꾸짖는다) 아, 아, 아, 아가야
딸내	(일감으로 돌아간다)
아비	(이번에는 부드럽게) 아, 아, 아, 아, 아가야
딸내	(끄덕인다)
아비	이, 이, 이, 잊어—버, 버, 버, 버려라
딸내	(끄덕인다)
아비	(더 부드럽게) 아, 아, 아, 아가야, 우, 우, 우, 우리, 가, 가, 가, 감자, 구, 구, 구, 구, 구워, 머, 머, 머, 먹으면서
딸내	배고파?
아비	아, 아, 아, 아니, 그, 그, 그, 그저, 머, 머, 머, 머, 먹자
딸내	(한 모퉁이에서 감자를 꺼낸다, 화로에 파묻는다)
아비	(가끔 고개를 들어 딸이 감자를 하나하나 파묻는 것을 본다)

두 사람, 하던 일로 돌아간다
바람 소리

멀리서

여러 사람이

피 묻은 칼을 뽑아들고

벼랑을 달려 내려오는

그런

바람 소리

오랜 사이

가끔 너풀거리는 불빛

벽에 어린 그림자도

그때마다 너울너울

춤을 춘다

무대에는 그들이 앉아 있는

조금 높은 바닥과

가운데 뒤쪽에 세워놓은

문이 있을 뿐, 벽은 없지만

이때의 그림자는

무대 뒤쪽의 가리개 막에다

비쳐도 상관없다

그때에는 그것이 벽이고

다른 때에는 거기가 밖이다

| 아비 | (딸을 훔쳐본다) |
| 딸내 | (일감만 내려다보며 앉아 있다) |

| 아비 | (무슨 말을 하려다 만다) |
| 달내 | (아비를 흘끗 본다) |

이 같은 움직임들은
모두
굼뜨고
힘들게
밤은 길지만
그 밤을 채울
아기자기한
그래서 그 밤이
그지없이 짧아질 건덕지가
하나도 없는 두 사람이
힘들게
굼뜨게
긴 겨울밤과 싸우듯
그렇게 마디가 뚜렷하고
마디 사이가 벌어지는 투의 움직임으로
너무 과장된 것을 알리는 것은 좋지 않으나
실제로는 거의 무언극에서의 움직임처럼
그들이 하고 있는 일은
다 아는 일이기 때문에
흉내만 내면 된다는 그런

연기가 아니고
말은 할 수 없고
그 움직임만으로 무엇인가를
옮겨야 한다는 느낌으로
아니, 그들이 하는 일이
쉽게 알 수는 없는 어떤 신비한 일이기 때문에 되풀이해서
관객에게
옮기려 해도
안 되기 때문에 자꾸 되풀이하고 있다는 그런 느낌이 나게
마치
우주선 속에서의
우주 비행사의 그 단순한
어린애보다 못한 움직임을
우리가 볼 때의
그 신기하고 깊게 울려오는
그런 느낌이 들도록
움직여야 한다
그러니까
그 움직임의 보통 뜻에 상관없이
움직임 그것이 재미있게 보이게 그렇게 움직인다
이 극의 모든 움직임은 그렇게 이루어질 것
말더듬이처럼, 움직임 더듬이로

딸내	(화로를 헤집어보고 다시 재를 덮는 시늉)
아비	(냄새 맡은 시늉)

두 사람 눈길이 마주친다
천천히 눈길이 갈린다

딸내	(다시 일감을 잡으려다 귀를 기울인다)

밖에서 기척 이윽고
부르는 소리
두 사람 문 쪽을 바라본다

소리	열어줘

흩어진, 목쉰, 그러나
여자의 목소리, 들릴락 말락한. 방 안의 두 사람 마주 본다

소리	열어줘
딸내	엄마다
아비	(머리를 감싸고 엎드린다)

바람 소리
사이

아비	(고개를 든다)
달내	엄마야
아비	아, 아, 아, 아니야, 아, 아, 아, 아니야
달내	엄마야, 어젯밤처럼
소리	열어줘

두 사람 마주 본다

소리	열어줘(바람 소리처럼)
아비	으, 으, 으, 으, 가, 가, 가, 가, 가 모, 모, 모, 몹쓸 것 왜, 왜, 왜, 왔어
소리	보고 싶어서 (바람 소리처럼)
달내	(꿈꾸듯 일어서면서) 열어주자
아비	아, 아, 아, 안 돼
달내	엄마야
아비	어, 어, 어, 엄마가, 아, 아, 아, 아니야, 저, 저, 저, 저건, 어, 어, 어, 어, 어미가, 아, 아, 아, 아니야
소리	엄마다 (바람 소리처럼)
달내	저것 봐
아비	아, 아, 아, 아니다

소리	영감, 나요 (바람 소리처럼)
아비	아, 아, 아, 아니야, 차, 차, 차, 찾아, 오, 오, 오, 오, 오는, 이, 이, 이, 이, 임자는, 이, 이, 이, 이, 임자가, 아, 아, 아, 아니야
소리	보고 싶어서 (밤처럼 어둡게)
아비	보, 보, 보, 보고, 시, 시, 시, 싶지, 아, 아, 아, 아, 않, 아, 저, 저, 저, 저, 저승에 가서, 시, 시, 시, 시, 실컷, 보, 보, 보, 볼 텐데
소리	참지 못해서
아비	이, 이, 이, 이, 임자가, 제, 제, 제, 제 발로, 나, 나, 나, 나, 나, 나간, 그, 그, 그, 그, 마, 마, 마, 마음
소리	그래도 보고 싶어서
아비	아, 아, 아, 아, 안 돼

기척, 발소리 멀어진다
바람 소리
이윽고 다시 들려오는
발소리
점점 가깝게

소리	열어줘
아비	아, 아, 아, 안 돼, 이, 이, 이, 임자는, 이, 이, 이, 이

소리	승, 사, 사, 사, 사, 사람이, 아, 아, 아, 아, 아니야 목숨이 붙었는데
아비	자 자, 자, 가, 가, 가, 가버려, 아, 아, 아, 아까, 처, 처, 처, 처, 처럼
소리	여름내
	가으내
	밤마다
	돌아와서
	저만치서
	숨어 앉장
	새벽이면
	돌아갔소
	(가락을 높여)
	열어줘
아비	아, 아, 아, 안 돼, 마, 마, 마, 마, 마을, 사, 사, 사, 사람이, 아, 아, 아, 알면

사이

밖에서는 소리 없고

아비와 딸은

밤의 그 부분처럼

숨을 죽이고

갑자기 밖에서

봄이 오면 산에 들에 183

| 소리 | 감자 탄다!

아비, 딸, 놀라며
딸, 화로 쪽으로 움직일 듯하다가, 그러나, 거기서 멈춰버리고, 밖에서도
더는 소리 없고
딸 귀 기울이는 몸짓
아비도 귀 기울이는 시늉
들리지 않는 발소리가
멀어져가는 기척
무대
차츰 어두워진다
이윽고
아주 캄캄해지는 무대

한 낮 가깝다. 아비와 딸. 부엌과 뒤뜰을 들락거리면서 집안일을 하고 있다
포교 들어온다

| 포교 | 어 힘들다
(딸을 보고 고개를 끄덕거린다)
| 아비 | (뒤뜰에서 나오면서) 나, 나, 나, 나으리

포교	그래 잘 생각해봤는가?
	(마루 끝에 가 앉는다)
아비	……
	(딸 부엌으로 들어간다)
포교	아, 생각하고 안 하고 할 게 무어야, 시궁창에서 꽃방석으로 옮겨 앉는 게지
아비	그, 그, 그, 그러나
포교	그러나? 그러나 어쨌다는 게야?
아비	아, 아, 아, 아직
포교	아직?
아비	아, 아, 아, 아직
포교	아직 어쨌다는 게야, (화를 내다가) 음, 그 뭔가, 자네는 하나두 염려할 것 없네. 그저 분부대로 하오리다 한마디만 하면 (딸이 떠온 물을 받아 마시면서) 댓바람에 관가에서 꽃가마가 나와서 질풍같이 모셔갈 테니
아비	……
포교	그럼, 그럼, 자 그러면 오늘은 사또께 기쁜 소식을 알리겠군
아비	아, 아, 아, 아니
포교	뭐야?
아비	아, 아, 아, 아직, 어, 어, 어, 어려서
포교	뭐야? 어려? 듣자듣자 하니, 사또께서 지난여름 사냥 나오셨다 산에서 김매던 자네 딸을, 사또님 당자 밝은

눈으로 보시고 하시는 말씀인데, 어리든 늙었든, 젖먹이든 배내에 들었건 자네가 관계할 일이 무엇인가, 좋은 말로 할 때 들어온 복을 척 받아들일 일이지 무지랭이 흙벌레가 어리다 늙었다— 네 이— 가만있자 아무리 소실이기로서니 사또 장인 될 판국이니 함부로 할 수만도 없고— (다시 부드럽게) 자, 그러지 말고 내 말 들어보게, 우리 사또께서 팔도에 드문 성인군자 명관이시니, 자네 같은 집에서 소실 맞자는데 당자 말 받아라, 아비 말 받아라 하지, 보통 어른 같으면 어림이나 있는 일인가

아비 ……

포교 어떤가? 내 말 알아듣겠나

아비 ……

포교 (답답해서) 아이구 (가슴을 쥐어뜯는다) 그저 콱 (하다가 얼른, 주춤해지며) 그게 아니라, 아, 이 사람아

아비 ……

포교 아, 그래, 자네한테 내 이 말 안 하려구 했지만, 자네 마누라로 말하면, 늙은 것이 늦바람이 나서 도망을 갔다면서, 저 아랫골 사람들 말이 어느 떠돌이 중놈하구 눈이 맞은 게라더군, 그러구 보면 그나마 이 가까운 데서는 딸자식 시집보내기도 어렵게 됐는데, 하늘에서 떨어진 복이지 무언가, 그러니 더 이러지 말구— 아 대체 무엇이 어떻다는 거야

아비	……
포교	아이구 답답해 (붉으락푸르락, 화낼까 하다 얼른 참고, 그러다가는 벌컥 화낼 듯하는 시늉)
아비	……
포교	정말 자네 이러긴가
아비	아, 아, 아……
포교	사또께서 이 일을 아시면…… 안 되겠군, 내 사또 뜻을 받들어 일을 수긋하게 치러볼까 했는데— 사흘 후에 가마를 가지고 올지 오랏줄을 가지고 올지 아무튼 그날은 자네 딸을 내 손으로 데리고 갈 테니 그리 알아, 어허 참 (발을 한 번 탕 구르고 나간다)

아비, 멍하니 서 있다

바우 나온다
세 사람 서로 눈길을 피한다

바우	나으리가 웬일루……

아무도 대답 않는다
딸, 뒤뜰로 돌아간다

바우	저— 마을 사람들 얘기가
아비	(바우를 처음 똑바로 보며)……
바우	……정말인가요?
아비	무, 무, 무, 무슨……
바우	사또가……
아비	(끄덕인다)
바우	(풀썩 주저앉는다)

산등성이를 타고 넘는
바람 소리
쿵, 하고
눈사태가
어디선가
내려앉는 소리, 그리고
그 메아리

아비	(천천히 고개를 들며) 다, 다, 다, 다, 다, 다
바우	……? ……?
아비	다, 다, 다, 다
바우	……? ……?
아비	달아나
바우	(벼락 맞은 사람처럼 멍하고)……
아비	내, 내, 내, 내일 바, 바, 바, 밤에

(달내 뒤뜰에서 나오다가 멎는다)

바우 천천히 일어서서 달래를 향해 선다
캄캄한 무대
바람 소리
먼 데서
겨울밤의
산속의
한참 듣고 있노라면
이쪽 넋이 옮아가는지
마음에 바람이 옮아앉는지
가릴 수 없이 돼가면서
흐느끼듯
울부짖듯
어느 바위 모서리에
부딪혀
피 흘리며 한숨 쉬듯
울부짖는
그
겨울밤의
바람 소리
(차츰 밝아지면)

두 사람 짐을 꾸리고 있다
딸이 길 떠날 차비
딸, 가끔 일손을 멈추고 넋이 나간다. 그런 딸을 가끔 돌아보며 아비는 부스럭부스럭 괴나리봇짐 같은 걸 꾸린다

딸내	내일 밤이면
아비	내, 내, 내, 내, 내, 걱정은, 마, 마, 마, 마, 말구
딸내	……
아비	(고개를 젓는다)
딸내	엄마두 저렇게 놓아두구
아비	에, 에, 에, 에미는…… (말을 이으려고 무진 애를 쓰다가 끝내 이루지 못하고 다시 짐을 매만진다)

딸 일어서서 부엌으로 나간다
아비 바라본다
바람 소리
여러 사람이
피 묻은 칼을 뽑아들고
진달래 벼랑을 달려
내려오는
그런
바람 소리
오랜 사이

이런 동안에 무대 위의
인물들은 조금씩 움직이거나
자리를 바꾸거나
바람 소리에 맞춰
바람 소리의 가락이 바뀔 때마다 그 바뀜에 어울리는 알릴
락 말락한
움직임을 보일 것
말하자면 인물의 움직임이
바람 소리에 반주하듯이
그렇게 움직임으로써
무대가 살아 움직이게 할 것
무대 위의 모든 소도구들도
바람 소리를 따라 숨 쉬어야 하며
무대의 빈 공간들도
무대를 비추는 조명도
시각마다 순간마다
주인공인 바람 소리를 따라
숨 쉬고 움직일 것
이때 무엇인가
벽에서 툭 떨어진다
아비 떨어진 것을 주워
도로 걸어놓는다
딸 부엌에서 나와

밖에서 한참 서 있는다
아비 그쪽에 귀를 기울인다
딸 방 안으로 들어온다

딸내 아버지— 아버지만 남았다가 내가 도망간 줄 알면

아비 ……

딸내 관가에서

아비 ……

딸내 ……차라리……

아비 ……

딸내 아버지두

아비 ……?

딸내 ……차라리— 아버지두……

아비 ……

사이

딸내 (그대로 묻는 투로) 아버지……

아비 아, 아, 아, 안 돼

딸내 왜? ……기왕……

아비 ……? ……

딸내 ……기왕 ……엄마를……

아비 ……

달내	······안 그래······?
아비	(고개를 젓는다)
달내	왜
아비	······
달내	······?
아비	그,―그,―그,―그, 그건
달내	그건

사이, 아비 이것저것 느릿느릿 꾸리면서

달내	그건?
아비	(마지못해) ······네가 가고 나면
달내	······

옮겨 앉으면서 채근하는 눈길

아비	에, 에, 에, 에미가, 또, 또, 또, 또, 오, 오, 오, 오면
달내	(문득 깨달으며) ······아버지 ······(끄덕이며) ······고마워요······
아비	······
달내	나는······ 그런 줄도 모르고······
아비	(일어서서 부엌으로 나간다)
달내	(움직이지 않고 앉아 있다)

사이

바람 소리

아비 부엌에서 나온다

딸 그쪽을 본다

아비 도로 부엌으로 들어간다

딸, 기다리는 몸짓

가끔 주섬주섬 방바닥을 치우며

아비 부엌에서 나온다

방으로 들어오려다 멈춘다

사립문 쪽으로 인기척이 나는 듯

그쪽을 바라본다

딸도 방 안에서 아비와 꼭 같은 몸짓

딸내	아버지

아비, 방 안으로 들어온다

아비	내, 내, 내일, 머, 머, 먼 길을 갈 텐데⋯⋯ 이, 이, 이, 인제, 자, 자, 자, 자자
딸내	⋯⋯
아비	⋯⋯
	(주섬주섬하더니)

	이, 이, 이, 이것
	(딸에게 쥐여준다)
달내	비녀
아비	……
달내	엄마 비녀
아비	……
달내	엄마가, —이 비녀 질렀을 땐……
아비	(끄덕인다)
달내	엄마는…… 그렇게 이뻤는데
아비	뒀, 뒀, 뒀, 뒀다가, 너, 너, 너를, 주, 주, 주, 준다구……
달내	(비녀를 두 손으로 가슴에 품고)……
아비	너, 너, 너, 너만, 어, 어, 어디, 가, 가, 가, 가서나, ……자, 자, 자, 잘, 사, 사, 사, 살면……
달내	잘
아비	어, 어, 어, 엄마는, 기, 기, 기, 기뻐— 하, 하, 하, 하, 할 거야
달내	아버지, ……잘살자구 나, 가는 것 아니야
아비	……? ……왜?
달내	가라구 하니깐, ……아버지가 가라구 하니깐
아비	……
달내	그래서, 가는 거지
아비	다, 다, 달내야

달내	자꾸, 가라니깐
아비	바, 바, 바, 바우는, ―조, 조, 좋은, 초, 초, 초, 총각이야
달내	……
아비	조, 조, 좋은……
달내	(사이) ……나만, 잘살면 뭘 하게
아비	……
달내	나만……
아비	다, 다, 다, 달내야, ……(말이 막혀서) ……다, 다, 다, 달내야
달내	……
아비	그, 그, 그, 그래……, 어, 어, 어, 엄마두
달내	그럴지……
아비	그, 그, 그, 그렇다니깐
달내	어떨지……
아비	그, 그, 그, 그럼
달내	……
아비	네, 네, 네, 네가― 떠, 떠, 떠, 떠나고, ―나, ―나, ―나, ―나면
달내	……
아비	여, 여, 여, 염려, 마, 마, 마, 마 (사이, 밝아지는 조명)
아비	내, 내, 내일은, 다, 다, 달이, 이, 이, 이, 있을 테니

(다시 어두워지는 조명)

자, 이, 이, 이, 이만, 하, 하, 하구 (치우면서) 이, 이, 이, 인제

달내 (그대로 앉아 있는다)
아비 (이것저것 한쪽으로 밀어놓고 드러눕는다)

그대로 앉아 있는 딸
아비 일어나 앉으며 딸을 본다. 딸의 머리를, 등을 쓰다듬는다
딸 아비 품에 안긴다
아비 쓰다듬는다. 눕히는 대로 딸 드러눕는다. 아비 꼬부리고 눕는다
사이
조명 차츰 어두워지고
딸 가끔 돌아눕고
부스럭거리고
그럴 때마다
아비도 조금씩 움직인다
바람 소리
딸 일어나 앉는다
사이
아비 일어나 앉는다
사이

딸 드러눕는다
사이
아비 드러눕는다
딸, 일어나서 부엌으로 나간다
사발에 물을 떠, 들고 나와
마당 한 귀퉁이에 놓고 빈다
사이
아비 몸을 일으키다 만다
손을 모아 비는 딸
바람 소리
사이
딸, 천천히 방으로 들어와
꼬부리고 눕는다
조명 더 어둡게
거의 캄캄한 무대
그들은 이제 움직이지 않는다
바람 소리
아주 캄캄해지는 무대
바람 소리도 끊어지고
갑자기
무대 여기저기서 치솟는 불길
온통 불길에 싸인 무대
도깨비불 같은

뭉텅이 불길들이 큰 도깨비불들처럼

어우러지고 설친다

(소리)

불이야

산불이야

아이그 내 애기가

엄마야

달내야

엄마야

달내야

불 속에 뛰어드네 (여러 사람들의 소리)

불티 튕기는 소리

황황 타는 불길 소리

우지끈 하는 부러지는 소리

엄마야

달내야

어이그 불 속으로

어이그 불 속으로 (여러 사람의 소리)

갑자기

불길이 꺼지고 그동안에도 불타는 소리
캄캄한 무대 (사람들 소리는 여전히)
차츰 밝아지는 무대
벌떡 일어나는 달내
아비도 따라 일어나며

아비　　왜, 왜, 왜, 왜 그래
달내　　꿈에, 꿈에 (얼굴을 두 손바닥으로 감싸며)
아비　　……
달내　　세 살 때 그해 여름
　　　　산불이 나서 이 집이
　　　　탔을 때 (둘러보며)
　　　　등성이 너머에서 밭 갈던
　　　　울 엄마가 달려와서
　　　　사람들이 말리는데도
　　　　불 속에 뛰어들어
　　　　잠자다 울부짖는 나를
　　　　안고 나온 울 엄마 (일어서서 서성거리며)
　　　　그래서 조막손이 된 울 엄마
　　　　그래도 얼굴만은 이뻤던 울 엄마
　　　　산에 가서는 머루를 따주고
　　　　골짜기 냇물에서 가재 잡아주고
　　　　칡뿌리 캐서 껍질 벗겨주고

　　　　　조막손으로 밭 일구고
　　　　　조막손으로 절구 찧고
　　　　　그러면서 나만은
　　　　　진달래처럼 키운 울 엄마
　　　　　아아 (오랜 사이) ―
　　　　　울 엄말 두고 나는 못 가
　　　　　(엎드려 흐느낀다)

아비　　　……

　　　　　휘파람처럼 날카로운
　　　　　먼 바람 소리
　　　　　어느 바위 모서리에 부딪혀
　　　　　피 흘리며 한숨 쉬듯
　　　　　그
　　　　　겨울밤의
　　　　　바람 소리
　　　　　사이

아비　　　이, 이이, 이, 잊어버려

　　　　　사이
　　　　　밖에서 기척

　　　　　이윽고
　　　　　부르는 소리

소리　　 달내야

　　　　　흩어진, 목쉰
　　　　　여자의 목소리
　　　　　들릴락 말락한

달내　　 엄마다
아비　　 저, ―저, ―저, ―저, 저것이, 또, 또, ―또, 저,
　　　　　저, 저것이
　　　　　(일어나려는 달내를 붙들고)
아비　　 가, 가, 가, 가버려
　　　　　모, 모, 모, 모, 몹쓸 것

　　　　　사이

소리　　 아니우
　　　　　안 들어갈게
　　　　　나
　　　　　멀리 갈라우
　　　　　다시는 안 올라우

마지막
목소리라도
듣고 가려구
달내야
잘 있거라
달내야
잘 있거라
(문간에서 멀어지는 기척)

아비 손을 뿌리치고 일어나는
달내, 뛰어나간다
사이
어미 손목을 끌고
달려 들어오는 달내
무대 구석에서 일어서며
부르짖는 바우
"문둥이!"
모든 조명이 꺼지고
어미 얼굴에만 조명
캄캄한 무대에
그것만 드러난
문둥이 탈

더 깊은 산속
여러 해 지나서

봄

지지배배

종달새 울음소리

무대를 가로질러 비탈진 능선이 뒤에서 앞으로 흘러내려와 있다

토끼, 노루, 멧돼지, 다람쥐, 곰이 앞쪽에서 뛰어다니며 놀고 있다

짐승들 노래를 부르며 춤춘다

이때 비탈의 꼭대기 지평선 너머에서 사람의 머리 차례로 하나, 둘, 셋 내민다

짐승들 노래를 그치고

엉거주춤 그쪽을 살핀다

머리 셋이 지평선 위로

차츰 올라오고, 따라 몸뚱이가 드러난다

머릿수건 친 사내 하나

머릿수건 쓴 여자 둘

그들은 앉은걸음으로

김을 매면서

등성이를 넘어

무대 쪽에 드러난 비탈을

천천히 내려온다
짐승들
조심조심 다가가서
얼굴을 들여다보자
짐승들 우르르 흩어져서 한쪽에 몰려선다

달내 (문둥이 탈 아닌 맨숭 얼굴의 탈을 쓰고 판소리 가락으로)
토끼야 노루야
겁내지 마라
하느님이 내린 탈을
울 엄마가 받아 쓰고
울 엄마가 받아 쓴 탈
이 달내가 받아 쓰고
이 달내가 받아 쓴 탈
울 아배가 받아 쓰고
하느님이 내린 탈을
식구 고루 나눠 썼네
하늘 동티 입은 우리
사람동네 살 수 없어
이 산 속에 찾아와서
너희들의 이웃 됐네
(보통 말투가 되면서)
겁내지 마라

짐승들, 눈물을 닦으며 달내의 넋두리를 듣고 나서
서로 마주 보며 고개를 끄덕거린다

짐승들   우리를 잡아먹지 않겠지?
달내   아니
짐승들   저 사람은 왜 말이 없누?
    (아비를 가리킨다)
아비   아, 아, 아, 아, 아니
짐승들   하하하
달내   인제 알았지
짐승들   알았어

이때
등성이 너머에서
노랫소리
호쾌한
진달래 산천이
쩌렁쩌렁 울리는

어허
얼씨구절씨구 나가신다
우리 장모가

받아 쓴 탈
우리 장인이
받아 쓴 탈
우리 마누라가
받아 쓴 탈
이내 몸도
받아 쓰고

이렇게 노래 부르면서
또 한 사람 남정네
등성이를
김매면서 넘어온다
놀란 짐승들
처음에는
멍청하게
보고만 있다가
키들키들 웃기 시작하고
마침내 깔깔거리고
손뼉 치면서 맞는다

네 사람
서로 마주 보며
끄덕거리며

달내네 네 식구
이번에는 오던 쪽으로
돌아앉아
김을 매면서
비탈을
올라간다

어허
얼씨구 절씨구
나ㄱ신ㄷ
ㅎ늘놈이
내리신 톨
받ㅇ 쓰고
나ㄱ신ㄷ
독사뱀도
잡아먹고
나ㄱ신ㄷ

비탈 마루를 넘어갈 때
네 식구 한꺼번에 고개를 돌려
관중들 쪽을 보고 나서
비탈을 천천히
노을 속을 내려가

머리까지 사라진다
짐승들 춤추며
그들을 쫓아
비탈을

이때 무대에는
십장생도의
모든 인물이
나와 있다

            ― 막

둥둥 낙랑樂浪둥

밤 먼 데서
말이 우는 소리
많은 사람들이
웅성거리는 소리
그러나
밤 속에서는
부드럽게 들린다
가끔 가다가
더 먼 데서
왁자지껄 떠들며
웃는 소리
흐릿하게
말발굽 소리

모든 소리가
잠깐 멈춘
그런 짬에
가깝게 들리는
호젓한 부엉이 소리
새가 날아가면서
나뭇가지에 부딪히는 소리
어디선가
모닥불 불티가
탁탁 튀는 소리도
많은 사람들이
벌판에서
짐들을 부려놓고
말을 매어놓고
오락가락하면서
불을 피워놓고

밤을 지내고 있는 기척
봄 밤
달은 없고
캄캄한 밤
낙랑을 쳐서 이긴
고구려군이

국내성에 닿기 전날 밤

야영하고 있는 밤

부드럽게

그러나

왁자지껄하니

군율이 좋고

이기고 돌아온 사람들의

흥겨움이

큰 바다처럼 숨쉬는

고구려의 봄 밤

갑자기

모든 소리가

줄 끊어지듯

멈추고

어둠 속에서

부르는 소리

소리　　왕자님

젊은

그 봄의 이 밤보다

더 깊고

봄다운

그러나

어느 먼

벼랑 끝에서 울리는

메아리 같은

여자의

젊은

목소리

어둠

뿐

목소리는 허공에서

맴돌다

밤 속으로 사라진다

어둠

뿐

모든 소리가

끊어진

줄의 여운마저

사르라져

없어진

어둠

이윽고 다시

산 사람의 그럴 만한 한

갑갑해함도 풍기지 않는

그러나
봄다운 부름 소리가
다시

소리 　　왕자님

비로소
반딧불처럼
비추는
불빛
차츰차츰
밝아지는
한 군데
천막 안
혼자 쓰는 군막
의자에 앉아
쉬고 있다가
문득
고개를 드는 왕자
무장한 채
투구만 벗고 있는
왕자
소리가 난 데를 쳐다보고

　　　　　소스라쳐 일어난다

호동　　　공주

　　　　　공주가 손에 들고 있는 것
　　　　　쥐는 고리와 윗대가리만 남은 찢어진 북
　　　　　왕자가 그쪽으로 움직이려 하자

낙랑　　　오지 마세요

　　　　　부드러운
　　　　　그러나
　　　　　누르는 소리
　　　　　얼어붙듯 멈추는 왕자

호동　　　공주, 공주
　　　　　이게 웬일이요?
낙랑　　　놀라지 마세요
호동　　　당신이, 당신이,
　　　　　낙랑성에 묻고 온
　　　　　당신이
낙랑　　　왕자 그대는
　　　　　나를 묻고 오셨소?

	정말 나를 믿고 오셨소?
호동	공주, 그것이
	무슨 말씀이오?
낙랑	가까이 오지 마세요
호동	어찌하여
	나를 막으시오
	그대가 이승 사람이건
	저승 사람이건
	내 앞에 이렇게 오신
	당신
	공주

사이

이윽고

낙랑	정녕 그러시오?
호동	공주
	그대에게
	갚지 못할 죄를 지은 이 몸
	낙랑이 망하여도
	그대의 목숨은
	꼭 살리려고 하였었소
	그런데—

둥둥 낙랑樂浪둥 219

갑자기

날카로운

웃음소리

낙랑   남세스럽소 왕자

내 어찌

그 일을 탓하려고

이렇게

당신 앞에 나타나리까?

호동   그 북, 그 북

낙랑   그대를 위해서라면

즈믄 북이라도

즈믄을 즈믄 곱절하는 북이라도

또다시 즈믄 번

이 손으로

찢으리이다

그러나 한 번 찢어진 북

다시는 찢지 못함이 한이건만

내 마음을 들고 있듯 들고 싶어

이렇게 놓지 못하는 것뿐이오

북에다 입을 맞춘다

호동	오 공주
	그대는
	그렇게 찢어진
	이 몸의 마음을
	듣고 있소
낙랑	내일이면
	그대는 국내성에 들 것이니
	국내성은
	그대의 할아버지
	주몽의 귀신이 다스리는 곳
	이곳까지
	그대의 말안장에 타고 왔으되
	나도
	내 나라의 딸
	내 아비의 원수의 서울에까지
	어찌 발을 디디리오
	그러나
	놓치고 싶지 않은 이
	사랑의 고삐
	이 밤과
	저 밝아올
	새날 아침의

	갈림길에서
	나는 어이하리까
호동	오
	공주
	말해주오
	어찌하면 좋겠소
낙랑	삶과 죽음이
	낮과 밤 같은데
	무슨 도리가 있겠소?
호동	그러면
	그대가 내 앞에
	이렇게 나타남은
	무슨 까닭이오?
낙랑	보고 싶어서
	그리워서
호동	오 공주
낙랑	오지 마시오
호동	공주

공주 사라진다

| 호동 | 공주 공주 |

　　　　　뒤쫓는 왕자

　　　　　무대 어두워진다

　　　　　캄캄한 무대

　　　　　차츰 왕자 앉은 데만 밝아지는 무대

　　　　　왕자 의자에 앉은 채로 있다

　　　　　급히 들어오는 장교

　　　　　의자에서 일어나는 왕자

　　　　　두리번거린다

장교　　　부르셨습니까?

　　　　　대꾸 않고

　　　　　우뚝 선 왕자

　　　　　말이 우는 소리

　　　　　멀리 사람들이

　　　　　떠드는 소리

　　　　　다시

　　　　　모든 소리 끊어지고

　　　　　부장 들어선다

　　　　　장교 나선다

　　　　　부장, 왕자를 바라본다

　　　　　마음이 통하는 사람끼리의

　　　　　그런 시늉으로

왕자와 눈길이 마주친다
왕자 앉는다
부장 나직한 소리로

부장 내일은
국내성에 닿는 날
사람과
말들과
사로잡은 것들과
거두어온 것들은
모두
꾸리고 갖춰놓았습니다
주몽 할아버지에 버금가는
공을 세우고
돌아가시는 길
고구려의 사람과
하늘과 땅도
왕자님을 맞으려
이 밤을 새우고 있사오나
잘 아실 일이옵니다만
국내성은
왕자님을 반기는 사람들만
있는 곳은 아닌 곳

	주몽 할아버지의 넋이
	다스리는 곳에 걸맞지 않을
	눈에 보이고
	눈에 안 보이는
	온갖 짐은
	이 밤에
	저 병사들이
	쓰레기들을 태우듯
	마음속에서 몰아내사이다
호동	쓰레기라고!
부장	황공하옵니다
	제가 말을 잘못 여쭈었습니다
	왕자님
	거룩하신 몸을
	스스로 살피소서
호동	나는
	그대를 원망하고 싶소
부장	뜻을 헤아리겠나이다
	나무람을 받음은
	고까울 것 없사오나
	남이 들을까
	두렵나이다
	들어서는 안 될 무리들이

들을까 두렵나이다

국내성에 가면

여러 사람을 알아듣게 하여야 합니다

왜 낙랑에서

돌아오려고 아니하셨는지를

이번에는 우리가 번개처럼 치는 바람에

그들이 어쩌지 못했으나

반드시 중국은 뱃길로

낙랑을 다시 찾으러 온다는 것을, 이번에도 그들의 군대는 포구에 모이고, 배들은 돛을 달았으나 낙랑이 그전에 결딴나고 말았기 때문에 그들이 떠나지 않았다는 사정을 대왕께 낱낱이 아뢰어야 합니다. 그들은 왕자님께서 낙랑을 떠나지 않으려 하신 일을 두고 갖은 말을 할 것입니다. 그들이 그런 말을 하게 해서는 안 됩니다. 대왕의 허락을 받으면 우리는 곧 낙랑으로 돌아가야 합니다. 거기서, 바다를 건너올 늑대들을 기다려야 합니다

바깥 기척

갑자기

날카롭게 울리는

까마귀 소리

흠칫하는 두 사람

까마귀 소리

멀리

사라진다

왕자의 소리

호동　　물러가라

물러나오는 부장

왕자 일어선다

공주가 사라진 쪽을 보며

호동　　공주

내 다시 낙랑으로 가리다

공주 거기서 기다려주오

꼭 다시 가리다

내가 왜 그곳에 가려 하는지 그들에게 말해주고

내 다시 가리다

공주 기다려주시오

낙락성에서

차츰 어두워지는 불빛

말들이 우는 소리

막이 오르기 전부터 들리는 행군악 소리. 대취타와 같은 가락. 깃발을 앞세운 악대가 무대를 지나간다. 무대 뒤에는 고구려 왕, 그 밖의 모든 나라 어른들이 제단 앞에 자리 잡고 서 있다. 호동 왕자 만세 소리. 호동 왕자가 나온다. 왕 앞으로 와서 절한다

왕   오 나의 왕자
호동 아버님, 뜻을 받들어 낙랑을 멸하고 그 백성들을 우리 고구려에 거둬들이고 왔습니다
왕   장하다, 큰일을 이루었다. (제단을 향해 서면서) 낙랑은 이 나라, 이 백성 그리고 나에게 으뜸가는 방해꾼이었습니다. 낙랑의 총독은 자기 딸을 나의 아내로 보내놓고서도 우리 고구려보다는 중국과 통하기를 그치지 않았으니 어차피 한 구유에 두 마리 소가 주둥이를 담기는 어려운 일. 하늘의 뜻을 묻는 길은 오직 하나, 싸움밖에는 없었습니다. 그들은 우리들의 말을 한사코 귀담아듣지 않더니, 오늘날 왕자의 귀신도 놀랄 슬기로 망하고 말았습니다. 고구려의 나라를 세운 나와 내 백성의 조상이시여, 당신들 앞에 이 기쁜 소식을 알리오니 들으소서

왕비 나온다. 호동, 놀라서 주춤 물러난다. 손으로 이마를 짚는다. 옆에 선 부장이 얼른 호동을 부추기고 귀에 대고 속삭인다. 호동 애써 꿋꿋해지려고 한다.

왕비를 따라 궁녀들 따라나온다. 그들은 모두 무당 차림이며 손에는 칼을 들었다. 음악이 일어나고 조상 앞에 바치는 무당춤이 추어진다. 그동안 다른 인물들은 허리를 굽히고 가끔 일제히 절을 한다. 무당춤이 끝난다.

왕비, 왕자를 이끌어 제단 앞에 이끌어간다. 왕비 춤을 추다가 제다의 계단을 올라가 멈춰선다. 외친다

왕비   주몽! 주몽! 주몽!

왕비 쓰러진다
둥둥둥, 같은 짬을 두고 북소리가 거듭된다. 사람들 절을 한다. 한층 큰 북소리와 함께 왕비 벌떡 일어난다. 제단에 모셨던 탈을 들어 쓴다

왕비   (남자처럼 껄껄껄 웃고 나서 남자 목소리투로)
내 새끼들아, 장하다
장하다
일찍이
하늘 아비 해모수가
내 어미 유화부인을 맞아
웅신산 아래 강가에서
나를 배고
내 어미 우발수에서

나를 앉히고
금와왕 집에서 알 속에 든
나를 낳았느니라
내가 알 속에 있을 때
개돼지도 나를 먹지 않고
마소도 나를 밟지 않고
새와 짐승들도
날개와 몸으로
나를 감쌌느니라
내가 금와왕의 말을 기르니 (말들 울음소리)
그의 아들들이 나를 미워하여
죽이려 하매
나 여윈 말을 몰아
엄수에 이르러 (말발굽 소리 물결 소리)
내 어미의 아비를 불러
물을 건너
졸본 주에 이르러
비류수 냇가에
나라를 세웠노라
내 새끼들이
내 여윈 말과 활을
잘 물려받아 땅을 넓히어
나를 기쁘게 하는구나

장하다
장하다

왕비 엎어진다
천천히 북소리 둥둥
사람들 절한다
왕비 천천히 일어난다
탈을 벗어 도로 모셔놓는다
계단을 내려온다
왕비와 시녀들 또 한 번 처음
같은 무당춤을 춘다
사람들 허리를 굽히고 있다가
가끔 일제히 절을 한다
무당춤이 끝난다
시녀 무당들 퇴장한다
신하와 병사들 퇴장한다
왕자 넋 잃은 듯 섰다가 부장의 채근을 받아 퇴장한다
왕비와 왕만 남는다
막 뒤에서 웅성이는 소리, 약한 북소리

왕   수고했소. 조상 할아버지가 그렇게 기뻐하시니. 당신이 신을 잘 받은 덕택이오. 더구나 오늘은 이 나라 왕비로서, 이 나라 어미무당으로서 당신에게는 제일 기쁜 날이

	겠지만, 낙랑 태수의 딸 된 몸인 당신에게는 슬픈 날이었을 게오
왕비	……
왕	그러나 싸움에서 하늘의 뜻이 드러났으니 뉘라서 막을 수 있겠소
왕비	잘 알고 있습니다. 하늘은 싸움에서 뜻을 밝히는 것, 비록 내 아비의 나라일망정 어찌할 수 없는 일이지요
왕	장하오
왕비	다만 낙랑은 망하더라도 내 부모와 내 동생의 목숨만이라도 건질 수 있었더라면
왕	그 일이 안 되었소. 왕자도 내 뜻을 받들어 그들을 살릴 생각이었는데, 성이 열리기 전에 모두 스스로 목숨을 끊었으니
왕비	……
왕	하늘의 뜻이 아니겠소
왕비	(머리를 수그린다)
왕	자, 그러면 우리도 들어가 잔치 자리로 갑시다
왕비	……
	(북소리, 웅성이는 소리, 막 뒤에서)
왕	아니, 당신은 큰일을 치렀으니 고단하겠지. 내 혼자 잔치에 나갈 테니 당신은 물러가 쉬는 것이 좋겠소
왕비	고맙습니다

왕 들어간다
북소리, 웅성임, 막 뒤에서
사이

왕비   (한 발 나서며) 아버님, 어머님, 내 동생 낙랑 공주, 모두 이제는 못 보게 되었구나. 내 나라는 망하였구나. 내 나라, 어느 것이 내 나란가, 내 아버지와 어머니 그리고 동생을 평안케 하고저 이 나라에 시집왔거늘 이렇게 되면 대체 무슨 쓸 데가 있었단 말인가, 내 아버지보다 늙은 남자를 지아비로 삼은 것도 다 내 아비 어미 동생을 위해 한 일이거늘 이렇게 되면 무슨 쓸 데가 있었단 말인가, 그러나 싸워서 이기고 지는 것은 하늘의 뜻, 내 나라가 싸움에 졌으니 하늘을 탓하지는 못하는 것— 그런데 (허공을 보며)— 그런데 낙랑의 북은 왜 울지 않았을까? 낙랑의 자명고는 왜 울지 않았을까? 그것도 하늘의 뜻이었을까?

북소리, 웅성임, 막 뒤에서

왕비   내 아버지, 어머니, 동생의 죽음을 기뻐하며 춤을 추어야만 하다니, 내 아버지의 원수의 조상을 이 몸에 받아 말을 옮겨야 하다니, 아아 내 몸이여 내 몸뚱어리여, 내 몸 아닌 내 몸뚱어리여, 불쌍한 내 몸뚱어리여

왕비, 제단을 쳐다본다

멀리서 북소리

왕비　저렇게, 고구려의 북소리는 저렇게 우렁찬데, ——낙랑의 북이여, 너는 어찌 되었더란 말인가

왕비, 생각에 잠기면서 퇴장

호동 나온다

호동　꼭 같다. 낙랑 공주다. 낙랑 공주가 살아온 것 같다. 그럴 수밖에. 쌍둥이니깐. 쌍둥이. 낙랑의 두 구슬이라던. 아까 어머님이 나오실 때 낙랑 공주가 살아 돌아온 줄 알았지. 자기 아비의 칼에 죽은 낙랑 공주가. 나는 인제 날에 날마다 낙랑 공주를 만나야 하겠으니. 죽은 낙랑 공주가 저렇게 살아 있으니. 아, 일이 야릇하구나. 왜 자명고가 울지 않았느냐고? 정정당당한 싸움이면 하늘의 뜻이라구? 어머니가 일이 어떻게 꾸며졌는지를 알게 된다면. 낙랑 공주여 당신이 이 궁정에 먼저 와서 나를 기다리고 있었구려. (제단을 향하여) 주몽 할아버지시여. 당신은 기쁘다고 하셨지요. 장하다고 하셨지요. 싸워서 이기기 위해서 어떤 계책을 써도 상관없는 일이 아닙니까? 그렇지요. 당신은 장하다고 하셨지요. 그러면

나는 괴로울 까닭이 없어야 하지 않겠습니까? 그런데 내 마음이 이렇게 부대끼니 웬일입니까? 두렵습니다. 할아버지시여, 당신의 마음과 다른 마음을 가져서는 안 될 이 몸, 그런데 이 마음속에서 당신을 거스르는 이 마음, 내 마음 아닌 이 마음이 두렵습니다. 할아버지시여 이 마음을 이기게 도와주소서

왕자, 제단에 대고 절을 여러 번 되풀이한다
북소리 웅성임 속에

호

동 왕자의 방, 밤
왕자 혼자 앉아 있다
일어서서 서성거린다

호동 잠을 잘 수가 없다. 잠을 잘 수가 없다. 이 궁성 안에 낙랑 공주가 저렇게 살고 있으니. 한 나라의 가장 큰 고을을 내 손으로 얻고도 내가 얻은 것은 잠을 잃어버린 것뿐이구나. 아니 잠 같은 건 아무래도 좋다. 날에 날마다 만나야 하는 어마마마라는 얼굴을 가진 낙랑 공주. 어마마마는 꿋꿋한 분이시다. 자기 살붙이를 모두 잃고도 이 나라의 어미무당임을 잘 알고 있으며, 그 살붙이들을 죽음에 몰아넣은 것이 나인 줄을 알면서도 또한 어찌할 수 없었음을 알고 있다. 이보다 훌륭한 의붓어미가 어디 있

겠는가. 참으로 의젓한 의붓어머니시다. 그리고 이 몸을 되레 위로해주시기까지 하니. 그럴수록 괴롭다. 이제는 아침마다 문안드리러 나가는 것이 꼭 도살장에 끌려 들어가는 것처럼 무섭다. 어마마마가 낙랑 공주와 꼭 같이 생겼다는 것을 낙랑 공주와 같이 지낼 때 한번도 떠올리지 않았다니 참 별난 일이다. 마치 돌아오면 어마마마가, 낙랑 공주의 쌍둥이 언니인 어마마마가 없어져 있으리라고 생각이라도 했단 말인가. 아니 그런 생각은 하지 않았다. 누가 그런 생각을 할 수 있었겠는가? 돌아와보니 낙랑 공주는 한 발 먼저 와 있었구나. 낙랑의 북이 왜 울리지 않았느냐구? 아 그 북이 울지 않으면 우리 모두가 잘될 줄 알았는데. 그래서 낙랑 공주는 북을 찢지 않았는가? 자기를 위해서, 나를 위해서, 아비와 어미를 위해서, 낙랑왕이 쓸데없는 고집만 부리지 않았다면. 제 손으로 공주를 죽이지만 않았다면. 어찌 알 수 있었으랴. 낙랑왕이 제 딸을 죽일 줄을

부장 나온다

부장 그렇습니다. 어찌 알 수 있었겠습니까. 성이 문을 열고 항복하면, 낙랑왕 식구 세 사람은 모두 목숨을 살려 이곳에 모셔다가 왕비마마 곁에서 사시게 작정이 된 일이 아니었습니까? 왕자님 어찌할 수 없는 일이었습니다

호동	어찌할 수 없는 일
부장	그렇습니다. 어찌할 수 없는 일이었습니다
호동	누가 그것을 모르는가
부장	돌아가신 낙랑 공주에게 미안해서 그러십니까?
호동	……
부장	공주께서도 어찌 원망할 수 있으시겠습니까? 왕자께서 두 나라의 평화를 위해서, 두 분의 행복을 위해서 부탁하신 일인 줄 누구보다도 잘 아시는 분이 낙랑 공주였으니 어찌 원망하실 수 있겠습니까. 왕자님과 이 몸이 대왕의 뜻을 받들어 평화 교섭을 위해서 낙랑을 찾아갔을 때, 제일 반가워한 분이 공주님이셨고, 낙랑왕의 고집 때문에 화평 교섭이 잘 되지 않자 누구보다 근심하신 분이 공주님이셨지요. 그래서 두 나라가 싸워서 숱한 사람이 죽느니보다는 자명고를 찢어서 고구려가 이기게 하는 것이 좋다고 결심한 것도 낙랑 공주이시지요. 낙랑 나라가 그런 신묘한 북을 가진 줄을 누가 알았습니까? 정말 큰일 날 뻔했지요. 대대로 낙랑왕의 식구밖에는 모르는 비밀을. 그래서 왕비마마께서도 이 나라에 시집오신 몸이면서도, 그리고 의붓아드님이 정벌군을 이끌고 낙랑으로 떠나게 되어도 입을 다물고 계신 그 비밀을 어찌 알아낼 수 있었겠습니까? 왕자님을 그렇게 따르시게 된 공주께서 그 이야기를 하시더라는 말씀을 왕자님께서 들었을 때처럼 무서웠던 적이 없습니다. 그것도 모르고 고

	구려군이 싸움을 벌였더라면 섶을 지고 불구덩이에 뛰어드는 것이었겠지요. 적은 먼저 알고 기다리고 있었을 테니까요
호동	그 말을 자네한테 한 것이 정말 잘한 일인지 어떤지 모르겠군
부장	무슨 말씀을. 또 놀라게 하시는군요. 말씀하시기 다행이지요. 그랬길래 제가 왕자님께 간곡히 그 북을 공주님 손으로 찢게 하시라고 일러드릴 수 있었지요. 그리고 저도 공주님께 그리하는 것이 왕자님을 위하는 길이라고 공주님께 일러드릴 수 있지 않았습니까
호동	뭐, 자네가? 그런 말은 안 하지 않았는가?
부장	네 안 했지요. 그러나 잘못한 일이옵니까?
호동	……
부장	왕자님 몰래 공주님께 말씀드리는 것이 좋다고 여겨져서 그리한 것입니다
호동	오, 그래서……
부장	무슨 일이 있었더랬습니까?
호동	북을 찢겠다면서, 이 일은 왕자님 뜻을 묻기 전에 자기가 알아서 하는 일이라고 자꾸 다짐하더군
부장	열녀이십니다
호동	큰 고구려의 왕자가 한 여자의 손을 빌려 싸움에 이기는 것을 부끄러워할까 봐 그랬던 것이로군

부장	열녀이십니다
호동	그 열녀의 덕을 본 나는 무어가 되는가?
부장	영웅이십니다
호동	여자 힘을 빌린 영웅이라
부장	아닙니다. 큰할아버지 주몽의 옛일을 생각해보십시오. 금와왕의 마구간에서 말을 기를 때 좋은 말에게는 먹이를 줄여서 여위게 하지 않았습니까? 그도 속임수를 쓴 것입니다
호동	내가 속임수를 썼단 말인가?
부장	아니 그런 것이 아닙니다. 영웅은 속임수를 써도 영웅인데, 하물며 속일 뜻이 없이 얻어낸 도움이 왜 부끄럽겠느냐는 말씀입니다. 만일 그렇게 생각한다면, 주몽께서는 남의 말을 굶겨서는 안 되고, 그 말을 가지고 달아났으니 말도둑놈이겠습니다그려
호동	버릇없다
부장	제 말씀은 말을 굶겨야 하고 말을 뺏어 달아나야 옳았고 주몽 할아버지께서는 그렇게 하셨다는 말씀이올시다
호동	그러나 주몽 할아버지는 원수를 속이지 않았느냐
부장	주몽 할아버지의 손자여. 큰 고구려의 왕자시여. 답답하십니다. 공주가 왜 적입니까? 내 편인 공주가 내 편을 위하다가 그만— 따지고 들면 제일 못난 것은 낙랑왕입니다. 그가 고분고분하기만 했더라도 늘그막을 사위 나라에서 장인 노릇을 했을 게 아닙니까?

호동	그는 훌륭한 왕이었다. 그는 나를 잘 대접해주었다. 그는 떳떳 버젓이 싸워서 제 나라의 주인답게 죽었다
부장	그러시다면 낙랑왕이 공주를 베신 것이 잘하셨다는 말입니까?
호동	그렇다는 것이 아니라
부장	왕자님, 큰 고구려의 왕이 되실 분입니다. 주몽 할아버지가 세우신 마을을 더 넓히실 분입니다. 마음도 크셔야 합니다. 그 마음속에는 기쁜 일도 자리 잡고 슬픈 일도 들어갈 수 있어야 하고, 끔찍한 일도 자랄 자리가 있어야 합니다. 잊지 마십시오. 이 나라를 맡아야 하실 몸인 것을. 왕자님 낙랑 공주는 비록 아름다운 여자였사오나, 이 큰 고구려에는 아름다운 여자가 셀 수 없이 많습니다
호동	공주는 따뜻한 사람이었소
부장	이 큰 고구려에는 따뜻한 여자가 셀 수 없이 많습니다
호동	낙랑 공주는 한 사람뿐이오
부장	왜 꼭 낙랑 공주여야 합니까
호동	그걸 나두 모르겠군
부장	모든 나라의 장수들이 두려워하고, 주몽이 살아왔다는 말을 듣는 왕자님이 그런 약한 말을 하십니까
호동	약한지 강한지 모르겠지만, 낙랑 공주가 나를 놓아주지 않으니 어떻게 하는가
부장	벗어나셔야 합니다
호동	벗어날 수 없어

부장	마음을 굳세게 가지셔야 합니다
호동	마음?
부장	마음에 맺힌 탈이시니 마음을 바로잡으셔야지요
호동	(웃는다)
부장	잊으셔야지요. 마음에서 내보내셔야……
호동	마음속에 있는 게 아니야
부장	……?
호동	마음속에 있는 낙랑 공주라면 자네 말대로
부장	귀신을 두려워하십니까?
호동	귀신?
부장	낙랑 공주의 넋을 말씀하십니까?
호동	아니야, 아니야 낙랑 공주는 죽지 않았어
부장	무슨 말씀을
호동	살아 있어
부장	왕자님, 조심하셔야 합니다. 싸움에 이기고 돌아오신 다음 통 바깥나들이를 않으시고 방에서만 지내시니 벌써 사람들이 이 말 저 말 수군거리고 있습니다. 조심하셔야 합니다. 작은아버지가 어떤 분이신지 잘 아시지 않습니까? 왕자님을 받드는 사람들의 마음을 잃어서는 안 됩니다
호동	작은아버지가 무슨 일을 꾸미고 있다는 말인가?
부장	왕자님을 낙랑성에 안 보내시는 것도 그 한가집니다. 그러면서 언제나 엿보고 있습니다

호동	제가 나를 어쩔 텐가? 나는 꼭 낙랑으로 돌아간다. 내가 쳐서 얻은 것을 나는 지켜야 해
부장	그렇습니다. 왕자님께서 지금처럼 백성과 병정들의 마음을 잘 지키고 계시면 아무도 어쩌지 못할 것입니다. 그러니 이제부터라도 훈련 마당에도 나가셔도 장수들도 가까이하시고 고을 어른들과도 자주 사귀시면서 낙랑성으로 가실 허락이 내릴 날을 기다려야 합니다. 이것이 아주 요긴합니다. 왕자님

꼽추 난쟁이 공중제비로 한 바퀴 재주를 넘으면서 나온다

부장	충신이 네로구나
난쟁이	알아는 보는군
부장	키가 작아 왕의 나라를 적게 차지하고, 옷가지를 적게 축을 내니 네가 충신 아닌가
난쟁이	허, 다 키워놓으니 은혜도 모르는군. 거미는 작아도 줄만 친다. 똥오줌 누가 가려줬으며 걸음마 뜀뛰기는 누가 가르쳤는고. 많이 컸구나
부장	이놈

두 사람 쫓기고 쫓는다
부장 쫓기를 그만두고

부장	왕자님. 저는 이만 물러가겠습니다. 심심풀이가 이렇게 굴러왔으니

난쟁이를 한 번 더 쫓을 듯 놀리면서 퇴장

난쟁이	손자를 귀애하면 코 묻은 밥을 먹는다더니. 왕자님이 좋은 날에 어찌하여 방에서 지내십니까?
호동	마음이 좋지 않으니 좋은 날이 무슨 소용인가
난쟁이	솔잎이 새파라니까 오뉴월인 줄만 알았습니다
호동	그리 아는 것이 으뜸이런만
난쟁이	하늘이 무너져도 솟아날 구멍이 있는데 이 나라 왕자님 속 풀어드리지 못하겠습니까
호동	구멍 없는 하늘이 내게 씌운 모양이다
난쟁이	마음이 착하면 웅덩이도 못 건넌다지 않습니까?
호동	착하기만 해서야 이승을 살 수 있겠느냐
난쟁이	호랑이가 승냥이 잡아먹고 승냥이가 여우 잡아먹는 것이 이 세상 이치 아닙니까
호동	정녕 그럴까
난쟁이	그야 범 잡아먹는 담비도 있다더군요
호동	하하하 네 혀는 한번 움직이면 쉴 줄 모르는구나
난쟁이	자는 범 코침 주기지요
호동	네 등 속에 그 말들이 다 들어 있느냐?
난쟁이	등 따시면 배부르지요

호동	들을수록 재미있구나
난쟁이	들으면 병이요 안 들으면 약입니다
호동	사람들이 좋은 소리만 하고 살 수 있다면
난쟁이	썩은 새끼로 범 잡기지요
호동	그러나 가까운 사람들끼리는
난쟁이	정들었다고 곳간 열쇠 주지 말라지 않습니까?
호동	(문득 놀라며……) 정들었다고?
난쟁이	소더러 한 말은 안 나도 처더러 한 말은 난다
호동	소더러, 소더러…… 소만 못했단 말인가
난쟁이	네?
호동	물러가라

발로 찬다
난쟁이 뛰어 달아난다

호동   오 (머리를 짚으며), 정들었다고 한 말인데, 낙랑 공주는 정들었다고 한 말인데, 만일 공주더러 북을 찢게만 않았더라면, 그리고 정정당당히 이겼더라면 낙랑왕은 공주를 죽이지 않았을 것이 아닌가, 그랬더라면 낙랑이 망하고도 공주는 목숨을 건졌을 것이 아닌가, 공주의 힘을 빌린 것이 잘못인가, 그러나 이 나라 군사들을 거느린 내가 어찌 그 일을 알고서야 무서운 북을 놓아두고 낙랑의 성벽으로 군사를 내달리게 할 수 있었겠는가. 공주, 왜 그 말을 해주셨소, 정들어도 하지 말아주었더라면 좋은 말을, 들어서 병이 된 말을 (서성거리며) 아니, 아니, 아니, 그런 일은 다 지난 일, 먼 낙랑에서 있었던 일, 먼 곳에서 벌써 먼 옛날에 있었던 일——정말 괴로운 건 눈앞에 낙랑 공주가 또 한 사람의 낙랑 공주가 살아있다는 일이다. 어머니, 아 어머니 (붙잡힌 팔을 뿌리치듯 물러선다)

호 동의 방

왕자 의자에 앉아 있다
고개를 떨구고
왕비 들어온다
잠깐 멈춰 서서 왕자를 바라본다. 왕자 알아차리지 못한다
왕비 한 발 다가서며

왕비   왕자

호동   (고개를 들어 보고 벌떡 일어선다)

왕비   왕자

호동   (뚫어질 듯 바라본다)

왕비   왕자 어디가 불편하시오?

호동   (한 발 물러선다, 두려운 듯)

왕비   왕자, 낯빛이 수척해 보이는군, 자 앉읍시다 (먼저 앉으며) 자

호동	네 저는 이대로 좋습니다
왕비	아바마마를 비롯, 이 나라 모든 사람이 걱정하고 있소, 어디가 불편하시오?
호동	저는 아무 탈도 없습니다
왕비	탈이 없다면 왜 우리한테 문안을 거르고, 사람도 만나지 않고 이렇게 방에만 틀어박혀 있소?
호동	네, 곧, 차차
왕비	곧? 차차?
호동	네
왕비	낙랑, 싸움이 끝난 지 벌써 한 달인데, 온 나라가 이렇게 떠들썩한데, 싸움을 이긴 왕자가 들어앉아 있는 것이 왜 까닭이 없겠소?
호동	근심을 끼쳐드려서 송구스럽습니다
왕비	왕자, 내가 아무리 의붓어미기로서니 그런 인사치레 말을 듣고 싶어서 찾아온 게 아니오
호동	그런 뜻으로 하는 말이 아닙니다. 어머님께서는, 이번 싸움에 누구보다 마음 아프셨을 분이 아니십니까? 저는 어머님께 큰 죄를 지었습니다
왕비	고맙소, 아무리 슬퍼도 내가 한 나라의 공주로 태어나서 어찌 나라와 나라가 겨루는 일에서는 무서운 하늘의 뜻을 따라야 함을 모르겠습니까?
호동	어머님
왕비	듣자 하니 내 아버지는 한 나라 어른답게 싸우다 돌아가

셨다 하고, 내 어머니, 내 동생도 모두 지아비와 어버이를 따랐다 하니 어찌하겠소. 더구나 왕자는 싸움이 있기 전에 내 친정 나라와 싸움을 막고저 의논하는 걸음까지 다녀온 몸이니 어찌 내가 원망하겠소? 나는 그대의 어미가 아니오?

호동   몸 둘 바를 모르겠습니다

왕비   하늘의 뜻, 하늘의 뜻…… 왕자가 내 친정 나라에 가 있은 지가 아마 한 1년은 되었었지?

호동   그렇습니다. 가을에 가서 이듬해 늦여름에 왔으니

왕비   그렇군, 우리 고장 좋은 사철을 다 지내셨군

호동   어머님, 낙랑왕에게 크나큰 은혜를 입었습니다

왕비   우리 아버님이 잘 대접합디까?

호동   저는 우리나라에서는 그처럼 즐거운 날을 보낸 적이 없습니다. 말타기 활쏘기밖에 모르는 이 몸은 낙랑의 모든 살림이 꿈같았습니다

왕비   낙랑은 산 좋고 물 좋은 곳입니다

호동   정말 그렇습니다

왕비   큰 강에서 뱃놀이도 해보셨소?

호동   네, 단풍놀이 겸해서 큰 뱃놀이를 베풀어주셨습니다

왕비   아름다운 놀이지요

호동   네, 언덕의 단풍이 물빛에 어려서 참으로 대단한 구경거리더군요

왕비   밤 뱃놀이도 좋습니다. 내가 어렸을 때 내 동생 낙랑 공

주와 둘이서 제일 좋아한 놀이지요. 여름이면 그렇게 시원할 수가 없지요. 아, 낙랑 공주, 인제는 다시 못 보겠군, (눈물을 흘리다가) 아니, 내가 이러자던 일이 아닌데, 왕자 더 말해주오, 낙랑의 이야기를, 우리 친정 나라의 이야기를── 그래 내 동생도 왕자한테 살뜰하게 굽디까?

호동　네, 공주께서는 특히

왕비　특히? 말해주오, 인제는 못 볼 사람들, 못 들을 사람들, 아무한테도 물어보지 못할 사람들 이야기를 들려주오, 제일 마지막 그들을 만나본 왕자의 입으로 듣고 싶소, 그려보고 싶소, 말해주오

호동　말씀드리지요. 하루는 공주님을 모시고 사냥을 나갔다가 큰 변을 만났습니다

왕비　변을?

호동　네, 성을 벗어나서 그리 깊지도 않은 산속을 가는데 뒤미처 오던 공주의 외마디 소리가 들리지 않겠습니까?

왕비　저런

호동　달려가 보니 바로 머리 위 벼랑 끝에 호랑이 한 마리가 웅크리고 있더군요

왕비　저런저런

호동　제가 화살을 두 번 쏘아 그 놈을 잡았습니다

왕비　큰일 날 뻔했군

호동　네, 그 일 때문에 공주께서는 이 몸을 고맙게 여겨주셨

	습니다
왕비	그럴 수밖에
호동	몹시 놀라셨으니까요
왕비	(몸짓을 하며) 아 놀랐다, 이렇게 합디까?
호동	(귀신을 보듯 물러서며, 와들와들 떤다)
왕비	왜 그러시오?
호동	오, 오, 낙랑 공주다, 낙랑 공주다
왕비	공주?
호동	공주다, 공주다 (다가선다)
왕비	아, 그 말이군, 내가 공주처럼 보인단 말이군, 우리는 쌍둥이니까, 우리를 보면서 지낸 사람은 캄캄한 데서도 다 알아보지만 우리 둘을 나란히 놓고 보지 못한 사람들은 그렇게들 말하지요. 더구나 서로 버릇 흉내를 내면. 아, 놀랐다! (또 흉내를 낸다. 교태를 부린 느낌 그대로)
호동	오, 공주, 공주, 내 사랑은 진정이었소, 사랑했소 지금도 사랑하오, 지금도
왕비	(벼락 맞은 듯)
호동	공주 (다가선다)
왕비	(마음을 추스르며) 사랑한다고, 사랑했다고?
호동	그렇소 (한 발 더 다가선다)
왕비	(물러나면서) 왕자
호동	(멈춘다)

왕비	왕자
호동	(꿈에서 깨듯) 오, 여기는, ······어머님, 네 어머님
왕비	왕자는 내 동생을 사랑했단 말이오?
호동	(똑똑히) 그렇습니다
왕비	인제야 왕자의 병을 알겠소. 그랬었군, 내 동생도? 왕자를?
호동	그러하옵니다
왕비	모든 사람이 행복할 수 있었던 일이, 모든 사람이 불행하게 되고 말았군, 왕자 잘 말해주었소. 내 의붓어미라 해서 왕자를 아끼지 않은바 아니나, 지금 그 말을 들으니 한결 더 가깝게 느껴지는군, 내가 사랑하는 사람을 잃은 것처럼 왕자도 사랑하는 사람을 잃었고, 그것이 같은 사람이라는 말이군, 왕자, 하늘의 뜻이란 이렇게 무서워야만 하는 것일까?
	(왕자의 손을 잡는다)
호동	(꿈결처럼) 공주
왕비	(꿈결처럼) 왕자 (자기 목소리에 놀라서) 아, 놀랐다 (또 낙랑 공주의 흉내가 된다)
호동	공주
왕비	(물러서며 엄하게, 그러나 부드럽게) 왕자
호동	(물러서며) 네, 어머님
왕비	내 여태껏, 하늘을 잃어버린 슬픔을 당하고도 어느 누구에게 털어놓을 곳이 없어, 깊은 밤 저 하늘의 별에 대고

말 못할 한숨만 올려보내더니, 인제 내 가슴을 열어 보일 사람을 두었으니 이렇게 편할 수가 없소. 이 세상에 그 사람들을 더불어 생각할 사람이 이렇게 가까이 있으니 이보다 기쁜 일이 어디 있겠소. 왕자, 내 힘이 되어주오, 나를 지금부터 의붓어미거니만 생각지 말아주오 왕자

호동　너무나 거룩하신 말씀이십니다, 죄지은 이 몸에게 그토록 하시다니

왕비　죄라니, 하늘의 뜻을 어찌하겠소, 만일 낙랑이 이기고 고구려가 졌더라면 내가 편할 수 있었겠소, 나라의 뜻을 받들어 장수가 정정당당히 싸워서 이겼을 뿐, 그렇소, 하늘의 뜻이길래……

호동　정정당당히

왕비　정정당당히. 하늘의 뜻임을 나는 알고 있소. 누가 나무라겠소. 아 낙랑 공주 네가 이 궁에 와서 나와 함께 살 수 있을 뻔했는데, 그것이 한이로군, 그런데 왕자, 이 일은 어느 누구에게도 말을 내지 말아야 합니다

호동　제 부장이 알고 있습니다

왕비　그는 틀림없는 사람인가요?

호동　네

왕비　낙랑에 같이 간 사람이겠군요?

호동　그렇습니다. 처음부터 끝까지 잘 알고 있습니다

왕비　할 수 없군. 그자에게 단단히 일러두는 게 좋겠소

호동	그가 오히려 저를 염려하고 있습니다
왕비	마음이 놓이는군
호동	이 말도 속에만 가지고 있자니 더욱 낙랑 공주에게 죄짓는 것 같습니다. 이 괴로움에서 벗어날 길이 없군요
왕비	나 같은 사람도 이렇게 살고 있지 않소?
호동	하오나……
왕비	왕자답지 않군요
호동	어머니…… 오 이 가슴속의……
왕비	가슴속에 두고만 있으면 터질 것 같소?
호동	그러하옵니다
왕비	사랑이란 그런 것인가 보군
호동	부끄럽습니다
왕비	아니오, 나무라는 게 아니오, 부럽군, 낙랑 공주는 죽어도 한이 없을게요
호동	차라리 죽은 사람이 편하지 않을까 싶습니다
왕비	산 사람은 살아야지, 어쩌면 그 속이 풀리겠소?
호동	아, 낙랑 공주가 살아오지 않고서야 어찌 속이 풀리겠습니까?
왕비	살아올 수야…… 살아올 수야…… 살아온다…… 아 살아오지는 못하더라도…… (손뼉을 치며) 애들아 나오너라! 이건 어떻소?
호동	오, 오,
왕비	연못가에서 붕어들을 불렀지요? 내 동생이 (손뼉을 치

며) 애들아 나오너라!

호동　그렇습니다 너무나, 너무나

왕비　늘 그랬지요, 어떻소, 공주를 본 듯싶소?

호동　공주이십니다

왕비　좋소, 그렇다면, 이내 속을 달랠 길은 없어도, 왕자의 속을 풀 길은 열렸소, 내 공주의 버릇도 쌍둥이처럼 다 알고 있으니 내가 보여드리지

호동　두렵습니다

왕비　두렵다

호동　공주를 보는 듯싶어서

왕비　왕자의 마음을 달래면 내 동생도 기뻐하지 않겠소?

호동　어머님

왕비　공주라 부르시오

호동　(꿈결처럼) 공주

왕비　아, 놀랐다!

호동　오, 공주

왕비　옳지, 옳지, 그리고 어떻게 했소? 연못에서 붕어들한테 밥을 주고서는?

호동　우리는 작은 사잇길을 걸어서

왕비　이렇게 (시늉하면서) 버들가지를 휘어잡으면서?

호동　네, 네, 그렇게, 꼭 그렇게

왕비　그래서?

호동　정자가 있더군요

왕비	푸른 기와 얹은 정자가
호동	그렇습니다
왕비	앞뒤로 두 곳에 계단이 있고
호동	계단입니다
왕비	어느 쪽 계단으로 올라가셨소?
호동	(생각하며) 모르겠군요, 맨 처음에……
왕비	맨 처음에?
호동	제가 그곳에 가서 처음 차린 잔칫날이었지요
왕비	밤에? 낮에?
호동	첫날은 낮이었군요
왕비	거기서 강을 내다봤겠군
호동	봤습니다
왕비	배들이
호동	보입니다
왕비	저기 (손으로 가리키며)
호동	돛단배들도 있고
왕비	물새들이 따라가고
호동	큰 배들입니다
왕비	바다를 건너 오가는 배들입니다
호동	네, 공주가 그렇게 알려주더군요
왕비	왕자님, 먼 길을 오시느라 고생하셨습니다
호동	이렇게 경치 좋고 인심 좋은 나라에 오니 기쁩니다
왕비	우리 언니도 편히 계시는지요?

호동	네, 잘 계십니다만, 이런 좋은 고장에서 오셨으니 자주 고향 생각을 하실 테지요, 지금 그런 생각이 듭니다
왕비	처음에는 밤마다 꿈마다 고향으로 갔었지요
호동	이곳 집들은 아름답고, 음식은 맛있고, 강산은 이렇게 부드럽군요
왕비	그래도 이곳 겨울도 어지간합니다. 두고 보십시오
호동	그러기로서니 내쉬는 숨이 얼기야 하겠습니까?
왕비	정말 그래요, 처음에는 깜짝 놀랐지요
호동	저 많은 배들이 바다 건너에서 보지 못한 물건을 실어나르니 여기 사람들이 이렇듯 잘사는군요
왕비	자 이번에는 이 계단으로 내려가서 저 복숭아나무 옆에 있는 정자로 가보십시다
호동	……
왕비	거기 가면 다른 쪽이 보인답니다
호동	……
왕비	왜 그러구 계세요?
호동	아 (머리를 흔들며), 아 이것이
왕비	왕자
호동	네
왕비	왕자님 자 이리로
호동	아니, 아니
왕비	왜 그러십니까?
호동	어떻게

왕비	네?
호동	어떻게 어떻게, 어떻게 이리두 꼭같이 하실 수 있습니까? 우리가 이 계단으로 내려간 것을, 저리로 가면 다른 쪽이 보인다고 한 말을 어떻게 아십니까?
왕비	하하하
호동	당신은 누굽니까?
왕비	이 나라의 공주, 낙랑 공주이옵니다
호동	그 몸짓, 그 말투
왕비	왕자, 우리는 다른 나라에서 손님이 올 때마다 잔치를 벌였고, 우리는 그 잔치에 꼭 나갔지요. 어디서나 그런 것처럼 잔치에는 정해진 차례가 있구 손님을 모시는 데 두 돌아보는 길목이 있지 않습니까? 늘 한가지니까요. 낙랑은 늘 낙랑이었으니까요. 그렇게 자라면서 치른 일이니 보지 않은 잔치도 다 알 수 있지 않겠습니까?
호동	…… (왕비를 뚫어지게 바라보고만 있다)
왕비	자 내려갑시다. 자리를 바꾸면 다른 낙랑이 보인답니다
호동	이게 무슨 꽃입니까?
왕비	모란입니다
호동	그렇습니다, 모란입니다, 모란이 피어 있었고, 내가 물어보고, 공주가 모란이라고 가르쳐주었지요 — 꿈이다
왕비	꿈이 아닙니다 (손을 잡으며) 왕자님, 이렇게 제가 여기 있지 않습니까?
호동	공주님, 고맙습니다

왕비	우리나라에 오신 귀한 손님이십니다. 우리나라를 좋아하고 우리와 사이좋게 지내십시다
호동	그렇구말구요. 그래서 이렇게 찾아온 것이 아닙니까?
왕비	그러니 이렇게 대접해야 옳지 않겠습니까? 손님이 즐거우면 주인도 즐겁답니다
호동	아 여기서 보니 정말 다른 낙랑이 보이는군요. 이렇게 아름다울 수가 (바라본다)
왕비	(같이 바라보며) 저기, 저리로 나가면 거기가 바다지요
호동	바다
왕비	바다를 보셨습니까?
호동	아직 보지 못했습니다, 공주님은?
왕비	한 번. 우리나라에 저 바다 건너에서 귀한 손님이 왔다가 돌아갈 적에 언니와 내가 배를 타고 바다까지 바래다 드리고 온 적이 있지요
호동	바다 건너에 있는 사람들은 어떻습니까?
왕비	친절하고 사귐성이 좋지요
호동	그 사람들이 우리 고구려하고는 친절하지도 않고 사귐성도 좋지 않으니 탈이군요
왕비	그렇다지요? 그러나 만일에 낙랑이 사이에 들어서 잘 거들면 두 나라도 가까워질 것입니다
호동	그렇게 되기를 바랍니다
왕비	될 겁니다, 처음부터 친구가 어디 있겠습니까? 사귀고 보면 못 사귈 이웃이 없지요

호동	그렇습니다, 그렇게 말했지요. 그때 공주가 한 말입니다
왕비	그때?
호동	네, 그때
왕비	우리는 지금 처음 만났는데 그때라니요?
호동	낙랑성 연못가에서
왕비	여기가 낙랑성 연못간데, 왕자님은 꿈에 여기를 와보셨나요?
호동	꿈에, 그것이 꿈이었다면, 차라리 꿈이었다면
왕비	꿈에 만난 사람은 정말 만나게 된다고 합니다. 그래서 지금 이렇게 만나고 있지 않습니까?
호동	이것이, 이것이 정말이 된 꿈입니까?
왕비	정말이 된 꿈입니다, 왕자는 벌써 여기를 다녀가셨소, 저를 만난 적이 있고, 그런데 지금 여기서, 저를 (손을 잡으며) 이렇게 손을 잡고 있지 않습니까?
호동	이것이 정말이었으면
왕비	정말입니다
호동	이것이 꿈이었으면
왕비	이것이 꿈입니다
호동	어느 것이 정말입니까?
왕비	꿈이 정말입니다, 정말이 꿈입니다. 꿈속에 정말이 있고, 정말 속에 꿈이 있습니다
호동	저 소리
왕비	무슨 소리?

호동	저 소리
왕비	사공이 부르는 배따라기군요

두 사람 귀 기울여 들리지 않는 배따라기를 듣는다

호동	여기가 어딘가? 내가 들어온 여기가 어딘가. 어떤 어려운 싸움에서도 이렇게 헷갈리는 골짜기에 들어온 적이 없는데
왕비	싸움터가 아닙니다, 여기는 낙랑성 모란 정자, 연못가에서 배따라기 소리 들리는 당신과 나의 오늘 여깁니다
호동	당신과 나의 오늘 여기, 공주, 나는 하늘나라에 온 것 같습니다
왕비	우리가 선 곳이 하늘나라만 못하란 법이 있겠습니까? 왕자님 부디 이곳에 오래 계시다 가십시오
호동	네, 이곳 사람들을 사귀러 온 길이니 이 아름다운 나라를 샅샅이 살고 싶습니다
왕비	자 잔치 자리로 돌아갑시다. 춤이 곧 시작될 겁니다. 늘 그러니깐요
호동	……
왕비	자, (몸짓을 바꾸며) 이만하면, 좀, 왕자의 속이 풀렸소?
호동	(꿈에서 깨듯) 아, 너무, 너무
왕비	알았소, 내 인제 왕자의 병을 알았으니, 내 할 일도 알았소, 나도 오래간만에 고향에 돌아가, 내가 자란 뜰을

거닐고 나니 하늘나라에 다녀온 듯싶소, 왕자, 다음에는 우리 아버지 어머니도 만나뵙시다, 그리고 뱃놀이, 사냥하기에도 나가봅시다, 아무쪼록 몸조심하고 왕자를 아끼는 사람들의 마음을 상하게 하지 마시오, 나는 인제 가봐야겠소, 아버님께서 기다리시니 가서 왕자님 얘기를 해드려야지, 아버님께서는 궁금하실 테니까, 먼 나라에서 온 나라의 왕자가 어떤 분이신지 (웃는다)

왕비 나간다
왕자 배웅한 몸짓대로 서 있는다

호동   그때도 저렇게 가더니, 웃으면서, 두 나라의 평화를 위해서 손님을 잘 대접하는 일이야 큰일이지, 어디서나, 그 첫날의 환대는 그런 것이었지, 그러나 호랑이를 잡은 다음부터는…… 모든 손님이 호랑이를 잡지는 않았을 테니…… 거기서 더 다른 일만 없었더라면 그렇지, 정 들었다고 말을 하지 말아주었다면

걸어다닌다, 가끔 머리를 짚는다, 답답한 듯이
나팔 소리
귀를 기울인다

호동   저 고구려의 저 나팔 소리가 울리기 위해서는 낙랑의 북

은 울리지 말았어야 했다, 그 북이 울고도 저 나팔 소리가 울릴 수 있었더라면, 그 북소리를 누르고 저 나팔 소리가 나갔어야 하는데 낙랑의 북아, 울지 못한 너, 너는 울고 싶었겠지, 낙랑의 북아, 나 또한 지금 와서는 너의 마음과 같다. 너를 울게 하고, 네 울음소리를 들으며, 내 나팔을 울렸어야 했을 것을, 그랬더라면 내가 사랑한 사람의 머리를 건질 수도 있었을 것을, 낙랑의 북아, 네 소리가 듣고 싶구나, 내 원래 너를 두려워 않았노라, 다만 내가 거느린 내 아버지의 군사들을 생각하고 내 마음이 약해진 것이었지, 왕자이고자 하면, 군의 사령관이고자 하면, 나는 정정당당치 못한 용사, 내 사랑하는 이를 써먹은 비열한 자가 되어야 했구나, 낙랑의 북아, 네가 지키고자 한 사람의 손에 찢긴 낙랑의 북아, 내 네 소리를 듣기가 소원이노라, 네 소리를 따라 내 또 한 번 하늘의 뜻을 물을 수만 있다면, 네 소리와 고구려의 나팔 소리가 어울려 울리는 속에서 하늘의 뜻을 물어볼 수만 있다면, 낙랑의 북아

들리지 않는 북소리를 듣는 몸짓

뜰 왕비, 시녀 한 사람을 거느리고 나온다
나팔 소리

왕비	나팔 소리가 유난히 크구나
시녀	네, 오늘 왕자님께서 군대를 보신다 합니다
왕비	그래? 그것 오래간만이구나, 싸움에 이기고 돌아오신 다음에 처음이구나
시녀	그런 줄 아옵니다
왕비	그래 그래, (웃으며) 날이 이렇게 가물어 걱정이더니, 대왕께서 한 가지 시름은 더셨군

나팔 소리

왕비	너는 물러가라 내가 혼자 있겠다
시녀	네

시녀 물러간다

나팔 소리

왕비	(웃으며, 나팔 소리에 귀를 기울이며) 동생아, 낙랑 공주야, 너는 죽어도 한이 없겠다. 저렇듯 사랑받은 몸이니, 너를 만난 흉내만 내고도 저렇듯 살아났으니, 그날 내가 이 나라로 시집올 때, 이 큰 성 앞에서 나를 맞아들인 왕자, 나는 그 사람이 고구려 왕인 줄 알았지, 씩씩한, 흰말 위에 높이 앉아서 성문 밖에서 나를 맞은 왕자, 그것이 왕이 아니고 왕자인 줄을 알았을 때, 그것이 내 의

붓아들인 줄 알았을 때, 나와 같은 나이의 아들임을 알았을 때, 동생아, 너는 그런 슬픔을 모르고 이승을 떠났으니 얼마나 복 있느냐? 넓기만 하고 거친 땅, 겨울에 춥고, 여름은 찌고, 강물도 시원하지 않고 그저 넓기만 한 나라, 공주로 태어난 몸은 꽃피는 제 나라를 두고 산 넘고 물 건너, 나이도 모르는 신랑을 찾아 그렇게 보내지는 신세, 제 나라가 망해도 남의 나라의 할애비의 넋을 받아 웃어야 하는 몸, 제 사람들을 죽이고 돌아온 장수를 아들이라 부르고 칭찬해야 하는 몸, 이 마음의 슬픔을 보여서는 안 되는 몸, 그러나 동생아, 그가 너를 사랑하고 네가 그를 사랑했다 하니 동생아 내 마음이 편하다. 너를 봐서 내 그를 용서하마, 너를 봐서 그가 흘린 피를 잊으마, 그를 기쁘게 하는 것이 네 기쁨이라면 그를 기쁘게 하마

나팔 소리

동생아, 너하고 지낸 세월을 다시 살아보는 일이 그렇게 즐겁다면 내가 너처럼 살아주마, 이상한 의붓어미의 사랑이여, 그러나 이것이 내 길이라면 네 아닌 너를 살아주마, 저렇게 (나팔 소리에 귀를 기울이며) 기운이 나는 일이라면, 너와 내가 다니던 길, 앉은 자리, 웃던 연못, 놀라던 골짜기, 모두 걸어주마, 모두 앉아주마, 그대로

웃어주마, 그렇게 놀라주마, 그것이 내 속풀이도 되는 일이니 이보다 쉬운 일이 어디 있겠니, 나도 오랜만에 낙랑에 다녀오니 한결 마음이 가볍다. 우리가 산 그 행복한 세월을 하나도 빼지 않고 다 돌아봐야지, 동생아 네가 왕자와 더불어 지낸 일을 다 가르쳐다오, 내가 너를 살게, 그래서 네가 나를 살게, 그래서 너와 왕자가 너희들의 꿀 같던 세월을 아무렴 몇 번이라도 몇 번이라도 고쳐 살게, 동생아 네가 왕자와 지낸 일을 낱낱이 말해다오

기척이 난다

왕비 　(그쪽을 살피면서) 누구냐?

사이
왕비 다가간다
수풀 속에서 남루한 차림의 여자 나온다

왕비 　너는 누구냐?
여자 　(수풀 밖으로 나오며) 공주님 저를 모르시겠습니까?
왕비 　공주님? 누군데 나를 공주라 부르느냐
여자 　저올시다, 낙랑성에서 모시던 달래올습니다
왕비 　무어라구, 어디 보자, 오, 너는 틀림없는 달래, 아니,

	이게 웬일이냐?
여자	공주님, (둘러보며) 사람이 올까 두렵습니다
왕비	사람이? 이리 오너라 (달래를 데리고 으슥한 데로 들어서며) 자, 이만하면 아무 염려도 없느니라, 네가 어떻게 여길 왔느냐? (차림새를 훑어본다)
달래	잡혀왔습니다
왕비	옳아
달래	낙랑성이 고구려 차지가 됐을 때 모두 잡혔다가, 어떤 이는 다시 고구려 총독부의 시녀가 되었삽고 어떤 이는 이곳으로 끌려왔사옵니다
왕비	그래서 끌려왔군
달래	그런데 저는 일부러 이 고장으로 오는 줄에 끼어들었사옵니다
왕비	왜? 그래도 고향이 나은 법인걸
달래	공주님을 뵈오려고요
왕비	나를?
달래	네
왕비	기특하다, 네가 나를 그렇게 의지해주었다니
달래	제가 여기 온 것은 믿을 데 없어 의지하고 싶어서 온 것이 아니옵니다
왕비	이것 또 모를 소리로구나
달래	네, 말씀드리고 싶은 일이 있었사옵니다
왕비	오냐, 그 일이 무슨 일이냐? 갑갑하다

달래	낙랑성이 어떻게 해서 싸움에 지게 됐느냐 하는 이야기올습니다
왕비	어떻게 해서? 싸움에 지게 됐느냐는?
달래	그러하옵니다
왕비	그게 무슨 말인가?
달래	공주님
왕비	오냐 말해라
달래	낙랑 공주께서는 아버님 손에 돌아가셨습니다
왕비	안다, 어버이가 데리고 가는 게 욕된 삶보다 나은 사람이 우리니라
달래	아니옵니다
왕비	네가 어찌 알겠느냐, 그것이 나라의 왕과 왕의 식구들이 겪는 길이니라
달래	아니옵니다, 그 말씀이 아니옵니다, 아버님께서는 낙랑 공주님을 벌하신 것입니다
왕비	벌하다니?
달래	아뢰옵기 두렵습니다
왕비	갑갑하다
달래	낙랑 공주의 뜻이옵기 두려운 말씀을 감히 아뢰옵니다
왕비	말하라
달래	공주님, 낙랑 공주님께서는 자명고를 찢으셨습니다
왕비	오, 자명고
달래	두렵습니다

왕비	나도 그 일이 걸리더니, 자명고는 울었는지 아니 울었는지 그 일이 걸리더니, 왜 그런 짓을 했더란 말이냐, 대체, 낙랑 공주가?
달래	왕자님을 위한 줄로 아옵니다
왕비	오, 그랬었군
달래	그러나 그리 하옵는 것이 두 나라를 위한 좋은 일이라 생각했다고 하시면서 아버님 손에 돌아가시기 전에 저를 불러서 네가 내 언니를 만나거든 이 말을 전하라고 하셨습니다
왕비	오 그랬었구나, 그랬었구나, 더럽다, 고구려의 왕자야, 너를 그토록 따른 내 동생에 그 일을 시키다니, 아니, 그 일을 시키려구 사랑한 체하다니
달래	아니옵니다, 낙랑 공주께서는 왕자님을 원망하시지 않으셨습니다
왕비	왜?
달래	왕자님께서는 싸움에 이기시면 낙랑왕의 식구를 모두 살려주시기로 하셨답니다, 아버님께서 알아내시고 공주님을 벌하실 일이나, 그러시고는 스스로 목숨을 끊으실 줄이야 어찌 아셨겠습니까?
왕비	아니다, 아니다, 내 동생에게 그 일을 시킨 것이 그가 저지른 죄이니라, 낙랑의 북이여, 그래서 너는 울지 않았구나, 너는 다가오는 적의 발소리에만 운다던 북, 내 편의 발자국은 들리지 않는 북, 호랑이보다 멀리 듣는

네 귀는 내 편의 발소리에는 귀머거리였구나, 너는 장하다, 어찌 울 수 있었겠는가. 사랑의 술에 취해 걸어오는 네 편을, 너에게 치켜든 칼을 맞으면서도 너는 울지 않았단 말이지? 오 낙랑의 북아, 우리 집안에 내려오는 보물, 나라의 큰 싸움이 있을 때마다 울었다던 너, 그러나 낙랑 공주의 칼 앞에서는 울지 못한 너, 동생아, 네가 참 어리석다, 네가 한 나라의 공주로 태어나 너를 길러 준 나라를 지키는 영물을 죽이다니, 자명고는 하늘이 우리나라에 준 영물, 망하건 홍하건, 그 북소리는 우리나라의 판갈이 싸움판에 올렸어야 했을 북, 그 북을 네 손으로 찢었다니, 아 낙랑은 독사를 길렀구나, 아니면 고구려의 독사뱀이 네 피를 흘려놓았단 말이냐? 그렇지 네 피는 내 피, 아버님 어머님께서 물려받은 우리 피에는 꽃냄새와 구름의 숨결 말고는 없었으니까, 밉구나 독사뱀처럼 밉구나

달래   공주님, 낙랑 공주님께서는……
왕비   (바라보며) 오냐 말해라
달래   낙랑 공주님께서는 결코 왕자님을 원망 않는다는 말도 전해달라고 하셨습니다. 왕자님 뜻이라면 천의 북, 만의 북이라도 다시 찢겠노라 전해달라 하셨습니다.
왕비   누구한테?
달래   호동 왕자님께 말이옵니다
왕비   미친 것, 누구 때문에 제가 죽는데, 미친 것

달래	그러하오나 두 분이 얼마나 정분이 좋았던지를 아신다면 공주님께서도 곧이 여기리이다
왕비	얼마나 정분이 좋았는지를 안다면? 어찌 이보다 더 알 수 있겠느냐? 어버이와 나라가 믿는 영물을 칼을 들어 찢었으니, 그만큼 좋았겠지, 정분이 나다 못해 눈이 뒤집힐 만큼 정분이 좋았겠지, 즈문 북, 열 즈문 북도 찢겠노라고!
달래	그러하옵니다
왕비	너도 그 소리를 들었느냐
달래	무슨 소리 말씀이옵니까
왕비	북을 찢으라는 말을 왕자가 하는 것을
달래	못 들었사옵니다
왕비	네가 듣는 데서 하지야 않았겠지, 그래 너는 그들이 같이 있을 때 자주 따라나섰겠지
달래	그러하옵니다
왕비	그래? (생각에 잠긴다) 그래? (생각에 잠긴다— 사이) 그리구 너는 지금 어디에 있느냐?
달래	큰 부엌에서 물을 긷고 있사옵니다
왕비	(생각에 잠겨— 사이) 그래? (걸어다니면서) 오 낙랑의 북이 그래서 울지 않았구나, 고구려는 이리처럼 몰래 낙랑을 덮쳤구나, 미리 독사뱀을 보내 낙랑의 마음에다 눈멀고 귀먹는 약을 쏟아부어넣구(생각에 잠기면서)······ 오(달래를 알아보고)······ 너는 지금부터 내 곁에 있어라

달래	(꿇어앉아 두 손을 모으며) 고맙습니다
왕비	오냐 장하다, 낙랑왕이 너만큼 충직한 딸을 두었더라면, 나한테 낱낱이 말해다오, 호동 왕자가 낙랑 땅을 밟았다가 떠날 때까지 일을 낱낱이 알려다오
달래	아는 일은 모두 여쭙겠습니다
왕비	이리 오너라

데리고 숲속으로 들어간다

사이

나팔 소리

궁녀 나온다

두리번거리면서 찾는다

반대쪽으로 나간다

사이

나팔 소리

난쟁이 나온다

재주넘기를 하면서

궁녀 다시 나오다가 난쟁이와 마주친다

궁녀	이것아 왜 여길 들어오느냐?
난쟁이	누나가 보고 싶어서
궁녀	망측해라
난쟁이	저런 소리 하는 것 봐, 어젯밤에는 나 없인 못살겠다구

	하구서
궁녀	(붙잡아 때린다)
난쟁이	맞는 것도 좋아
궁녀	어마
난쟁이	어마, 하는 것도 좋아
궁녀	어머머
난쟁이	그것도 좋아
궁녀	시끄러워, 너 여기는 못 들어오는 덴 줄 몰라
난쟁이	너하구 나하구만 들어오는데
궁녀	장난이 아니야, 왕비님이 여기는 아무도 못 들어오게 하셨어. 들키기 전에 빨리 나가
난쟁이	정말?
궁녀	정말이라니깐, 왕비님이 여기는 아무도 못 들어오게 하셨어. 들키기 전에 빨리 나가
난쟁이	정말?
궁녀	정말이라니깐, 내 말 안 들으면 문지기 병사한테 알려서 끌어낼 거야
난쟁이	그래, 그래, 나갈게
궁녀	옳지, 그래야 착하지
난쟁이	자 나갈게
궁녀	옳지 옳지
난쟁이	업어줘
궁녀	또 (때릴 시늉)

난쟁이	놀이터가 하나 없어졌구나 (달아난다)
궁녀	(혼자 남아서) 그런데 어디로 가셨을까? 대왕께서 찾으시는데 (서성거리다가)

궁녀 나간다

사이

나팔 소리

사이

왕비 천천히 걸어나온다

꿈결에 걷듯

멈춘다

나팔 소리

왕비	(귀 기울이고 듣다가) 고구려의 독사야

나팔소리

매 미 소리
지르르 지르르

왕비와 왕

조금씩 떨어져서

이쪽을 보고 의자에

앉아 있다

왕은 졸고 있다

고개를 약간 틀고

왕비는

멀리를 쳐다본 채

꼼짝 않고 있다

옆에 왕이 앉은 것을

조금도 느끼지 않는 그런

몸매

멀리를 보고 있는 왕비

아무것도 없는

멀리를

왕 조금 움직인다

왕비 쳐다보지 않는다

매미 소리 여전히

왕비 그 소리에

귀를 기울이고 있는 것처럼

보이기는 하나

그런 것도 물론

아니다

왕 또 움직인다

구름이 지나가면서

그늘을 만든다

사이

매미 소리

그늘이

이윽고

지나간다

왕 또 움직인다

왕비 처음으로 왕을 본다

왕, 졸면서 중얼거리지만

무슨 소린지는

들리지 않는다

늙은 왕은 잠자는

아이들이 그러는 것처럼

조금 버르적거렸을 뿐이다

왕비

오래 쳐다본다

그 몸짓은

반드시

눈여겨보고자 함에서가

아니다

한 번 돌린 눈길을

굳이 옮길 만한 까닭이

없는 그런 사람의

게으른 몸짓이다

오래 쳐다본다
왕, 가끔 중얼중얼
아니면, 버르적거린다
왕비 천천히
눈길을 멀리로 옮긴다
구름이
다시 그늘을 만든다

매미 소리
왕비 그늘 속에서
귀를 기울인다
하늘을 천천히
쳐다본다
오래 쳐다본다
그늘이 지나간다
시녀 한 사람
마실 것을 들고 나오다가
멈춰서서 망설인다
한참 거기 서서
왕 내외를 살피다가
발 끝으로 걸어
조용히 들어가버린다
왕, 눈을 뜬다

　　　　　한참 멍하고 있는다
　　　　　왕비 돌아본다

왕　　　……음……

　　　　　왕비 보고만 있는다

왕　　　(왕비를 비로소 알아보는 듯이 잠에서 아주 깨어나서)……
　　　　오, 당신이, 거기 있었군……

　　　　　왕비, 쳐다만 본다
　　　　　왕 허리를 펴면서 앞을 내다본다
　　　　　두 사람 모두 말없이 멀리만 내다본다
　　　　　왕은 가끔 머리를 끄덕인다
　　　　　부드럽고 흡족한 몸짓이다
　　　　　매미 소리
　　　　　왕 약간 크게 귀 기울여
　　　　　그 소리를 듣는 눈치
　　　　　들릴락 말락 이어지는 매미 소리, 이후 매미 소리는 직접 들리지 않고 그때마다 인물들이 귀 기울이는 기척일 때는 매미 소리를 듣고 있는 것이 된다. 그렇게 해서 매미 소리는 더 가득 무대에 차고 넘친다

왕	참, 좋군
왕비	……
왕	(손을 들어 멀리를 가리킨다) 저기……
왕비	(앞을 보고만 있다)
왕	……열흘밖에 ……안 됐는데 ……10년이나 ……예서 ……산 것 같군……
왕비	예 (천천히 끄덕인다)
왕	(의자 팔걸이에 얹은 두 손을 꼼지락거리면서) ……오기—잘했군 ……당신이 갑자기 오자구 하길래…… 처음에는…… 좀……
왕비	꼭 저를 위해서가 아니었지요. ……대왕께서 ……지난 싸움이 비롯하고부터 너무 부대끼셨으니 ……이 조용한 별궁에서 여름 나시는 게 좋을 듯하여……
왕	(손을 내밀어 왕비의 팔을 쓰다듬으며)……알구말구, ……알구말구 ……내가 움직이는 것이 이제는…… 그래서 어디나 한 군데서…… 그래서 그랬던 것인데…… 이렇게 나오고 보니, 좋군
왕비	(왕이 만지고 있는 쪽 팔이 한껏 굳어 있다. 그 팔을 빼칠 듯하다가 그대로 참는다)
왕	……꿈을 꾸었는데 ……내가 왕자 적 ……이 별궁에서 지내던 때…… 그때…… 꿈에 그때가 돼 보이더군
왕비	왕자 적……
왕	……응 ……오랜 일이로군 (멀리를 손가락으로 가리키면

둥둥 낙랑樂浪둥 277

서) ……국내성 저쪽 성벽에 그때는 문이 있었지 …… 병정들과 사람들이 그 문으로 많이 드나들었는데…… 나는 여기 이 나무에 올라가서 그것을 바라보곤 했는데 재미있더군

왕비　그렇습니까? ……저기 (가리키며) ……저기에 문이……

왕　응 (가리키며) 저 지금 창 든 병정이 걸어가는 조금 이쪽

왕비　그쪽에…… 네…… 그때도 이렇게 매미 소리가……

왕　응…… 매미 소리…… 그렇지…… 들렸던 것 같군…… 들렸어 (듣는다)

두 사람 귀 기울이면서 멀리를 쳐다본다

구름이 지나간다

그늘이 진다

왕비 하늘을 본다

오래

왕비 눈길을 저 멀리로

매미 소리

지르르 지르르

조용한 무대에 그 소리만

나무가 하나 서 있다

끊어졌다가는

다시 들리는
매미 소리
궁녀 두 사람
마실 것을 가지고 나와
나무 밑에 선다
왕과 왕비 그대로
돌아보지 않고

왕 (왕비에게) 좋군
왕비 (말없이 먼 데를 본 채로)
왕 당신 말대로 별궁에 이렇게 오기를 잘했군
왕비 (마지못해) 그러시다니 다행입니다
왕 왕비를 위해서 이렇게 온 것이오
왕비 저는 대왕께서 이번 싸움이 비롯되고부터 오래 마음을 쓰셨기에 조용한 데서 쉬심이 좋을까 하여 이리로 오자고 한 것입니다
왕 알고 있소, 알고 있소, 왕비의 갸륵한 마음 알고 있소. 그러나 쉬어야 할 사람은 오히려 왕비인가 하오
왕비 ……
왕 장하오
왕비 ……
왕 다행히 왕자가 다시 군무에 나가는 것을 보고 왔으니 이제 걱정될 것도 없고

왕비 ……
왕 여기서 보니 국내성은 어느 때보다 튼튼해 보이는군

> 두 사람, 국내성을 멀리 바라보며 말없이 앉아 있다. 궁녀 한 사람 나갔다가 잠시 후에 돌아온다
> 그 사이에도 가끔 매미 소리는 지르르 지르르
> 달래가 나와 눈으로 채근한다. 앞서 두 시녀 마실 것을 바친다. 왕과 왕비 잔을 받는다. 왕비는 잔을 무릎에 올려놓고 마시지는 않는다
> 왕, 한 모금 마신다
> 시종 한 사람 나온다

왕 국내성으로 가서 내가 한동안 여기 있겠다고 알리라
시종 네
왕 나와 보니 내가 편하고 왕비도 편하다. 여름을 여기서 보내겠다 하라
시종 ?

> 시종 나간다
> 시녀들 나와서 잔을 받는다
> 달래만 남고
> 시녀들 나간다

왕	국내성은 (그쪽을 보면서) ……언제보다 ……튼튼해 보이는군
왕비	모두 대왕의 힘이십니다
왕	주몽 할아버지는 큰어른이셨구…… 큰할아버지…… 다음 할아버지…… 아버지…… 나두 여러 싸움에 나갔었지…… 오 저 나무가 아직도 있군
왕비	(눈으로 찾는다)
왕	저…… 저기……
왕비	네
왕	내가 젊었을 때 여기 나오면…… 늘 저 나무를 활로 쏘아 맞혔지
왕비	저렇게 멀리 있는데……
왕	그때 사람들은…… 나더러…… 주몽 할아버지가 살아오셨다고들 했지 (일어서면서, 활기 있게) 아니…… 지금도 할 수 있겠지……
왕비	(놀라서 쳐다본다)
왕	(큰 소리로) 게 누가 있느냐?
왕비	(일어선다)

달래 나간다

달래	네
왕	활을 가져오라

달래   (왕비를 쳐다본다)
왕비   대왕 어쩌시려고 하십니까?
왕   저 나무를 쏘아보려오
왕비   고정하십시오, 염려되옵니다
왕   괜찮소, 늙었을망정…… 참 오래되었구나(나무 있는 쪽을 바라보다가) ……활을 가져오라
왕비   (달래에게 눈짓한다)

달래 나간다

왕   ……참 오래되었구나……
왕비   (대꾸 없이 차갑게 왕을 바라본다)
왕   (왕비의 팔을 쓰다듬으며)…… 보시오, 왕비…… 내가…… 젊었을 적 힘이 남았을 테니……
왕비   (쓰다듬는 쪽 팔을 거북하게 사리면서 딴 데를 본다)

무사, 활과 살을 가지고 나온다

왕   이리 다오

왕, 활을 들어 당겨본다

왕   살을

왕　　　(무사에게) 너는 저 나무 뒤에 가서 내 살이 어디 꽂히는가 지키거라

무사　　네

무사 나간다
왕비, 달래, 시녀들 지켜보는 속에, 왕, 시위를 몇 번 당기면서 무사가 나무 뒤에 들어서기를 기다린다. 시녀들 몸짓으로 무사가 닿은 것을 알린다

왕　　　자

왕, 후들후들 떨면서 살을 먹여 쏜다
사람들 화살을 눈으로 따라간다. 모두 고개를 숙인다. 왕비 꼼짝 않고 있다

왕　　　어찌 되었느냐

아무도 대답하지 않는다

왕　　　알아보아라

시녀 한 사람 마지못해 나간다
시녀 돌아온다

시녀 머뭇거린다

왕   어찌 되었느냐?

시녀 머뭇거린다

왕   어디에 꽂혔느냐?
시녀   (머뭇거리다가)…… 어서 쏘시라 합니다
왕   (비틀거리며)…… 오…… (의자에 앉다가)…… 아으……

시녀들 부축하러 다가선다

시녀   (붙들며)…… 어찌하셨습니까?
왕   허리가, 허리가
시녀   허리를 삐셨는가 봅니다 (왕비를 돌아본다)
왕비   (차게) 안으로 모시거라

달래와 시녀들 왕을 거들어 안으로 들어간다
왕비 서 있는다
사이

왕비   오, 국내성

독사뱀이 있는 곳
과연 주몽의 손자로다
그 옛날 할아비가
금와왕의 말을 뺏듯
낙랑을 빼앗았구나
사랑의 함정을 파놓고

언제까지
이렇게 그를 피해
있자는 말인가
한시도 낯을 맞대기가
싫어 이렇게 나왔지만
언제까지 이러잔 말인가

낙랑 공주를 잊지 못한다고
오, 간사한 뱀
언니인 이 내가 두려워
얼레발을 쳤구나
낙랑의 닭을 잡아먹고
사랑의 오리발을 내민다
간사한 뱀
내 집의 원수와 더불어
저 성안에서 살아야 할

나날
멀리, 멀리 가고 싶다
멀리, 멀리…… 그러나
어디로?

왕비, 털썩 의자에 앉는다
귀를 기울인다
사이
달려나간다

달래 왕비님

왕비 ……

달래 국내성에서 사람이 왔습니다

왕비 대왕께서는

달래 잠들어 계십니다

왕비 불러라

달래 네

달래 나간다
사이
국내성에서 온 사자

왕비 아뢰어라

사자	네, 성안의 대신들이 서둘러 여쭐 일이 있어 이곳으로 오고 싶다 하옵니다
왕비	서둘러?
사자	네
왕비	무슨 일이냐?
사자	네, 왕자님에 대한 말씀이옵니다
왕비	왕자
사자	네
왕비	아뢰어라
사자	네, 왕자님께서는 지금 군대를 모으시고 싸움터에 나가실 차비를 하고 계십니다
왕비	싸움터라니? 무슨 싸움터?
사자	왕자님께서 말씀하시기를, 지난번 낙랑은 무사히 거두었으나 그때는 마침 그들의 윗나라 중국이 손쓸 사이 없었던 터였으나, 요즈음 중국은 자기에 아랫나라 낙랑을 도로 찾고저 싸움배를 마련하여 바닷길로 낙랑에 들어올 계획이라 하옵니다, 그러니 그들이 닿기 전에 다시 군사를 낙랑으로 옮겨 바다에서 올라오는 그들을 낙랑 강가에서 쳐야 한다고 하십니다
왕비	그게 사실인가? 중국이?
사자	사실이 아니옵니다. 중국 쪽에서는 대왕의 아우님께 사람을 보내 중국은 낙랑을 찾을 생각이 없노라고 말을 가져와 있습니다

왕비	그 일을 왕자에게 알렸는가?
사자	왕자님께서는 꾀임수라 하십니다. 고구려가 차비를 못하게 하자고 보낸 거짓이라 하옵니다
왕비	그래서
사자	왕자님께서는 작은아버님 말씀을 아니 들으시고 지난번 집으로 보낸 군사들을 다시 불러모으시고 계십니다. 나라에 큰일이므로 대신들이 별궁으로 나와 대왕께 이 사정을 여쭙겠다 하옵니다
왕비	……

사이
왕비 일어선다
골똘히 생각한다
차츰 맑은 낯빛
환히 터질 듯한 기쁨을
억누르며
앉는다
다시 일어난다

사자	어찌하오리까?
왕비	오냐, 대왕을 모시고 국내성으로 돌아갈 테니, 거기서 기다리라
사자	네

사자 나간다
왕비 기쁨에 넘쳐
안절부절못해하며

왕비　　가자 국내성으로
거기서 할 일이 생겼다
호동을 보내서는 안 된다
호동이 없는 낙랑성에
중국군이 쳐들어오면
낙랑은 도로 나라를 잃고
중국군이 오지 않으면
호동은 헛된 말을 한 것이 된다
어느 쪽이든
낙랑의 딸에게는 좋은 일
그리고 호동은
국내성에서 낙랑성을
살게 해주지
국내성에서 낙랑성을
가자 국내성으로
거기서 낙랑성을 살자
독사뱀과 더불어
낙랑 공주를 살아주자

왜 그에게서 도망치려는가
아니다
그에게로 가자
호동에게로
내 사랑하는 님에게로
어떤 싸움터에도 다시는
가고 싶지 않게
그를 사로잡기 위해
이 낙랑의 가슴에 그를
사로잡기 위해
(자기 가슴을 부둥켜안는다)
사랑아
이 가슴에서 끓어올라
독사의 피보다 더 독하게
사랑아 끓어 번져라
나는 낙랑 공주다
동생아 네 원한을
내 몸으로 풀자 (무대에 핏빛 노을)

(안에 대고)
이리 오너라
이리 오너라
(시녀 온다)

	국내성으로 돌아갈 차비를 하라
시녀	네?
왕비	환궁하리라
시녀	하오나, 대왕께서
왕비	고구려 왕이 활이야 못 쏠망정 아무리 늙었을망정 가마야 못 타시겠느냐?
시녀	하오나…… 인제 해가……
왕비	차비를 하여라

핏빛 노을 속에 첫 막의 낙랑 공주의 유령의 웃음처럼 날카롭게 웃는 왕비, 달래 두려운 몸짓으로 지켜본다

왕자의 방

서 있는 왕자
꿈속에 서 있는 사람처럼
걸어다닌다
멈춘다
또 걸어다닌다
이것을 되풀이한다
왕자, 멎는다

호동	오, 이렇게 낙랑에 왔단 말인가? 칼을 들고 다시 가야 할 낙랑에 이렇게 국내성에 앉아 낙랑을 살다니, 어리석

은 무리들, 어리석은 무리들이 큰일을 그르치는구나, 이 래서 되는가? 이래도 괜찮을까? 이제는 어머니가 오실 날만 기다려지니, 아무 일도 하기 싫고, 낙랑 공주를 불러주는 어머니만 기다려지니, 아, 오시는군, 발소리도 닮은 것 같구나

왕비 활발하게 걸어나온다
걸어와서 마주선다

왕비 호동 님, 오늘은 사냥 가는 날입니다
호동 네 어머님
왕비 호동 님 (교태를 부리며)
호동 네 공주
왕비 호동 님은 저보다 의붓어머니가 더 좋으십니까?
호동 무슨 말씀을, 그분은 제 어머니시라 자식 된 마음으로
왕비 그러니, 저한테는 언니 얘기를 그만하세요
호동 알았습니다 공주님, 낙랑 공주님
왕비 자, 떠날 차비는 되셨습니까?
호동 네 이렇게 모두 갖추었습니다
왕비 자, 갑시다
호동 네
왕비 그 활은 우리가 쓰는 활보다 강해 보이는군요
호동 저는 늘 이것을 씁니다

왕비	이리 주어보세요, 이랬다지요?
호동	네? 아, 그렇습니다
왕비	될 수 있으면 왕자한테서 들은 대로 그대로 꼭 하고 싶으니, 틀리면 틀리다고 말해주세요
호동	꼭 그대롭니다. 그대로가 아니라도 저는 이제는 그때 일이 맞는지 지금 어머니 하시는 것이 맞는지 모르겠습니다
왕비	또 언니 얘기, 싫어요
호동	아, 네, 그만 실수했군요, 어떻습니까
왕비	어림도 없어요, 꿈쩍도 않는군요
호동	그러실 겁니다. 이것은 고구려 무사들 가운데서도 여간 힘 있는 사람 아니면 못 다루는 활입니다
왕비	자 뜰로 나왔습니다. 저기 아버님이 손을 흔들고 계시는군요, 손을 흔드세요
호동	(손을 흔든다)
왕비	자, 말을 탔습니다 (두 사람 나란히 의자에 앉는다) 자 떠납시다, 오늘 가는 데는 그리 멀지 않은 곳입니다
호동	그게 좋겠군요
왕비	그래도 가끔 곰도 나오는 곳이니 심심치는 않을 겁니다
호동	곰은 심심풀이입니까?
왕비	(어리광스럽게 웃으며)
호동	잡으신 일도 있으시구요
왕비	그럼요, 제 방에 있는 곰가죽이 그거라니까요

둥둥 낙랑樂浪둥

호동	장하십니다
왕비	제가 장한 건 아니지만
호동	사냥이야 원래 여럿이서 하는 것이 아닙니까? 아 참 살 것 같다
왕비	그래요 우리는 있는 정성을 다해 대접하고 있는데
호동	알고 있습니다. 뱃놀이며, 잔치며, 공 차기며, 그네 타기며 다 즐겁습니다만, 이렇게 가끔 사냥을 나올 수 있으면 더 좋겠다는 말이지요
왕비	어려울 것 없지요, 매일이라도 나오십시다
호동	제가 싫다고는 않을 겁니다
왕비	저도 싫다고는 않을 겁니다
호동	아, 시원하군
왕비	저기 보세요
호동	네 저게 바다로 가는 쪽이지요
왕비	네 저기 조그만 돛배가 보이지요
호동	네
왕비	거기쯤에서 한 번 뱃놀이를 나가요
호동	그러십시다
왕비	오래 계시겠지요
호동	아버님하구 의논하는 일이 잘되기만 하면 빨리 돌아갈 것입니다만
왕비	잘되지 않는군요?
호동	아직까지는

왕비	잘됐어요
호동	그러나
왕비	그 얘기는 하지 말아요, 해봐야 쓸데없으니
호동	옳은 말입니다
왕비	인제 성을 벗어났습니다
호동	널찍한 들판이군요
왕비	고구려는 더 넓다지요?
호동	그렇긴 합니다만, 이만한 들판이면 뒤지지 않습니다, 백성들이 부지런히 일을 하는군
왕비	백성들은 군대에 가는 것보다는 비싼 세금을 내는 편을 좋아한다고 아버님은 말씀하지요
호동	그 돈으로 바다 건너에 있는 나라의 힘을 비는 것이군요
왕비	사람들은 돈을 좋아하니깐요
호동	많이 왔군요, 좀 쉬어갈까요
왕비	네 조금 쉽시다
호동	짐을 가진 사람들이 조금 처진 것 같으니 여기서 잠깐
왕비	우리는 지금 쉬고 있는 겁니다
호동	네 우리는 쉬고 있습니다
왕비	멀리 낙랑성이 보입니다
호동	보이는군요
왕비	저 모퉁이를 돌면 안 보이게 되지요
호동	그쪽이군요
왕비	거기서부터는 비탈이 좀 심합니다

호동	어디쯤까지 말을 탈 수 있을까요?
왕비	저기서 조금 더 들어간 데까지지요. 다음부터는 말에서 내리는 것이 편합니다
호동	오늘 사냥은 무얼 잡나요?
왕비	저 사람들이 다 알아서 할 겁니다, 대개 노루지요, 그 밖에 그때마다 흔하게 보이는 걸 잡지요
호동	우리는 며칠 전에 사람이 가서 몰아놓지요
왕비	우리도 그렇게 합니다만, 오늘은 사냥터를 익히기 위해서 당일 사냥으로 마련했습니다
호동	말씀대로 매일 오면 될 것 아니옵니까?
왕비	그렇구말구요, 좋으시다면 매일 오면 누가 뭐라겠습니까? 자 저 사람들도 따라왔으니 이제 갑시다
호동	갑시다
왕비	즐거우십니까?
호동	그지없이 즐겁습니다. 사냥 하러 가는 길이 이렇게 즐거우니 여기다 좋은 사냥까지 하면 하늘에 오른 듯하겠습니다
왕비	저는 하늘에 오르고 싶지 않아요, 이렇게 사냥만 다녔으면 좋겠어요
호동	사람의 팔자가 그렇게 좋을 수야 있겠어요
왕비	그런데 호동 님
호동	네
왕비	저 사람이 무서워요

호동　　제 부장 말입니까? 그 사람은 나에게 잘하는 사람입니다

왕비　　어쩐지 무서워요

호동　　별말씀을 다 하십니다, 정 그러시다면 다음에는 떼어두고 오지요

왕비　　괜찮아요, 호동 님께 잘하는 사람을 멀리하라는 말씀이 아니라, 어쩐지 어려워서 그래요, 괜찮아요, 자 우리는 이제 다 온 겁니다

호동　　여기서는 내려야겠군요

왕비　　내립시다

두 사람 의자에서 일어선다

왕비　　우리는 내렸습니다. 우리는 저 사람들이 흩어져서 자리들을 찾아갈 때까지 여기서 기다립시다. 사람들이 다 떠났습니다. 우리만 남았습니다. 싱싱한 초여름의 솔잎 냄새가 납니다.

호동　　(맡아보며) 이 냄새

왕비　　(맡아보며) 이 냄새, 궁궐의 숲이 아무리 깊어도 이런 냄새는 맡지 못하지요

호동　　산짐승들이 이런 데서 사니 그렇게 튼튼하고 날래지요

왕비　　왕자님도 산에서 사는 사람 같아요

호동　　낙랑에 비기면 산속이지요, 벌판이고요

왕비	자 우리도 슬슬 가보실까요
호동	가만, 호각 소리가 나면 갑시다
왕비	나네요
호동	갑시다, 조심하세요
왕비	여기는 자주 와본 곳이라 발끝에 익었습니다. 자 왕자님이나 조심하십시오
호동	자 여깁니다. 이리로
왕비	이쪽으로

(이럴 때 그들은 제대로의 흉내를 낼 필요는 없고, 말과 몸짓과 느낌으로 산을 타고 오르내리는 흉내를 낸다)

호동	자 우리는 여기서 지키고 있을까요
왕비	저 모퉁이가 몰린 짐승들이 잘 들어서는 목이니까 여기가 나쁘지 않을 겁니다
호동	사람들이 몰고 있군요
왕비	네, 될수록 이리로 몰지만 짐승들하구 짜지는 못하니깐 가끔 다른 데로 갈 때도 있습니다
호동	짐승이 그래서 재미있는 것이지요, 그렇지 않다면 사냥을 무슨 재미로 합니까?
왕비	우리는 서 있습니다. 사람들이 짐승을 모는 소리를 들으면서
호동	가끔 숲 속에서 달려가는 것이 있지요, 우리가 지키는 목에는 아직 사냥감이 나타나지 않습니다
왕비	언제까지라도 좋으니, 이렇게 서 있기만 해도 좋을 것

같습니다, 머리 위에 트인 저 낙랑의 하늘, 물기 머금은 초여름의 낙랑의 하늘이 우리를 내려다보고 있습니다. 해는 이제 겨우 하늘 가운데로 들어서고 있는데, 멀리서 사람들 웅성이는 소리는 이어 들리는데, 아무 일도 일어나지 않고, 아무 일도 일어나지 않고, 그것은 짐승 아닌 무엇인가가, 저 앞에 숨어 있는 듯한, 무서운 듯한 즐거움, 그러나 언제까지나 그렇게 무서웠으면 좋을 그런 무서움

호동　공주와 둘만 남게 되니 처음에는 잘 나오던 말도 어쩐지 더듬거려지다가 아주 그만 들어가버리고, 공주를 보니 시원한 곳에 서 있는데 아까 산을 타고 올 때나 다름없이 얼굴은 불그레하고, 그도 말이 없이 서 있습니다. 눈길은 짐승들이 나타날 길을 바라보고 있을 터인데 아무래도 그 길 너머 어딘가를 보고 있는 사람 같습니다

왕비　길 너머 무엇인가 무서운 것이, 그러면서 즐거운 것이 있는 것처럼 나는 그런 생각이 듭니다. 그것이 무엇일까요, 모릅니다. 아마 짐승이겠지요, 노루겠지요, 다른 때 노루는 가슴 설레기는 하지만, 이렇게 무섭게 설레지는 않았는데, 이렇게 떨리지는 않았는데, 저 산굽이에서 어떤 노루가 나타나겠길래 이렇게 무서울까? 뿔이 세 개가 있는 노루일까? 이 세상에 태어나서 지낸 시간이 모두 여기 몰려와서 이 시간에 보태진 것처럼 벅차군

호동　나는 조금 움직여봅니다. 공주는 가만히 제자리에 서 있

습니다. 나는 공주를 남겨두고 서두르지는 않고 몰이꾼들 쪽으로 갈 생각입니다. 스무 발자국쯤 나가 바위를 끼고 돌아갑니다. 바위에 가려 공주가 보이지 않습니다. 세상이 없어진 것처럼 허전합니다. 그때 한층 높은 몰이 소리가 들립니다. 나는 멈춰섭니다. 기다립니다. 뿔을 흔들며 나타날 낙랑의 사슴을, 노루를, 기다려도 짐승은 나타나지 않습니다. 어느덧 몰이 소리도 멀어지고, 낙랑의 그릇 같은 해와 낙랑의 물빛 같은 하늘과 숲만이 남습니다. 원래부터 그렇게만 있었는데도 누군가 떠나고 난 자리 같습니다.

왕비   왜 그랬던지 나는 뒤에 남았습니다. 왕자가 움직이기 시작했을 때 왜 그럴까 싶다가, 그가 천천히 움직이자 나는 조금 오금이 풀리는 것 같고 그저 바라보고만 있었습니다. 그런데, 그런데 그가 바위 저쪽으로 돌아가자, 갑자기 세상이 내 앞에서 눈 뜨고 보는 앞에서 사라져버렸습니다. 하늘도 새도, 숲도, 다 쓸데없었습니다. 나는 무엇인가를 찾았습니다. 몰이 소리가 일어납니다. 옳지, 이제 뿔을 흔들며 사슴이 나타나겠군, 나는 활을 고쳐 잡고, 한 손에는 살을 뽑아들었습니다. 기다립니다. 기다립니다. 그리고 또 기다립니다. 그러나 아무것도 나타나지 않습니다. 어쩐지 무서운 그 모퉁이에서는 아무것도 나타나지 않습니다. 활을 내리고, 어느덧 살은 내 손에서 벗어나 풀 위에 떨어집니다. 둘러봅니다. 하늘과 숲과, 낙랑의 여름 풀 냄새가 있을 뿐, 내 눈길이 문득 머뭅니다, 오른쪽으로 비죽이 솟은 벼랑 위에 산나리꽃이 한 포기 피어 있습니다. 그 꽃이 이 몸처럼 다정합니다. 나는 나리꽃도 아니건만 산속에 홀로 서 있으니 그 나리꽃의 마음을 알 것 같습니다. 그런데 그땝니다, 바로 그땝니다

호동 나는 돌아갈까 하다가 왜 그런지 그대로 서 있었습니다, 의당 공주 곁으로 돌아가는 것이 좋았으련만 어쩐지 두려웠습니다. 무엇이 두려운지는 몰라도 그저 두려웠습니다, 그러나 그저 두려운 것은 아닙니다. 그 속에 빠지고 싶은 두려움입니다, 그 곁으로 가고 싶은 두려움입니다. 그런데 가지 못하겠습니다, 그땝니다, 공주의

왕비 아악!

호동 찢어질 듯한 소리, 나는 달려갔습니다 보았습니다, 벼랑 위에 올라선 한 마리 호랑이를, 석 대를 쏘았습니다, 호랑이는 산을 울리는 울음을 남기고 바위 밑으로 떨어집니다, 사람들이 몰려옵니다, 쓰러진 공주를 일으킵니다, 나무 밑에 자리를 만들고 눕힙니다, 호랑이가 나온 적이 없는 골짜기였다고 하는데 짐승은 다니고 싶으면 다닙니다. 아무도 다친 사람은 없고 송아지만 한 호랑이를 잡았으니 이렇게 큰 사냥이 어디 있겠습니까? 사람들이 호랑이를 끌어올려 묶으면서 만세를 부르는 곁을 공주와 나는 걸어갑니다

왕비   나는 호동과 함께 걸어갑니다, 만세를 부르는 사람들 곁을 지나 호동은 활을 메고 곁에서 걸어옵니다, 무엇인가 우리는 다른 길에 들어섰습니다, 꿈보다 더 꿈같은 길입니다, 어떤 일도 일어날 수 있는 길입니다. 여기는 낙랑의 산속이 아닙니다, 어딘가 내가 모르는 길, 그러면서 내가 제일 잘 아는 길입니다, 아무것도 무섭지 않습니다, 그가 활을 메고 있지 않더라도 이렇게 걸어서 산속의 산속까지 가도 무섭지 않겠습니다, 우리는 조금 내리막이 된 곳에 이릅니다, 발밑으로는 다래 덩굴이 우거졌습니다, 다래 덩굴을 헤치고 내려갑니다, 서늘한 덩굴 지붕 밑의 어둠을 지나니 오, 거기 냇물이, 골짜기를 흐르는 냇물이 여기서는 천천히 돌아 고여서 연못같이 된 소가 있습니다, 물은 아마 바위 밑으로 빠지는 것이겠지요, 그러나 여기는 자그마한 연못입니다. 물은 움직이지 않습니다. 굴속에 이 산의 숲이 다 빠져 있습니다, 앞에는 높은 벼랑입니다. 그 위에 숲이 우거졌고, 우리가 걸어들어온 길이 길길이 뻗은 다래 덩굴에 가려 보이지 않습니다. 다래 덩굴 우산 밑에 우리는 서 있습니다, 아무도 보이지 않고 볼 수도 없습니다. 발밑에는 도라지꽃이 시뿌옇게 피어 있습니다. 낙랑도 고구려도, 호랑이도, 돛배도 다 없습니다. 연못 속에 남자와 여자가 우리를 보고 있습니다. 남자는 활과 살통을 메었습니다, 여자는 치마 위에 가죽 사냥 앞치마를 둘렀습니다, 그들이 우립니다. 물속의 남자와 여자가 손을 잡습니다, 그래도 물살도 일지 않습니다, 그들은 마주 섭니다. 그래도 물은 움직이지 않습니다, 도라지꽃이 흔들립니다. 물속에서, 그래도 물은 움직이지 않습니다. 조용합니다, 난데없는 사람들이 무슨 일을 하려는지 몰라서 늪도, 도라지꽃 잔디도 다래 덩굴 우산도, 하늘도 해도 숨을 죽였는가 봅니다, 우리는 손을 잡고 있습니다. (왕자의 손을 잡는다) 물속 남자와 물속의 여자가 물러나면서 쓰러집니다

왕비, 호동을 이끌어 무대 한가운데 비치는 휘장 뒤로 간다, 휘장 뒤의 그림자 끌어안는다
사이
침대 위에 쓰러진다
움직이지 않는다
빛이
차츰 어두워진다
자꾸 어두워진다
관객의 눈에만
그들의 모습이
남을 때까지
땅거미 질 무렵
마지막의 마지막 빛이
사라지고 난 뒤의

누군가의
얼굴처럼

캄캄한 먹빛 같은 무대에
빛이 거기만 비치면
호동 머리칼을 움켜잡고 서 있다

호동   아 이 무서운 죄, 이 무서운 죄, 그러나 그리운 것을, 그리운 것을, 들린다 걸어오는 소리가 들린다

빛이 또 한 군데를 비치면
왕비 떠오른다

왕비   호동 님 말해줘요
호동   공주 다 말하지 않았소
왕비   우리가 한 일을 하나도 빠짐없이 다 말해줘요
호동   말하지 않았소? 우리가 한 일을 그 무서운 일까지 우리는 다시 하지 않았소?
왕비   그보다 더 무서운 일을
호동   그런 것은 없소, 그보다 더 무서운 일이 어디 있겠소?
왕비   야속합니다. 우리가 더불어 한 일을 숨기시다니
호동   아아, 알고서 하는 말일까? 아니 아무도 알 수 없지, 그 일은 아무도 알 수 없지

왕비 사라진다
호동만 남는다

호동　왜 말을 못 하는가. 아니 말해서는 안 된다, 어머니한테 말해서는 안 된다, 아니 지금은 어머니가 아닌 사람에게 말해서는 안 된다, 그러면 그녀는 더는 낙랑 공주를 살지 않겠지, 안 된다 공주를 떠나서는 나는 살 수 없다, 공주를 떠나서는, 공주를 언제까지나 붙잡아두자면 말해서는 안 된다, 낙랑 공주, 그 말을 당신께 하면 당신은 나를 죽이리이다, 당신이 잘 알지 않습니까? 당신은 내 곁을 떠나고 싶습니까? 정 떠나고 싶으면 모르려니와, 아니, 그래도 안 돼, 내가 말만 하지 않으면, 공주 우리는 언제까지나 함께 지낼 수 있소, 그 일을 물어서는 안 되오

왕자 사라진다
왕비 나타난다

왕비　호동 님, 말해주오, 야속한 사람, 우리가 산 시간을 하나도 빠짐없이 살고 싶다는데 당신은 나한테 숨기십니다그려, 오호 과연 고구려의 독사로다, 끝내 네가 저지른 죄를 감추려 하다니, 오호, 그러나 감출 수만 있다면 감

취다오, 진실을 말하지 말아다오, 내가 당신 곁에 있기 위해서 말하지 말아다오, 진실보다 사랑은 더 중한 것, 진실을 어둠 속에 깊게 깊게 파묻어버리고, 그렇지 저 낙랑산 속의 그 늪에 소리도 없이 깊이깊이 가라앉히고, 내 곁에서 떠나지 말아주오

왕자 빛 속에 나타난다

왕비	호동 님
호동	공주
왕비	말하지 말아주오, 말할 것이 또 무엇이 있겠소, 낙랑에 1년을 있었다 한들 1년은 365일, 그에서 더 말할 것이야 있겠소? 낙랑에 놀이터가 많다 한들, 가면 바다가 나오는 끝이 있는 나라, 낙랑보다 더 많이 가볼 수야 있겠소?
호동	공주, 다만 당신을 내 곁에 두고 싶어서 나는 즐거웠던 일만을 말하고 싶소, 그렇소, 믿어주시오, 내가 당신과 같이 있는 동안 내가 한 일은 사랑밖에는 없었소
왕비	사랑밖에는
호동	참말이오, 사랑 아닌 딴 일은 없었소
왕비	사랑밖에는
호동	사랑밖에는
왕비	좋아요, 그렇거든 나한테 모두 되풀이해서 말해줘요, 우

	리가 나간 잔치를, 우리가 걸어다닌 길을, 우리가 나간 사냥을
호동	그러리다
왕비	호동 님

두 사람 끌어안는다

호동 사라진다

왕비 혼자 남는다 (그곳만 비추는 불빛 속에)

왕비	아, 내가 누군가, 내가 누군가?

갑자기 온 무대에 제대로 들어오는 불빛, 달래 나온다

왕비	네가 웬일이냐
달래	큰일이 났사옵니다
왕비	큰일이라니?
달래	왕자님 방에서 낙랑의 부처를 찾아냈다고 합니다
왕비	무어라구! 오, 그렇도록 내가 버리시라구 한 것을, 내 말을 안 들으시다가, 오오, ……대체 누가 어찌하여 알아냈단 말이냐
달래	왕제께서 군사들을 이끌고 가서 방을 뒤졌다 하옵니다
왕비	하늘이 우리를 벌하시는구나! (비통한 목소리) 어느 하늘인가? 부처의 하늘인가, 주몽의 하늘인가?

하늘을 우러러 팔을 들어올리는 왕비
어두워지는 불빛 속에

캄한 무대
선반에 얹히듯, 얼굴들(거기만 조명하는)이 옆으로 줄줄이 그 아래로 또 한 줄, 이렇게 온 무대를 꽉 채운 얼굴, 이 나라의 대신과 장군들이다

얼굴 1   나라에 큰 재앙이 닥쳤소, 벌써 두 달째 비 한 방울 내리지 않고 있습니다. 밭은 먼지처럼 날리고, 곡식은 볕에 타고 있으며, 백성들은 하늘을 우러러 울부짖고 있습니다. 만일 비가 내리지 않으면, 군사는 굶주리고, 적들이 쳐들어올 것입니다

얼굴 2   벌써부터 이것은 고구려가 큰할아버지 주몽께 무엇인가 큰 죄를 지어, 노여움을 입은 것이라는 말이 나돌아, 백성들은 왕의 궁궐 속에서 무슨 일이 일어나고 있는지를 수군거리고 있었습니다

얼굴 3   마침내 이 나라를 해치고 있던 탈이 드러났습니다

얼굴 4   왕자 호동은 낙랑 싸움이 있은 후, 웬일인지, 조회에도 아니 나오고, 군대의 조련에도 아니 나오고, 방에만 묻혀서 지내니, 여러 사람이 그 까닭을 알지 못해 걱정하고, 나무라는 소리가 많았습니다

얼굴 5	마침내 그 까닭이 밝혀졌습니다
얼굴 6	그는 낙랑의 귀신을 방에 모셔놓고 고구려가 망하기를 빌고 있었습니다
얼굴 7	이 귀신은 호동 왕자가 낙랑에 가 있을 때 왕자의 넋을 사로잡은 귀신으로서, 호동은 왕명을 어기지 못해 낙랑을 치기는 하고서도, 낙랑 귀신의 화가 두려워 귀신을 숨겨 모셔놓고 그 앞에 빌어온 것이 밝혀졌습니다
얼굴 8	낙랑성이 떨어졌을 때, 호동은 성안에 들어와서 눈물을 흘렸다고 합니다
얼굴 9	그의 시중 드는 자들을 엄히 다스렸더니, 그가 귀신 앞에서 눈물을 흘리는 것을 본 자가 많습니다
얼굴 10	귀신을 들키고도 호동 왕자는 다만 낙랑에서 주워온 물건이라면서 섬긴 일이 없다고만 합니다
왕의 목소리	그 귀신이 어디 있느냐?
목소리	여기 있습니다

무대의 얼굴 모두 사라지고 무대 한가운데 비춘 불빛 속에 나타나는 금부처

왕의 목소리 괴이하구나, 흉하구나, 이 일을 어찌하면 좋겠는고?

다시 나타나는 얼굴들

얼굴 11   내려오는 일대로 큰 굿을 벌여 호동 왕자로 하여금 주몽 할아버지 앞에서 마음을 밝히게 하는 것이 옳은 줄로 압니다
얼굴들   그 말이 옳습니다

사이
이윽고

왕의 목소리   그리하라

왕 자의 방
혼자 방 안을 오락가락하고 있다
멀리서 아우성 외치는 소리
창칼이 부딪고
말들이 우는 소리
왕자, 창으로 가서
내다본다
바깥에서 이는 불길

호동   저것이 무슨 소린가?

왕비 들어온다
왕자 돌아선다

왕비	장수가 모반을 하였소
호동	어느, 어느 장수가?
왕비	왕자의 부장이오
호동	내 부장이?
왕비	그렇소

바깥의 소리

차츰 조용해진다

왕비	마침 일찌감치 와서 일러바치는 자가 있어
	미리 숨어 있던 터라
	큰 싸움도 되기 전에
	물리친 모양이오
호동	어리석은 짓을
왕비	그 나름대로 왕자를 생각한 일이겠지요
호동	나를 생각한다면
왕비	그는 당신을 진심으로 생각하는 사람인 듯싶소, 그러나 한 사람을 생각한 사람이
	다른 사람도 생각지는
	못하는 법
호동	(문득 놀라서 왕비를 쳐다본다 뚫어지게) 다른 사람이라니, 다른 사람—?

왕비	말하자면, 나를 말이오
호동	(뚫어질 듯 쳐다본다)
왕비	아무튼 인제 그는 자기가 갈 곳으로 갔소, 내가 온 것은 다른 말을 위해 온 것
호동	……
왕비	왕자
호동	……
왕비	내일이면 나는 단 위에서 주몽왕의 넋을 받아 내가 아닌 내가 되어 왕자를 밝혀야 할 몸
호동	(머리를 조아린다)
왕비	그러나 지금 밝는 날 단 위에 오를 때까지는 나는 나요
호동	네 어머님
왕비	(고개를 젓는다)
호동	(아까처럼 뚫어질 듯 바라본다) 그러면…… 당신은 누구시니이까?
왕비	(한참 만에)……내가 누군지를 아무도, 이 누리에 있는 아무도 말해줄 수 없는 그런 몸이 된 나, 이름 붙이지 못할 나

호동	알고 있습니다, 이 몸이 곧 죽으면 당신은 이름을 찾으리이다
왕비	이름을……
호동	(머리를 조아리며) 이 갈피 잃은 밤이 지나면, 당신은 해처럼 밝은 이름을 머리에 쓰고 길이 이 나라와 함께 사옵소서
왕비	해처럼…… 해처럼…… 오 이 밤…… 오 이 누리에는 어찌하여 밤과 낮밖에는 없는가? 이 갈피 없는 마음을 담을 하늘은 없는가
호동	크나큰 은혜를 이 몸으로 갚겠사오니 그 갈피 없는 마음은 이 몸에게 모두 넘기시고 큰 복을 누리십시오
왕비	(왕자를 보며 말이 없다, 이윽고) 왕자, 오늘 그대의 부장이 군대를 이끌고 궐내에 쳐들어오려 했으니, 그의 마음이야 어쨌든 그는 왕자를 죽을 자리에 몰아넣었소, 내일 굿자리는 이제 예삿일이 아닐 수밖에 없게 됐소…… 왕자, 내 마음이 낙랑 공주이고 싶은 이 시간에 나는 왕자에게 이 말을 하고 싶어 찾아왔소…… 왕자, 내일 굿에서 목숨을 지키도록 살피시오
호동	(머리를 조아린다)
왕비	이 누리에 밤과 낮밖에 없다면, 밤과 낮 속에서 그냥 살아보는 것이 어떻겠소
호동	(머리를 조아린다)
왕비	낮은 밤 때문에 어둡고, 밤은 낮 때문에 벗겨지더라도,

	그런 낮과 밤일망정 당신 있는 세상이면 견디리다
호동	어느 하늘이 우리를 이렇게 만들었는가
왕비	남의 눈이 있으니, 내일을 위해 그대는 이미 갇힌 몸, 내일을 위해 이 몸은 삼갈 몸, 남의 눈이 보기 전에 나는 가야 하리라, 왕자, 내일을 살피시오, 오 무서운 내일, 내일이 무서운 날이 되지 말지어다, 어느 것이 내 마음이었던가, 아니 이제 그것은 아무 쓸데없는 일, 왕자, 그런 낮 그런 밤이라도 살아갈 수 없을지
호동	(부드럽게 왕비를 쳐다본다)

왕비, 왕자, 오래 마주 보고
서 있다
왕비 나간다

호동	누리여, 너는 왜, 밤과 낮밖에는 가지지 못했느냐?

굿 자리를 쌓는 군사들
난쟁이 그들 사이를 돌아다니며 지분거린다

군병 1	저리 비켜라
군병 2	놔두게, 제가 놀 자리라고 좋아서 그러는 걸
난쟁이	(앉아서 생각에 잠긴다)
군병 3	끼니를 못 얻어먹은 모양이군

난쟁이	애개, 미련한 놈, 개 눈에…… 똥만 뵈는구나
군병 4	(걷어차며) 놀 판을 보고 환장하는구나
난쟁이	나는 오늘 놀고 싶기도 하고 놀고 싶지 않기도 하다, 너희들은 그걸 모르느냐

군병들 끄덕이면서 더 말은 없이 일을 해나간다, 굿자리가 다 세워진다, 제1막과 같은 모양이야, 군병들 물러간다 난쟁이만 한옆에 그대로 앉아 있다

나팔 소리 울린다, 제1막과 같은 가락, 점점 커진다. 난쟁이 황급히 일어나 퇴장한다, 악대 음악을 연주하면서 돌아온다, 굿자리를 한 바퀴 돈다, 음악이 끝나고 그들은 굿자리 앞에 늘어선다, 사람들 무대 양쪽에 들어와 늘어선다. 악대 물러간다. 왕비가 앞장서서 무당들 들어선다. 무당춤이 끝난다. 왕비 단을 올라간다. 왕비 탈을 쓴다. 왕비 외친다. 왕비 일어난다

왕비	주몽! 주몽! 주몽!

왕비 일어난다

왕비	북을 들여라

군사들이 큰북 두 개를 들어다 양쪽으로 벌려 걸어놓는다

흰 북과 검은 북이다

왕비   호동을 들여라

흰 옷을 입은 호동 나와서
단을 마주 잡고 선다

왕비   호동아, 듣거라, 네가 낙랑의 귀신을 섬겨 나를 몰라본다 하니 그것이 참말이냐?
호동   삼가 아뢰옵니다, 저는 낙랑의 귀신을 섬기지도 않고, 주몽 할아버지를 몰라보지도 않았습니다
왕비   그럴 테지, 그렇다면 네 앞에 지금 고구려의 북과 낙랑에서 가져온 북이 있다. 고구려의 흰 북을 내 앞에서 크게 치거라
호동   오호, 낙랑의 북

왕자 한 발 물러선다

왕비   빨리 치거라

왕자 움직이지 않는다

왕비   호동아 어째서 나를 기다리게 하느냐

호동, 한 발 나선다

호동　아아, 낙랑의 북, 내가 너에게 빚을 갚을 때가 왔다, 내가 사랑한 손을 위해 네가 소리를 내지 않았으니, 네가 갸륵하다, 그러나 고구려의 왕자가 어찌 너에게 빚을 지고 살랴— 주몽 할아버지여 이 손자는 낙랑의 귀신을 섬기지도 않았고, 주몽 할아버지를 몰라보지도 않았습니다. 이것이 제 마음입니다. 할아버지시여 아버님 마음을 타일러 빨리 군사를 낙랑으로 보내소서. 이 손자가 거둔 것을 고구려가 지키게 하소서 (나가서 북채를 집어들며)

호동　그러나 북은 이렇게 치겠습니다, 고구려의 왕자가 진 빚을 갚게 하소서, 자 울려라 낙랑의 북아

검은 북 앞으로 가서 친다
둥둥 둥둥둥, 둥둥 둥둥둥
둥둥 둥둥둥

북 방망이를 놓고 물러나와 엎드린다
사람들이 놀라 웅성인다
사이

| 왕비 | 호동의 목을 쳐라 |

사람들 물러간다
난쟁이, 칼을 휘두르며 춤추면서 나온다
호동 비치는 휘장 뒤로 간다
난쟁이 따라 들어간다
난쟁이 왕자의 목을 자른다
난쟁이 칼을 놓고 울면서 기어나간다
왕비 탈을 벗고 계단을 천천히 내려온다
휘장 앞에 선다

| 왕비 | 이것이 웬일이오, 호동 왕자 내 그대를 위해 북을 찢었거늘 그대를 위해서라면 일만 개의 북이라도 다시 찢겠거늘 그대는 내게 빚을 갚는단 말이오, 이 몸은 비록 어버이 칼에 쓰러졌을망정 더없이 행복합니다, 거룩한 고구려의 왕자 호동 님, 나 당신을 본 첫날부터, 그것이 낙랑성 잔치였는지, 고구려 성문 밖이었는지 나는 잊어버렸소, 나 당신을 본 첫날부터 이 세상 소리에 귀먹고 이 세상 모양에 눈멀었습니다(호동의 머리를 집어 들며), 그대 머리여, 그대는 이렇게 토막이 잘린 이내의 마음이로다. (머리에 입술을 맞춘다) 호동 님, 그대를 따르오리다

왕비 휘장 안으로 들어가 칼로 가슴을 찌른다
하늘에서 사닥다리가 단 위로 내려온다, 사닥다리를 밟고 거지 차림의
하늘의 사자인 백골이 내려온다
각설이타령을 부르면서

어허
얼시구 절시구 ㄴ가신ㄷ
ㅎ늘거지 나가신ㄷ
ㅎ늘거지는 상거지
ㅎ늘 바가지는 핫바지
오늘 동냥은 오늘 먹고
내일 동냥은 내일 먹고
ㅎ늘 바가지는 피바가지
ㅎ늘 대가리는 백골통

단 위에서 계단을 타고 휘장 뒤로 가서 먼저 왕자의 머리를 바랑에 주워넣고, 다음에 왕비의 목을 쳐 바랑에 처넣는다. 왕자의 머리를 집어넣을 때나 왕비의 머리를 집어넣을 때나 모두 넝마 뭉치가 아니면 식은 밥 덩어리 주워넣듯 그렇게 함부로 시큰둥 주워넣고 하늘로 올라간다
각설이타령을 부르면서

어허

얼시구 절시구 ㄴ가신ㄷ

ㅎ늘거지 ㄴ가신ㄷ

ㅎ늘거지는 상거지

ㅎ늘바지는 핫바지

오늘 동냥은 오늘 먹고

내일 동냥은 내일 먹고

ㅎ늘 바가지는 피바가지

ㅎ늘 대가리는 백골통

난쟁이 다시 나와 처형대로 간다. 왕자의 관을 머리에 쓴다. 다음에 왕비의 치마를 입는다. 치마를 걷어 얼굴을 감싸며 흐느낀다. 관을 바로잡고 거드름을 피우며 제단 앞을 왔다 갔다 한다. 그러다가는 치마에 얼굴을 묻고 흐느끼다가는 데굴데굴 구른다. 하늘의 사자 사라지면서 번개가 치고 천둥이 울린다

비가 후둑후둑 내리기 시작한다, 벌판 멀리서 고구려 백성들의 소리, "비다" "비가 온다" 북소리, 사이를 두고 두서너 번 둥둥 둥둥둥, 둥둥 둥둥둥, 이윽고 멀리서 처음에는 약하게, 차츰 우렁차고 흥겹게 풍년가 들려온다, 풍년이 왔네, 풍년이 왔네, 우렁찬 노랫소리 속에 난쟁이 도끼를 집어들고 제단을 올라간다. 단 위에서 도끼를 놓고 주몽의 탈을 쓴다, 주몽의 탈을 쓰고 왕자의 관을 쓰고 왕비의 치마

를 입은 난쟁이, 도끼를 비껴들고 노랫소리 속에 일어서서 덩실덩실 춤을 춘다

─ 막

달아 달아 밝은 달아

캄한 무대
갑자기
한 군데만
불이 비추면서, 무서운
저승사자 서 있다

사자　　심봉사

불빛 심봉사를 비춘다
자다가 어리둥절
일어나는 심봉사

사자　　네가 어찌

	이렇게
	태연한
	잠을 자는고?
심봉사	(부들부들 떨면서)
	뉘시옵니까?
사자	옳지
	앞 못 보는
	장님이렷다.
	나는
	저승에서
	너를 데리러 온
	사자다
심봉사	저승사자
사자	그렇다
심봉사	악!
사자	네가
	네 죄를
	알렷다
심봉사	예, 예
	알구말굽쇼
사자	그런데
	어찌
	이토록

	태평하게
	잠잘 수 있는고?
심봉사	천만에, 천만에
	어찌 감히
	편한 잠을
	자겠습니까?
	밤이나 낮이나
	그 생각만 하면서
	산목숨이
	산목숨이 아닌
	어제오늘이올습니다
사자	아무려나
	네가
	부처님 앞에
	말을 내고
	그 말을 어겼으니
	이제 잔말 말고
	나를 따라라
심봉사	하오나……
사자	네가 약속한 날짜가
	벌써 지나지 않았느냐?
심봉사	사자님,
	하루만,

	하루만 더
	말미를 주십시오
	제 어린것에게나
	마지막 작별이나 일러놓고
사자	어린것을 두고
	가는 자가
	너뿐인 줄 아느냐,
	새벽에
	젖 물리다가도 가고
	새벽에
	젖 빨다도
	가는 걸음인 줄
	모르느냐?
심봉사	그러하오나……
사자	에익
	덜떨어진
	봉사로다
심봉사	하루만, 나으리
	하루만
사자	시끄럽다
	자
	가자

저승사자,
심봉사의 덜미를 잡아
번쩍 쳐든다

심봉사 살려줍쇼
아니
하루만
나으리
하루만, 악

악, 하는 부르짖음
불이 꺼진다
어둠 속에서
"아버지,
아버지"
부르는 소리
다시
흐릿하게
비추는 불
심봉사,
자리에서 일어나 앉아
허우적거리고
심청,

아비를 붙든다

심청   아버지, 왜 그래요?
심봉사 살려줍쇼
       하루만
       하루만
심청   아버지, 아버지
심봉사 아, 청아
       청아
       나으리께
       말씀드려라
       하루만
       하루만
심청   아버지
심봉사 나으리께
       빌어라
심청   아버지,
       나으리가 무슨
       나으리예요
       아버지
       꿈을 꾸셨군요
심봉사 꿈?
       아니,

	지금 내 덜미를
	이렇게 잡았는데
심청	아버지,
	꿈을 꾸셨어요
	자
	드세요

심청,
머리맡에서
물그릇을 들어
아버지 입에 대준다
심봉사
물을 마신다

심청	됐어요
	이제
	정신이 드시지요?
심봉사	아 무서워
	(제 덜미를 만진다)
심청	아버지 무슨 꿈을
	꾸셨어요?
심봉사	꿈?
	아아니

심청	꿈이 아니야 꿈이 아니야 제가 이렇게 있잖아요 자 제 손을 잡으세요 아버지, 꿈을 꾸신 거예요
심봉사	꿈이 아니래두 지금, 저승사자가 다녀갔어
심청	저승사자가?
심봉사	오냐, 나를 잡아가려구
심청	몹쓸 꿈을 꾸셨군요
심봉사	오냐 너는 모른다 꿈이 아니야
심청	아버지 꿈이 틀림없으니 진정하시구 누우세요

심봉사	아니다
	(한숨을 쉰다, 사이)
심청	자, 누우세요
심봉사	청아
	내 말을 들어봐라
심청	이야길랑 밝는 날 하시구
	누우세요
심봉사	그럴 세월이 없다
심청	소털같이 많은 세월
	왜 세월이 없다고
	그러세요 자 누우세요
심봉사	(마지못해 눕는다)

어두워지는 불빛
부엉이 우는 소리
심봉사, 뒤척거린다
오랜 사이
마침내
벌떡 일어나는
심봉사

심청	(따라 일어나면서)
	왜, 잠드시지 않구

심봉사	청아
심청	네
심봉사	내, 해둘 말이 있다
심청	네, 정 그러시다면 말씀하세요
심봉사	얼마 전 네가 장부자네 잔치에 갔다가 늦게 돌아온 날 있지?
심청	네, 아버지가 개천에 빠지신 그날
심봉사	그래, 그래, 실은 그날 내가 큰일을 저질렀다
심청	그게 무슨 큰일이라구 그러세요? 마침 크게 다치시지도 않았으니 그나마 잘된 일이지요
심봉사	모르는 소리 그날 내가 너를 기다리다 못해 마중 나오다가 그만 개천 물에 풍덩 빠져서 거의 죽게 되었는데, 몽은사 화주승이 그리 마침 지나다가 내 꼴 보고 깜짝 놀라 훨훨 벗고 달려들어 이 나를 건져내어 등에 업고, 집을 물어 급히급히 돌아와서 옷을 벗겨 뉘어놓고 옷의 물을 짜내면서 하는 말이, 이생에 장님되어 전생의 죄악이라, 우리 절 부처님

전 정성을 들였으면 이생에 눈을 떠서 천지만물 보련마는 집안 꼴이 어려우니 안됐구려 불쌍하오, 내가 묻는 말, 재물을 안 드리면 부처님 힘 빌 수 없소? 중이 하는 말이, 다 정성인데 빈손에야 할 수 있소, 내가, 재물 얼마 드렸으면 정성이 될 것이오? 중이, 우리 절 큰 법당이 비바람에 기울어져 다시 지으려고 집집마다 동냥하러 다니오니 백미 3백 석만 바치면 법당 짓고 난 다음 부처님께 청을 들여 눈을 뜨게 하오리다, 내가 불쑥, 백미 3백 석에 눈을 뜰 때면 그것 한번 못 하리까 그 책에 적어주소 하니 중이 좋아하고 책을 펴놓고 쓰기를 황주 땅 도화동 장님 심학규 백미 3백 석 감은 눈을 뜨게 하여주옵소서, 쓰기를 마치고 약조 기일 잊지 말라 하고 그 중이 돌아갔구나

심청 아이구, 아버지
백미 3백 석을
어디서 얻으려구

심봉사 (머뭇거리며)
왜, 네가 전날에
하던 말 있잖냐?

심청 무슨 말?

심봉사 그, 장부자네가
너를 수양딸로
삼겠다던 말

심청	(기가 질려 한참 만에)
	……그랬지요
심봉사	그 말이 불쑥
	하도 서럽던 김에
	생각나서
	내가…… 그만
심청	실은…… 수양딸이 아니라…… 그 집 소실로 오라는 말이었어요
심봉사	아이구 그랬더냐? 내가 가지 말라기를 잘했지
심청	……
심봉사	그러나저러나 부처님 앞에 죄를 지었으니 저승사자가 날 데리러 왔으니 인제 도리 있겠느냐? 내가 저승사자한테 하루만 말미를 달라 했으니 인제 너를 보는 것도 하루뿐이로구나
심청	아이구 이 일을 어쩌누
심봉사	눈까풀이 들러붙지 말구 이 주둥아리가 들러붙었더면 좋았을 것을 (자기 입을 때린다)
심청	(말리며) 진정하세요…… 좋은 수가 있을지
심봉사	좋은 수라니? (한참 후에) 장부자네 소실 얘기 말이야?
심청	……내가 마다기에 다른 여자를 들였다 합디다
심봉사	……
심청	(멍하고 앉아 있다)
심봉사	나는 죽었구나

(이불을 뒤집어쓴다)

새벽 푸른 어둠 속에
심청, 고개를 떨구고
앉아 있다

심청
개다리소반에
정한 물을 떠놓고
빌고 있다
절하는 심청
중얼중얼 외는 소리

심청 천지신명께
비나이다
앞 못 보는
우리 아비
장님 신세
하도 설워
부처님 전
큰 죄지어
저승 행차 하게 되니
부모자식 인연 맺어

눈 뜨고 사는 몸이
아비 곤경
볼 수 없어
천지신명 앞에
비나이다 비나이다
공양미 3백 석
하늘에서 뚝 떨어지든
땅에서 불끈 솟든
우리 집에 내려주면
이 한 몸 바쳐
천지신명께
갚겠사오니
비나이다 비나이다
가련한 자식 청을
굽어살피시어
자식 도리
갚게 하옵소서

무대 한쪽에
뺑덕어미
나타난다
서서
심청을 바라보다가

슬며시
사라진다
심청
연이어
절하고
푸념을 왼다
한참 만에

뺑덕어미
다시
나타난다
뱃꾼 차림의
사나이 여럿과 함께
그들끼리
수군거린다
뺑덕어미
무리에서 떨어져
심청 뒤로 다가선다
심청 돌아본다
일어서서
뺑덕어미와 마주선다
뺑덕어미
심청에게 귓속말을 한다

심청, 놀라 물러선다

바닷물결 소리, 크게 들린다

심청 고개를 숙인다

뺑덕어미 또

귀엣말을 한다

심청

천천히

끄덕인다, 그러면서

안채 쪽을 살핀다

심청

뺑덕어미에게 눈짓한다

뺑덕어미

배꾼들에게

눈짓한다

배꾼들 다가선다

한덩어리가 되어

안채와 반대쪽을 향해

사라진다, 갑자기 어두워지는 무대

바닷물결이 철썩철썩

물결치는 소리

포구가 내려다보이는 언덕

소나무가 드문드문

그 밑으로 난 오솔길

멀리서

끼룩끼룩 갈매기 소리

흐릿한 바닷물결 소리

새소리

뺑덕어미와 심봉사 나온다

심봉사는

내키지 않는 듯한 걸음걸이

뺑덕어미 부축하고 걷는다

심봉사 마침내

걸음을 멈추고

포구를 내려다본다

뺑덕어미 쀼루퉁해서

쳐다본다

심봉사	(물결 소리에 귀를 기울이며 심란해한다)
뺑덕어미	대장부 한번 먹은 마음이 왜 그리 물렁하시우
심봉사	(대꾸 없이 이어 심란해하며 푹 한숨을 쉰다)
뺑덕어미	(혀를 끌끌 차며) 아니, 누군 맘 편한 줄 아시우
심봉사	……(한숨을 쉰다) 여보게 너무 그리 말게

뺑덕어미	아니, 그리 말라니, 내가 무얼 어쩐단 말이우
심봉사	자네가 어쩐단 말이 아니라……
뺑덕어미	그리 말라니, 그건 웬 말씀이우, 나한테 한 말씀이 아니신가요?
심봉사	뺑덕어미네, 심청이로 말할 것 같으면 세상에 난 지 이레 만에 제 어미 여의고 젖동냥으로 기른 자식, 철도 채 들기 전에 앞 못 보는 이 애비를 살리느라 궂은 날 마른 날 집집 문 앞 처마 밑에 밥 동냥에 잔뼈 굵어, 이날 이때까지 명절이라 새옷가지 생일이라 차린 음식 먹여보지도 못하고 저 걸음을 시키다니, 우리 부녀 팔자 하도 기가 막혀 이 걸음이 천근 같고 나오나니 한숨일세그려
뺑덕어미	봉사님 띠가 무슨 띠시우?
심봉사	띠라니? 갑자기 띠는 또 왜 찾노, 허리띠는 이렇게 매었네만
뺑덕어미	누가 그런 띠 말입니까? 타고 나면서 두르는 띠 말씀이우
심봉사	어허, 그 띠 말씀이군. 나야 명주 강보에 받아서 비단 띠를 두르고 눕혔다더군
뺑덕어미	누가 그런 띠 말씀이우. 소띠 말띠 용띠 하는 그 띠 말이라니간
심봉사	내가 갑진생이니 용띠가 아니겠소?
뺑덕어미	제길 띠 한번 호강했다
심봉사	띠가 좋으면 무얼 해

뺑덕어미	나는 봉사님이 소띤 줄 알았소
심봉사	소라니?
뺑덕어미	아니면 왜 그리 씹은 걸 또 씹구 그러시우
심봉사	씹어?
뺑덕어미	안 그렇구 뭣이우, 생각하고 생각 끝에 저 좋구 봉사님 좋구 이 뺑덕어미 나까지 한 두름으로 주르르 꿰어 모두 좋은 길이 바로 이 길뿐이라, 하늘이 내린 복인 줄 알구 세 무릎 맞대고 정한 일을 가지구 이 마당에 와서 꺼내 본들 무슨 쓸데가 있겠느냐 그 말씀이우, 띠는 용띠라두 아마 소를 잡아 먹다 얹힌 용인가 보우
심봉사	용이나 소나…… (또 한숨을 쉰다)

포구 쪽에서 왁자지껄하는 소리
심봉사 귀를 기울인다

심봉사	여보게 뺑덕어미
뺑덕어미	왜 그러우
심봉사	내 한 가지 청이 있네
뺑덕어미	아 백년해로 나선 길에 못 할 청이 무엇이오, 하소
심봉사	자네가 다 잘했는데 한 가지만 못했네
뺑덕어미	아니 못하긴 또 뭘 못했소?
심봉사	아비 딸이 생이별하는 마당에도 딸의 마지막 모습조차 보지 못했으니 이 아니 원통한가?

뺑덕어미	다 봉사님 생각해서 한 일이우, 하기야 아직 영험 보기 전 봉사 신센데 어느 눈으로 보았겠소?
심봉사	이 눈 뜨고 보지 못한 죄로 심청이가 배 타고 먼 대국으로 떠난 일이 참말 같지 않네
뺑덕어미	도화동 온 마을이 다 봤는데 장님 한 사람 못 봤기로서니 심청이 팔려간 일이 달라지겠소
심봉사	말도 모질게도 하는군, 그건 어쨌건, 청이 떠난 모습 보지 못하니 이 마음이 믿지 않는구려, 그래서 내 청 있네
뺑덕어미	아따 답답하기는, 그러니까 말씀하시래두
심봉사	거기 포구가 보이는가
뺑덕어미	보이우
심봉사	됐네
뺑덕어미	되다니
심봉사	자네, 그날 그 자리에 있었지?
뺑덕어미	그렇대두요
심봉사	됐네, 자네 지금 청이가 거기서 떠나는 양 생각하고 그날 있던 일을 그날 있던 대로 처음부터 끝까지 보이는 듯이 불러주게나
뺑덕어미	아이구 양반두 그래서는 어쩔 테요
심봉사	어떨 것이야 있나, 한번 간 청이 다시 올 텐가, 그러기나 해야 내 속이 조금 풀리겠네. 뺑덕어미네, 아무 말 말고 그날 있던 대로 불러만 주게
뺑덕어미	정 그러시다면야

뺑덕어미 내려다본다

심봉사   여보게 우리 청이가 보이는가?
뺑덕어미   청은 청이래두 바다 청만 보이는구려
심봉사   우리 청이 떠나는가?
뺑덕어미   안 보인다는데두 그러시네
심봉사   배 떠날 차비는 보이는가?
뺑덕어미   뱃전에 사람들이 나서서 이쪽을 보고 있소
심봉사   우리 청이를 기다리는 모양이군
뺑덕어미   여보소, 봉사님, 이따위 짓해서는 무얼 하시려우. 부모 자식 간에도 저마다 길이 따로 있는데 여기서 이럴 게 아니라 휘딱 이 자리를 떠나버립시다
심봉사   그렇게 말해두 이 사람 못 알아듣네 못 하겠네 그것만은 못 하겠네 이놈 주둥아리 한번 잘못 놀려 부처님께 시주한다 내가 한 말 때문에 남경배 상인들께 공양미 값으로 팔려 물 건너 대국 땅에 기생살이 팔려가는 내 딸 심청이가 떠나는 뱃길을 배웅이나 하고서야 이 발이 떨어지겠네 뺑덕어미 잘 보소 이제는 두 몸이 한몸 같은 뺑덕어미네 두 눈 밝은 자네가 우리 청이 보이거들랑 보인다 말을 하게
뺑덕어미   알았소
심봉사   보이는가?

뺑덕어미	도화동 포구에 배 한 척 떠 있소 누런 돛 높이 달고 어서 가자 둥실 떴소
심봉사	또 무엇이 보이는가?
뺑덕어미	무심한 갈매기가 돛을 안고 날아들며 돛을 두고 떠나가며 갈매기 두세 마리 훨훨 날아 있소
심봉사	또 무엇이 보이는가?
뺑덕어미	백사장에는 햇빛이 쨍쨍 고기 그물 널려 있고 누구를 재촉하나 흰 물결 고운 물결이 철썩철썩 빛나 있소
심봉사	또 그러고는 무엇이 보이는가?
뺑덕어미	도화동 넘어가는 고갯길에는 소나무가 군데군데 바다보다 푸르렀고 피 같은 황톳길이 오늘도 어김 없소
심봉사	그 길에 무엇이 보이는가?
뺑덕어미	썩은 배에 성한 고기 싣고 오는 날이면 아배야 여보소 달려오는 저 저 걸음들 지금은 볼 수 없고 시뻘건 황톳길엔 조약돌만 반짝반짝, 아무도 안 보인다니깐
심봉사	그러면 아직 동네를 뜨지를 않았군. 여보게, 자네 뚝배기눈 크게 뜨고 하나 한 알 빠뜨리지 말고 잘 보고서 일러주게
뺑덕어미	보였소
심봉사	보이는가?
뺑덕어미	황톳길 고개 우에 보였소, 나왔소
심봉사	무엇이
뺑덕어미	대궁이 하나, 대궁이 둘 셋 넷

심봉사	기 뉘기여
뺑덕어미	아따 양반두, 먼 데서 누군 줄 알아보겠소, 그저 사람들이 줄줄이 넘어오는군
심봉사	내 딸 청이 보이는가?
뺑덕어미	분홍 저고리에 남색 치마 입은 저게 청인가?
심봉사	분홍 저고리에 남색 치마라, 잘 봐주게
뺑덕어미	잘 봐두 더 잘 보이지는 않소만 차츰 이리로 오는군
심봉사	그래서?
뺑덕어미	동네 사람들이 청일 배웅하러 오는 모양이오, 저것이 멀리서 보니 청이 같기도 하고 멀리서 보니 아닌 것 같기도 하고
심봉사	그래 긴가 아닌가?
뺑덕어미	기요 기요 긴가보오
심봉사	아이구 내 청아
뺑덕어미	맞소 맞소 분홍 저고리 남치마에 시집가는 색시처럼 사뿐사뿐 스적스적 고갯마루 넘어서 백사장으루 청일시 분명하오
심봉사	아이구 내 딸아
뺑덕어미	오라 머릿수건 질끈 동인 저들은 뱃사람들이로군 하나 둘 셋 넷 청이를 둘러싸고 백사장에 이르렀소
심봉사	아이구 내 하늘이야, 그래서 어찌 되오?
뺑덕어미	배웅 나온 마을 사람 아주머니 할머니 오라버니 아저씨 손목 잡고 머리 숙여 신세 많소 잘 있소 잘 가오 몸 성히

갈라지는 대목이오

심봉사 아이구 내 팔자야

뺑덕어미 이때 저것 보소 키는 훤칠하고 어깨는 나긋나긋 버들허리가 잘룩한 여자 하나가 청을 어루만지며 달래는데 눈썹은 구름이요 눈알은 명월이요 입술은 앵두꽃에 진주알 이빨이 조르르한 입을 방긋거리며 청을 타이르는가 본데 이는 필시 선녀로군

심봉사 그게 뉘기여?

뺑덕어미 봉사 어른, 그도 짐작 못 하겠소?

심봉사 내가 웬걸 알아맞힐쏜가

뺑덕어미 뉘기는 뉘기여 천상선녀가 도화동 이 마을에 잠깐 몸을 빌려 태어난 뺑덕어미 이 몸이지

심봉사 빨리 그렇게 말하면 될 것을 가지고, 임자 용색이사 내 모르는 바 아니지만 일은 앞뒤가 있는 법, 지금 이 마당에 자네 용색 자랑일랑 빼게

뺑덕어미 알았소

심봉사 그래서 어쩌는가?

뺑덕어미 (내려다보면서) 뺑덕어미가 갖은 말로 타이르는 모양이니 청이 저것 보소 머리 숙여 인사하며 앞 못 보는 우리 부친 아주머니 같은 요조숙녀에게 맡기고 떠나니 아무 염려 없겠노라며 마침내 백사장에 앉아 나부죽이 절을 올리는구려

심봉사 뉘한테

뺑덕어미	그야 나한테지
심봉사	그러고는?
뺑덕어미	청이 마침내 일어서는구나 사뿐사뿐 걸어서 남경 배로 올라가니 잘 가오 잘 있소 진정 마지막이로다
심봉사	아이구 나 죽는다
뺑덕어미	돛대마저 올려라 지국총 지국총 노 저어라 배는 물가를 떠나는구나
심봉사	아이구 청아
뺑덕어미	아득할손 큰 바다 푸른 물을 가르며 돛대는 차츰차츰 멀어지는데 청이는 뱃전에서 마을 사람들은 물가에서 끊어지는 인연을 부여잡고 몸부림을 치는구나
심봉사	못 하리로다 못 하리로다 (벼랑으로 내달으려고 한다)
뺑덕어미	(붙들며) 마침내 돛대는 아니 뵈고 백구만 훨훨 도화동 바닷가에 날 저문다—— 아, 이렇게 벌써 보름 전에 끝난 일이 아니요? 어떠시우 속이 좀 풀리시우?
심봉사	(풀썩 주저앉으며, 고개를 푹 떨구면서) 불러본들 다시 오랴 안 듣기만 못하구나
뺑덕어미	뉘 아니라오 그러니 인제 공양미도 바쳤겠다 이 도화동에 무슨 미련이 있으시우
심봉사	공양미를—— (머뭇거린다)
뺑덕어미	부처님 앞에 공양미 3백 석을 바치면 눈이 떠진다고는 하나 그 말을 어찌 믿겠소? 그러니 3백 석 한 무더기로 바칠 게 아니라 1백50석만 바치면 눈 하나는 뜰 것이 아

	니오, 내사 봉사어른 눈 보고 모시려는 몸이 아니니 나만 좋으면 외눈인들 어떠하오?
심봉사	자네가 가히 제갈공명 뺨치겠고 왕소군이 울고 가겠소
뺑덕어미	내 말이 그 말이오 그러니 봉사님은 이 몸만 척 믿고 지내시오, 사정 모르는 동네 사람들이 딸이 대국 청루에 몸을 팔아 얻은 공양미 3백 석을 가로챈다 이러쿵저러쿵 입방아를 찧어싸니 천지가 황주 도화동뿐이 아닌데 이놈의 고장 훨훨 떠나 봉사님과 이 뺑덕어미 한 쌍 원앙되어 돈 있으면 고향이요 대처 찾아 자리 잡고 1백50석 밑천으로 색주가나 차리고 보면 이 몸의 화용월태 뭇 나비들이 여름 부나비 불을 쫓아 모이듯 모여들 게 아니오
심봉사	색주가나 원수련가, 색주가에 딸 판 놈이 색주가로 밥 먹자니
뺑덕어미	마오마오 봉사님 편한 소리 마오 재주가 공명이요 기운이 장비로되 남창여수 이 세월에 여자 몸을 타고나니 하늘만이 아는 씨앗 그 어디다 꽃피울꼬 색주가 타박 마오 청이로 말하면 대국나라 색주가 고대광실 높은 집에 분단장을 고이 하고 밤마다 저녁마다 풍류 남자 맞고예니 도화동 이 구석에서 비렁뱅이 한평생에 비할 건가?
심봉사	그럴까
뺑덕어미	더 이를 말씀이오, 그러다가 운만 트이면 고관대작 눈에 들어 부귀영화 누릴 텐데
심봉사	그럴까

뺑덕어미	제가 효도를 하여 이름이 천추에 남겠다 몸이 호강하여 팔자 혁파 이룩하니 이 아니 곱빼기 효도요?
심봉사	듣고 보니 과연 그렇군
뺑덕어미	아무렴요 저는 효도하고 봉사님과 이 뺑덕어미는 세상 사람 손가락질을 받게 됐으니, 이게 어버이 사랑이 아니 겠소
심봉사	암마, 제가 이름 내기만 하면 내사 아무렴 어떤가
뺑덕어미	게다가 호강하고
심봉사	제가 호강하면 내사 아무렴 어떤가
뺑덕어미	공양미도 반은 바쳤겠다
심봉사	저만 모르고 갔으면 한 눈만 뜨면 어떤가
뺑덕어미	마음도 크옵시고 의기도 좋을시고, 어화둥둥 그래야 우리 서방님이시지 자 인제 갑시다
심봉사	자네 풀이를 들으니 그믐밤에 십오야 달을 본 듯 내 마음이 환해졌네, 자 가보세, 살면 고향이겠지
뺑덕어미	잘 간직하셨소 (심봉사 허리에 찬 전대를 만지려고 한다)
심봉사	(황급히 물리치며) 허, 부부는 한몸이나, 재물 간수는 가장이 해야 집안 체통이 서지, 자네는 마음 푹 놓게
뺑덕어미	말씀 잘하셨소 부부는 한몸이라, (혼잣소리로) 근자에 보니 봉사님 밤에 기운 쓰시는 일이 전에 없이 허술하니 극락 세상 가실 때가 멀지 않은 것 같으니 그 돈이 갈 데 있겠나?
심봉사	무슨 말을 혼자 하는가?

뺑덕어미 아니요 내 말이 효자 딸 삼고 열녀를 아내 삼았으니 당신 팔자가 과연 용띠를 둘렀다 했소

심봉사 허허 그 말 한번 좋을시고 우리 청이 효녀 되고 우리 뺑덕어미 열녀 되고 이내 몸이야 딸 마누라 위해 천하 잡놈 된다 한들 내 어찌 마달쏜가 부모의 큰 은혜야 하늘이 따를쏜가 바다인들 채울쏜가 자 도화동 저 바다야 (바다를 내려다보면서) 잘 있거라, 부모 된 가시밭길 이 몸은 떠나간다

뺑덕어미 봉사님이 과연 천하호걸이요 자 어서 떠나갑시다

두 사람 너울너울 춤을 추면서

사라진다

두 사람이 없어진

무대에

바닷물이

철썩철썩

파도치는 소리

가득히

캄 캄한 무대
  물결 소리

바닷물이 철썩철썩

파도치는 소리

흐릿한 불빛

차츰 밝게

드러나는 용궁의 한 방

산호빛 기둥

푸른 기와

구슬발이 걸리고

산호나무가

여기저기 놓이고

구슬발 속은 보이지 않는데

기둥에는

용이 휘감고 올라간

장식이 새겨졌고

바닷물은

멀리서

자장가처럼

철썩

철썩

매파 나온다

중국옷 입은

늙은 여자

발 안의 동정에

마음을 쓰면서

무대 위쪽을

바라보며

누군가를

기다리고 있다

죽은 듯이

조용한 발 안쪽과

무대 위쪽을

번갈아 살피면서

작은 발의 매파

서성거리면서

기다린다

바닷물은

철썩

철썩

파도치는 소리

멀리서

손님 나온다

뚱뚱한

중국옷 입은 남자

매파, 굽실거리면서

매파   어서 옵쇼

손님	(두리번거리면서) 음
매파	어서 옵쇼 나으리
손님	음
매파	신수가 좋으십니다
손님	자네 신수만 할라구?
매파	원 나으리두, 이 할망구야 나으리들 좋은 일, 저것들 (발 안쪽을 가리키며) 좋은 일, 남 좋은 일 거들다 마는 걸입쇼
손님	그래……
매파	네?
손님	그래, 꽃은 (발 안쪽을 턱짓하며) 좋은가?
매파	네, 네, 이번 꽃은 예사 꽃이 아닌걸요
손님	무릉도원 양지 쪽에서 모종해왔는가?
매파	왜 아닙니까? 저 바다 건너에서 온 꽃인뎁쇼
손님	바다 건너?
매파	조선서 온 꽃이에요
손님	조선?
매파	네, 네, 조선나라 도화동 포구에 고이고이 피어 있던 한 떨기 해당화, 눈덩이 같은 해당화꽃이랍니다
손님	그래?
매파	게다가……
손님	응?
매파	게다가 나으리가 처음 꺾으실 꽃입죠

손님	이 집 와서 처음 손님이 나란 말이군
매파	<u>으흐흐</u>
손님	?
매파	그게 아니지요
손님	?
매파	저렇게 어두우실까?
손님	웬 수다는……
매파	나으리가, 맨, 처음
손님	?
매파	저 꽃이 이 세상 햇빛 본 다음 맨 처음 꺾게 되신다, 이 말씀이에요
손님	정말인가?
매파	정말이다마다요
손님	바다 건너, 조선서 온 꽃이란 말이지
매파	암요
손님	그런 꽃이 요새 많이 오는 모양이지?
매파	어딜요, 많이 오기는요, 어쩌다 가끔가끔 들어오는 상품입죠
손님	(흥분해서 흘금거리면서) 그래?
매파	그러니까 나으리, 이건 보통 꽃하구는 값이 다릅죠, 지난번 조선 다니는 장삿배에서 데리고 온 꽃인데, 거기서는 굶기는 해도 좀체로 먼 데로 오겠다는 꽃이 없는가 봅디다, 그런데, 이 꽃은 제 애비 병이 낫는다든가, 빚

	을 졌다든가 뭐 그런 까닭이 있어서 할 수 없이 팔려온 것이라는군요, 뱃사람들이 좀 호된 값을 불렀다구요
손님	얼마에?
매파	한번 맞춰보세요
손님	글쎄, ……백 냥?
매파	아이구 부처님 맙소사, 나무아미타불
손님	2백 냥
매파	공자님이 기절하시겠네
손님	3백 냥?
매파	도척이 몸살 나겠네
손님	4백 냥?
매파	(고개를 젓는다)
손님	얼마를?
매파	천 냥
손님	천 냥?
매파	꼭꼭 다진 천 냥
손님	천 냥짜리 꽃이라
매파	천 냥짜리 꽃을 처음 꺾으시니 톡톡히 내셔야지요
손님	(주머니에서 돈을 꺼내준다)
매파	(받아서 헤아려보고) 나으리 이 할망구 소리를 헛들으셨군
손님	갑절을 줬는데
매파	(팔짱을 끼고 돌아선다)

손님	(다시 주머니에서 돈을 꺼내 얹어준다)
매파	(받아보고 한 번 더 돌아선다)
손님	(잠시 매파를 쳐다보다가, 또 얹어준다)
매파	(헤아려보고 벌쭉 웃으면서) 다른 손님 같다면야…… 쯧쯧 마음이 비단결처럼 물러났으니 내가 이 나이까지 팔자가 피지 않지
손님	자 (발 안쪽을 바라본다)
매파	그런데 (돈을 챙겨넣으면서) 나으리
손님	응
매파	이 꽃은 첫 꽃이니까, 갓난애기 다루듯 해야 합니다
손님	(웃으며) 암
매파	천 냥짜리 꽃이우 살살 조심조심
손님	응
매파	내 밑천 다 든 꽃이우
손님	알았다니깐
매파	이리 오시우

매파, 손님을 이끌어 발 쪽으로 간다. 발을 들치고 손님을 밀어넣는다. 매파 귀를 기울인다. 안에서는 아무 소리도 안 난다. 매파, 발소리를 죽이고 오락가락한다. 가끔 안의 기척에 귀를 기울인다. 발 속에 닫힌 둥근 창문에 갑자기 비치는 용의 그림자, 드높아지는 파도 소리, 바위에 부딪히는 물결 소리, 그러자, 물결 소리 사이로 들리는 여자의 신음

소리, 바닷물 소리는 점점 드높게, 거칠어지고, 신음 소리는 깊은 바다 밑으로 들려오듯, 흐느끼며, 끊어졌다 이어졌다 불빛이 어두워지고 창문에 비친 용의 그림자만 뚜렷이 아가리를 벌리고 뿔을 흔들며 꿈틀거린다. 바다를 밀어붙이는 바람 소리, 비구름이 쏟아붓는 세찬 물소리 번개가 치며 찢어지는 듯한 여자의 외마디

소리   악──!

차츰 어두워지는 빛 속에 힘이 사그라지는 용, 비바람 소리와 바닷물결 소리도 따라서 사그라지면서 마침내 아무 소리도 아무 빛도 없는 조용하고 캄캄한 무대

사이

흐릿한 불빛이 들어오는 창 안, 어슴푸레해지는 발, 차츰 밝아지는 불빛 속에 발을 헤치고 나오는 손님, 매파 나와서 맞는다

매파   (손님을 쳐다본다)
손님   (머리를 끄덕인다)
매파   (웃는다)

매파와 손님 나간다

매파 돌아온다

발을 헤치고 들어간다

문을 연다

침대에 누워 있는

심청

용궁의 궁녀 같은 옷이

널려 있고

산호침대 위에

짓밟힌 해당화 무더기처럼

쓰러져 있는

심청

아득히

바닷물이

철썩

철썩

파도치는

소리

차츰

어두워지는 무대

마침내 아주 캄캄하게

차츰 밝아지는 무대
드러나는 용궁

멀리서
바닷물이
철썩철썩
파도치는 소리

쥐 죽은 듯이
소리 없는, 발 너머
방 속
매파 나온다
발 너머 방 쪽과
무대 윗머리를
번갈아보면서
기다리는 매파
키 큰 손님 나온다
손님 돈을 준다
매파 도리질한다
손님 돈을 더 얹는다
매파 도리질을 한다
첫번째 손님에게
한 말을
되풀이하는데

다만,
입만 벙긋거릴 뿐
말소리는 내지 않는다
마치
유리 너머에서
이야기하는
사람들을 보는 것 같은
벙어리 무대
마침내
흥정이 되어
손님, 방 안으로 들어간다
방문에 비치는
용의 그림자
비바람 소리
거칠어지는
물결
번개
바위를 짓부수는
물결 소리
천둥
꿈틀거리며
솟아오르고
으르렁거리는

용의 그림자

차츰

잦아드는

물소리

마침내

멎는 비바람 천둥

사라지는 용

사이

일어나는

사내의 그림자

발을 헤치고

나오는 남자

맞는 매파

서로 쳐다보고

끄덕이는 두 사람

아득히

바닷물이

철썩

철썩

파도치는

소리

어두워지는 무대

마침내

아주 캄캄하게

어 둠
　　멀리서
아득히
바닷물이
철썩철썩
파도치는 소리
차츰
밝아지는 무대
드러나는 용궁
쥐 죽은 듯이
소리 없는
발 너머,
방 속
매파
두리번거리면서
나온다
두 소매를 마주 끼고
발 너머 방 속과
무대 윗머리를
번갈아보면서
기다리는 매파

서성거린다, 이번에는
키 작은 난쟁이 손님이
나온다
난쟁이 손님 돈을 준다
매파 도리질을 한다
난쟁이 손님 돈을
더 얹는다
매파 도리질을 한다
두번째 손님에게
한 말을
되풀이하는데
다만,
입만 벙긋거리고
손짓만 보일 뿐
말소리는 들리지 않는다
마치
앞산 밭머리에서 만나
이야기하는
두 사람의 이야기를
건너다볼 때처럼
벙어리 무대
그러다가
흥정이 되었는지

매파, 끄덕이며
돈을 챙겨넣고
손님을 이끌어
발 속으로 밀어넣고
나간다
방에 들어가는 손님
손님의 모습은
사라지고
창문 가득히
비쳐나는
용의 그림자
비바람 소리
스산해지는 물결
번개가 치고
바닷물을 뒤집으며
내닫는 용
천둥
꿈틀거리면서
솟아오르고
으르렁거리며
뿔을 흔들어
아가리를 벌리며
헐떡이는

용의 그림자

차츰

잦아드는

물소리

마침내

멎어가는

비바람 천둥

사라져가는 용

긴, 오랜,

사람이 죽었다

깨어나는

사이

일어나는

미역처럼

일어나는 난쟁이 손님

일어나서

침대를 내려 옷을 걸치고

발을 헤치고

나오는 난쟁이 손님

맞는 매파

서로 쳐다보고

끄덕이는 두 사람

아득히

바닷물이

철썩

철썩

파도치는

소리

어두워지는 무대

마침내

아주

캄캄하게

이처럼

꼭 같은 장면이

손님만 바꿔서

여러 번 되풀이된다

그때마다

움직임들이 빨라져서

마지막에는

불빛이

켜졌다 꺼졌다 하는

무대 위에서

손님, 매파

심청, 용들이

떠올랐다 사라졌다

움직임들이

앞뒤 없이

이어졌다 떨어졌다 하고

마침내는

모든 손님이

다시 나와

무대 위를 인형처럼

천천히 움직이면

조명이

함부로 여기저기를

비치고 돌아가면서 일어난 일의 순서가

허물어져버린

인형극의 춤 대목처럼

번쩍껌벅

움직움직

사람과

그림자와

바닷물 소리와

천둥과

산호와

신음 소리가

엇갈리는

야릇한

무대가 된다

모든 움직임

소리

빛이

사라지고

캄캄해지는

무대

아득히

바닷물이

철썩

철썩

파도치는

소리만

갑자기

어둠 속에서

나오는

심청의

깊은

한숨 소리

환 하게
햇빛이

화창한 용궁루

심청

구슬발을 헤치고

나온다

환한 얼굴

옷을 매만지고

머리에도

손이 간다

아득히 봄의

바닷물이

철썩

철썩

파도치는 소리

끼룩끼룩 갈매기 소리

심청

무대 위쪽을 바라보며

기다리는 시늉

매파 나온다

심청을 둘러본다

매파   아이 이쁘기두 하다
바다 건너 조선 나라에
꽃자리 하나 비겠구나

심청   (조금 부끄러워한다)

매파   오늘이
        인삼 장수 김서방이
        오는 날이지

심청   (끄덕인다)

매파   만리타향에서 제 나라 사람 만나니 그럴 테지, 게다가 김서방은 맘씨 착하고, 돈 깨끗하고, 암, 돈끝이 깨끗해야지, 돈만 참하게 쓰면야, 난 아무 말도 안 해, 어때 네가 처음 와서는 염라국에서 온 것처럼 밥도 안 먹고, 잠도 안 자고 했지만, 살아보니 용궁이지?

심청   (가만 있는다)

매파   처음에는 다 그렇지, 사람 사는 일이 사람이면 다 하는 법이야, 아 배곯고 사는 것보다야 비단옷 입고, 구슬발 쳐놓은 방에서 사내들 귀염 받으면서 사는 게 좋지, 참말, 여기가 용궁이지

심청   ……

매파   그때 네가 바다에 달려나가 물에 뛰어들었을 때 죽었어봐, 물고기 밥이나 됐지, 별수 있어? 그 때문에 네가 석 달이나 앓아눕는 바람에 나는 폭삭 망하지 않았니? 그래도 나같이 착한 주인을 만났으니 네 약값 대느라구 5백 냥이나 빚까지 얻어 너를 살리지 않았니. 그 생각을 해서라두 불나게 벌어야지, 암, 김서방이든 왕서방이든 돈만 깨끗이 쓰면야 나는 아무 말도 않지, 게다가 네가

심청	한나라 사람이어서 정까지 간다면야, 난 암말도 안 하구 말구, 그 사람두 바쁜 사람이니 많이는 그만두구 그저 이틀에 세 번씩만 오게 해다오
심청	……
매파	쇠는 단김에 치랬어, 남자란 마음에 있어 할 때 우려내야 해
심청	……
매파	쓸데없다, 젊었을 때 한밑천 잡아야지, 나이 들면 웅덩이 피하듯 곁에 오는 놈이 없어…… 그래서 네 빚두 갚아야지
심청	……
매파	오는 모양이군

인삼 장수 김서방 나온다
조선옷 차림의
착실해 보이는
젊은이

매파	김서방 어서 와요, 어서 와요 잘 모셔라

매파 나간다

김서방	청이

달아 달아 밝은 달아

심청	서방님

두 사람
손을 잡고 마주 본다

김서방	보고 싶었어
심청	저두요
김서방	마음 같아서는 매일이라두 오고 싶지만
심청	아니에요, 그러심 안 돼요, 서방님 일이 잘돼야지요
김서방	잘될 것 같소 청이, 한 번만 더 남쪽으로 다녀오면 돌아가서 갚을 돈을 빼고도 고향에 가서 부럽잖게 살 밑천을 잡을 것 같소
심청	잘되셨군요
김서방	그렇소, 관가에서 꾸어주는 돈을 가지고 인삼을 사가지고 와서 한밑천 잡으려다가 이곳 못된 놈들한테 속아서 깡그리 날리고 나서는, 아무리 기를 써도 남의 말 쓰는 남의 나라에서 일어설 길이 없어 한 잔 두 잔 배운 술이 에에라 다 그른 이 팔자 한 냥 벌어 술이고 두 냥 벌어 덧없는 하룻밤 풋사랑에 날리다가 이곳 용궁루에서 고향 바닷가에 시름처럼 핀 해당화꽃 같은 청이를 만난 다음부터는 마음 고쳐먹고 묵은 뿌리에서 순을 보고 호랑이 굴에서 범새끼를 잡을 양으로 밤낮으로 장사에 힘을 썼더니 차츰 목돈이 손에 잡혀서 이제는 고향에 돌아가서

	관가에 빚 갚을 돈이 마련이 됐는데 청이 몸값을 대기에 아직 모자라는군
심청	너무 애쓰지 마세요, 나는 어버이 극락왕생 위해 이렇게 팔려온 몸, 서방님 같은 분을 만나 짧은 한때나마 이렇게 정을 나누어 이것으로 족합니다
김서방	무슨 소리, 청이 같은 착한 사람을 한시라도 빨리 여기서 빼어내서 고향으로 돌아가 아버님 앞에서 백년가약을 맺으면 그 아니 기뻐하시겠소
심청	백년가약을
김서방	아무렴
심청	정말 그렇게 될까요?
김서방	정말이나마나 내가 한 걸음만 더 다녀오면 다 소원대로 되는 일이니 괴롭더라도 조금만 더 참아주오
심청	기다릴 사람이 있는 나날이라면 백년인들 못 참겠습니까?
김서방	백년이라니, 또 그런 소릴, 자, 여기 서 있지 말구 우리 들어가십시다
심청	네, 참 내가 너무 기뻐서

두 사람 정답게 발을 헤치고 들어간다. 문을 열고 방에 드는 두 사람, 매파, 술을 쟁반에 받쳐들고 나와 두 사람에게 가져간다. 매파 나와서 이번에는 과일을 담아 가져간다. 매파가 나간 다음, 손을 잡는 두 사람의 그림자, 그림자 없어

지고 무대 다른 곳의 조명이 꺼지면서 두 사람의 그림자 대신, 창문에 비치는 갈매기 두 마리의 그림자

먼 데서

철썩

철썩

봄 바다

물결치는 소리

끼룩끼룩 갈매기 울음소리

갈매기가 날개를 치는

가볍고 부드러운 소리

물결 소리와

갈매기 울음소리와

갈매기 날개 치는 소리가

한참씩 사이를 두고

끊어지듯

이어지는 속에

우련한 달빛이 번지면서

노랫소리

달아 달아

밝은 달아

이태백이 놀던 달아

저기 저기

저 달 속에
계수나무 박혔으니
은도끼로 찍어내고
금도끼로 다듬어서
초가삼간 집을 짓고
양친 부모 모셔다가
천년만년 살고지고

바닷물결이
철썩철썩
봄 저녁을
적시는 소리와
끼룩끼룩
날개를 부딪치는
갈매기 울음소리가
노랫소리와
주거니 받거니 하면서
호젓이 잦아드는
용궁의 저녁

바 닷가
돛단배가
바로 앞에 보이고

손을 잡고 헤어지는

심청이와 김서방

사람들이

두 사람을 스치고

분주하게 오고 간다

바닷물이

철썩

철썩

그들 발밑에서

물결치고

사람들이

떠드는 소리

노 젓는 소리

수레가 지나는 소리

김서방 참 잘됐소

당신 몸값을 치르고 나니

또 한 걱정이

당신을 어디다

맡겨두고 갈까 걱정이었는데

마침 이 배가

조선 간다 하니

이 아니 잘되었소

	한 발 먼저 가서
	그리운 아버님
	만나뵈시오
	나는 인제
	시름 놓고
	한 걸음만 더 갔다 오면
	관가 빚 갚고 남을
	한밑천 두둑이 꾸려가지고
	뒤따라가리다
심청	이 몸이 가위눌려 살던
	자리에서 빠져나와
	이렇게 어버이 만나는
	배를 타니 이보다 기쁜 일이 없건만, 서방님 여월
	생각을 하니 발이 떨어지지 않습니다
김서방	나도 마음이야 다를 까닭이 있겠소, 그러나 이보다 더
	좋은 편이 어디 있겠소
심청	(끄덕인다)
김서방	그리구 이건 (품속에서 꺼내) 나 본 듯이 지니시오
심청	(받아들며) 거울
김서방	귀한 물건이오
심청	(거울을 품는다)

손님들 타시오

배 떠납니다

배에서 외치는 소리

두 사람

손을 마주 잡고

서 있는다

김서방이

심청을

살며시

등을 민다

심청

돌아보며 돌아보며

배에 오른다

사람들이

서로 부르고

받는 소리

배 닻을 올린다

배 움직인다

손을 흔드는 심청

손을 흔드는 김서방

 질 무렵
시뻘건 노을
왁자지껄한 소리

배가 닻을 내리는 기척

그 사이로 바닷물이

철썩철썩

물결치는 소리

해적 떼가

그들 소굴에

돌아온 것이다

해적 하나가

궤짝을 메고

무대를 가로질러간다

다른 해적이

외치면서 지나간다

창칼을 든

해적 두서넛이

무대를 가로질러간다

해적 하나가

반대쪽에서 나오면서

돌아오는 해적에게

해적 1   야 굉장하구나
해적 2   응, 조선 가는 배를 털었지
해적 1   큰 배였던 모양이지
해적 2   그래 큰 장삿배야, 갖은 그릇이며, 약이며, 종이며, 게

다가 돈꾸러미까지 모두 빼앗았지

해적 2, 바삐 지나간다
그사이에도
여러 해적이
훔친 물건을 메고 부산하게 지나간다
해적 3, 심청을 끌고 나온다

해적 1	야, 이건 뭐냐
해적 3	보면 몰라
해적 1	여자 아냐
해적 3	여자 처음 보는 놈 같군
해적 1	이것도 그 배에서 나왔나
해적 3	응, 조선년이라는군
해적 1	조선년
	(심청을 만지려 한다)
해적 3	저리 비켜, 점고 받으러 가는 길이야

해적 3, 심청을 끌고
지나간다
해적들이 이어
짐을 나른다

한 낮 큰 부엌

심청,
누더기를 걸치고
맨발로
절구를 찧고 있다
해적 4, 지나가다가
문득 멈췄다가
심청의 손목을
잡아,
부엌간으로
들어간다
부엌 창호지에
비치는 그림자
큰 용의 그림자
창호지 캄캄해지고
바닷물이
철썩철썩
물결치는 소리
사이
이윽고
불이 다시 비친 창호지
일어나는

해적

누워 있는 심청
이때 심청은
인형을 쓴다
해적 인형을 발로
걷어차고
일어선다
인형, 벽에
부딪혔다가
바닥에 떨어진다
해적, 문을 열고 나와
가던 쪽으로 사라진다
인형 일어선다
문을 열고
심청
흩어진 머리
풀어진 옷매무새를 한 채
걸어나와
절구로 가서
찧는다

심청 빨래를
하고 있다
다른 해적이
지나가다가
흘긋
심청을 쳐다보고는
허리를 안고
부엌간으로
들어간다
심청은
내맡긴 몸으로
그저 들려간다
창호지에
불이 들어온다
아가리를 벌린
용의 그림자
불이 나간다
바닷물이
철썩철썩
물결치는 소리
오래
이윽고

창호지에
불이 들어온다
일어서는 해적
일어서면서
심청을 걷어찬다
벽에 부딪혔다가
바닥에 떨어지는 인형
해적이 나온다
방 안에서
일어서는 인형
문을 열고
심청
나온다
풀어진 머리
흩어진 매무새에
아랑곳없이
걸어나와
빨래하던 데로 와서
집어들고
빨래를 한다

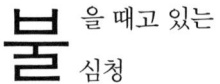
불을 때고 있는 심청

누더기에

맨발

해적 지나가다가

잠깐

망설인 끝에

심청의

머리채를

끌고

부엌간으로

들어간다

불이 들어오는 창호지

용의 그림자

인형을

덮치는

용의 그림자

불이 나간다

바닷물이

철썩철썩

물결치는 소리

사이

이윽고

불이 켜진다

일어서는 해적

누워 있는 인형

인형의 팔은

뻣뻣하게 위로 올려져 있고

일어서면서

인형을 걷어차는

해적

벽에 부딪혔다가

바닥에 떨어지는

인형

문을 열고

해적 나와서

제 갈 길을 간다

일어서는

인형

문을 열고 나오는

심청

흐트러진

매무새대로

아궁이로 와서

나무를 지피는

심청

어두워지는 무대

빨간

아궁이

거기

머리를 들이밀며

불을 보는

심청

차츰

어두워지는 불빛

캄캄한 무대

새벽
어둑어둑한 무대

심청, 아궁이에 불을 때고 있다

왁자지껄한 소리

해적들 부산하게

이리저리 뛰어다닌다

해적 5	빨리 빨리
해적 6	어디로 간다는 거야
해적 5	조선하고 싸움이 붙었는데 우리도 청부를 맡았대
해적 6	청부를?
해적 5	버젓이 도둑질을 하구 사람을 죽이면 그게 충성이 된다는 거야
해적 6	히야, 세상 한번 잘 만났다

해적 5   누이 좋구 매부 좋구

문득
심청을 보고

해적 5   응, 너도 태우고 가자
해적 6   그렇군
해적 5   한동안 돌아오지 않게 되는데 두고 가서야 되나

심청의 손목을 끌고
사라진다
떠드는 소리
차츰
멀어진다

무 대 여기저기에 불탄 장승들
　　커다란 숯덩이를 세워놓듯 서 있다
장승에는 사람의 머리며 팔다리
넝마나 빨래를 널어놓듯 걸려 있다
그 발치에 피난민들이
옹기중기 앉아도 있고 누워도 있고
어떤 사람은 무언가 먹고 있다
심청 나온다

　　　　남루한 옷에
　　　　보따리를 끼고 있다
　　　　서서 돌아본다
　　　　한옆에 앉는다
　　　　옆에 앉은 아낙네가 자리를
　　　　좀 비켜준다

아낙네　색시는 어딜 가우
심청　　네 황해도 도화동으로 갑니다
아낙네　어휴 도화동
심청　　네
아낙네　거긴 도적들이 안 갔나
심청　　몰라요
아낙네　(고개를 흔들며) 이 세월이 언제까지 이럴 참인지 (구부
　　　　리고 눕는다)

　　　　그러는 동안에도
　　　　쉬던 사람들이
　　　　일어서서 가기도 하고
　　　　사람들이 와서
　　　　쉬는 무리에
　　　　끼어들기도 한다
　　　　죄인을 실은 수레 나온다

사람들 술렁댄다

사람들　장군이시다

수레 앞으로 몰려가는 사람들

사람들　아이고 장군
　　　　아이고 장군
포졸들　물렀거라
사람들　아이고 장군
　　　　아이고 장군
포졸들　물러서라
　　　　나라의 죄인이다
　　　　죄인 호송을 방해하면
　　　　어떻게 되는지 알지

사람들 물러서서
수군거리다가
그중 늙은이 하나가
나선다

늙은이　나으리들
포교　　왜 그러느냐

늙은이	수고가 많으십니다
포교	오냐
늙은이	다름 아니오라 저희들 소원을 들어주시오
포교	소원?
늙은이	네
포교	무어냐?
늙은이	다름 아니오라 저 수레에 타신 어른께 우리가 음식을 좀 드리고 싶소이다
포교	음식?
늙은이	네
포교	죄인은 길을 가면서 배 터지도록 먹인다 너희들이 웬 걱정이냐?
이순신	(수레의 나무창살 사이로 손을 내어저으면서) 고맙소 이 사람은 배불리 먹었으니 내 염렬랑 말고 당신들 양식일 랑 아끼시오
늙은이	장군 그러하오나

　　　　저희들 성의를
　　　　생각하시고
　　　　받아주옵시오

　　　　포졸 하나가
　　　　포교의 귀에 대고
　　　　소곤거린다
　　　　포교 끄덕인다

포교　　오냐
　　　　너희들 소원이
　　　　정 그렇다면
　　　　들어주마

　　　　포졸이 손짓한다
　　　　사람들 저마다
　　　　포교의 발 앞에
　　　　음식을 갖다놓는다

포교　　온갖 음식
　　　　옷가지
　　　　담배
　　　　용돈

아무것이나
무엇이나
다 좋다
너희들 소원껏
다 가져오너라

심청
보따리에서
무엇인지 꺼내서
사람들 틈으로 내놓는다
장군 창살 틈으로
팔을 내저으나
아무도 주의하지 않는다

포교   자 되었다

포졸들
큰 자루에다
사람들의 선물을
쏟아넣는다

포교   너희들 뜻이 갸륵하다
          죄인은

더 배불리 먹고
더 따뜻이 입고
더 많이 담배 피우고
용돈도 넉넉하리라
자 가자

포졸들
수레를 끌고
빨리 사라진다
사람들 멍하고
그쪽을 보다가

사람들   그런데
저 녀석들이
장군께 바로 대접할지
정말
아이구
누구 좋은 노릇 한 모양이군

사람들이 웅성거린다
총각 하나가
심청의 보따리를 집어들고
슬며시 사라진다

사람들
　　　아까처럼 눕고 앉고
　　　자리를 잡는다

심청　　그런데 아주머니
아낙네　……
심청　　저 어른이 누구예요
아낙네　이장군 아니우
심청　　이장군이 누구예요?
아낙네　아니 이장군이 누구라니, 바다 건너온 도적들을 쳐서 이긴 분이시지 누군 누구야
심청　　바다 건너온 도적들을
아낙네　그럼
심청　　그런데 왜?
　　　저렇게 잡혀가요?
아낙네　그러니까 잡혀가는 게지
심청　　네, 왜요?
아낙네　……?

　　　일어나 앉아
　　　신기한 듯이
　　　심청을 본다
　　　사람들도

여기저기서 옹기중기 일어나

마치 괴물을 보듯

심청을 본다

마침내

가까운 사람부터

멀리 있는 사람까지

가까운 사람은

고개를 돌려

그 옆사람은 절반 일어나고

하는 식으로 피라미드처럼

차츰 키가 높아지며

멀리 있는 사람은

일어서서 심청이 앉은

이쪽을

쳐다본다

마치

난데없는 괴물을 주시하듯

심청 무안해서 고개를 떨구다가

심청   에고머니 내 보따리

사람들 흠칫하다가

　　　　　여기저기서

사람들　에쿠 내 보따리
　　　　　아이쿠 내 보따리도
　　　　　아이고 내 보따리
　　　　　(사람들 일어서서
　　　　　우왕좌왕한다)

해가 지면서
붉은 노을
장승들과 사람들을 비춘다

바닷가
저녁 무렵
심청
한옆에
앉아 있다
머리가 세고
허리는 굽고
할머니가 되고
눈이 먼
심청
아이들 하나둘

나온다

아이 1   심청 할머니 얘기해줘요
아이 2   용궁 다녀온
　　　　얘기해줘요
아이들   네, 네,
　　　　얘기해줘요
　　　　용궁 다녀온
　　　　얘기해줘요
심청　　밤낮 들으면서
아이들　그래도
　　　　해줘요
　　　　네, 네
　　　　해줘요
　　　　얘기, 해줘요
심청　　그래?
　　　　그렇게 듣고 싶어?
아이들　네, 듣고 싶어요
　　　　들어도
　　　　들어도
　　　　듣고 싶어요
심청　　오냐, 오냐
　　　　그럼

	해주지
	너희들이
	듣고 싶다면
	해주구말구
	옛날에
	내가
	용궁에서 살았는데
아이들	용궁이
	어떻게 생겼는데?
심청	용궁에는
	울긋불긋한
	기둥이 있는데
	기둥마다
	용이 새겨지구
아이들	그리구?
심청	산호로 만든
	의자에
	산호로 만든
	책상에
	산호로 만든
	침대에
아이들	그리구?
심청	구슬로 만든

	발에
	금과 은으로 만든
	문이 있지
아이들	그래서?
심청	그래서
	나는
	산호침대에서
	잤지
아이들	그래서?
심청	그랬더니
	여러 나라에서
	돈 많고
	힘센
	왕자들이
	모여들어서
	모두
	나하고
	살고 싶다는 거야
아이들	이렇게 늙었는데?
심청	그때는
	해당화처럼
	이뻤지
아이들	이렇게 장님인데?

심청	그때는
	샛별처럼
	초롱초롱한
	눈이었지
아이들	그래서?
심청	왕자들이
	아무리
	돈을 많이 주고
	졸라도
	나는
	말을 듣지 않았어
아이들	왜?
심청	내가
	좋아하는 사람이 있었으니깐
아이들	그게 누군데?
심청	우리 님이지
아이들	그게 누군데?
심청	키가 훤칠하고
	얼굴은 옥 같구
	눈썹은 반달 같구
	눈은 햇빛 같구
	코는 빚은 송편 같구
	입술은 앵두 같구

	가슴은
	배판 같구
	팔은 노 같구
	발은 소나무 같은
	우리 서방님이지
아이들	그게 누군데?
심청	우리 김서방님이지
아이들	그래서?
심청	그래서
	그런데
	내가
	울었거든
아이들	왜?
심청	우리 아버지가
	보고 싶어서
아이들	아버지가
	어디 있는데
심청	여기지
	황해도
	도화동
	여기지
아이들	그래서?
심청	내가

	우니깐
	우리 서방님이
	나더러
	아버지한테
	가보라고 했지
아이들	그래서?
심청	그러면
	자기가
	뒤따라와서
	아버님 모시고
	천년만년
	살자고
아이들	그래서?
심청	그런데
	내가
	용궁에서
	떠났다는
	말을 듣고
	왕자들이
	나를
	따라왔지
아이들	그래서?
심청	그래서

	왕자들이
	또
	나더러
	같이 살자구
	자꾸자꾸
	졸랐지
아이들	그래서?
심청	나는
	우리 서방님이 있으니깐
	안 된다구 했지
	그래도
	왕자님들은
	자꾸자꾸
	졸랐지
아이들	그래서?
심청	그래서
	마지막에는
	왕자님들두
	내가 기특하다구
	큰 배를 내어
	함께 나를 태우고
	여기
	도화동까지

	나를 실어다
	주었지
아이들	그런데 아버지는 왜 없어?
심청	그런데 (생각하다가 이윽고)
	우리 아버지는
	내가
	오지 않으니깐
	(생각하다가 이윽고)
	용궁으로
	날
	찾으러
	갔지
아이들	그래서?
심청	그래서 (생각하다가 이윽고)
	우리 아버지하고
	우리 서방님하고
	같이 올 거야
아이들	그래서?
심청	그래서 (머뭇거리다가)
	난
	기다리고 있는 거야
아이들	기다리면
	오는 거야?

심청	(힘 있게)
	암
	오구말구
아이들	그래서?
심청	그래서
	기다리는 거야
아이들	그게 다야?
심청	다야
아이들	정말 다야?
심청	정말 다야
아이들	(우르르 일어서면서)
	청청
	미친 청
	청청
	늙은 청

아이들
달아나면서
청청
미친 청
청청
늙은 청
놀리면서

　　　　　달아나는 소리

　　　　　멀어진다

　　　　　홀로 남는

　　　　　심청

심청　　(아이들 소리에 귀를 기울이면서)

　　　　　녀석들

　　　　　거짓말인 줄 알구

　　　　　(알릴락 말락 웃는다)

　　　　　차츰

　　　　　짙어지는

　　　　　어둠

　　　　　이윽고

　　　　　캄캄해지는 무대

　　　　　오랜

　　　　　사이

　　　　　불쑥

　　　　　떠오르는

　　　　　둥근 달

　　　　　그러나

　　　　　멀리서

　　　　　아이들의 노래

달아

달아

밝은 달아

이태백이

놀던 달아

저기저기

저 달 속에

계수나무 박혔으니

은도끼로 찍어내고

금도끼로 다듬어서

초가삼간

집을 짓고

양친 부모 모셔다가

천년만년

살고지고

되풀이되는

노랫소리

얼굴을 드는

심청

귀를 기울인다

바닷물이

철썩철썩

물결치는 소리

심청

품속을 더듬는다

한참 만에

반동강짜리 거울을 꺼내

보이지 않는 눈으로

들여다본다

심청

교태를 지으며

환하게 웃는다

갈보처럼

          ― 막

첫째야 자장자장 둘째야 자장자장

산 길을 가는 세 사람
어머니는 젊고 아이 둘은 꼬마들이다
모퉁이에서 호랑이가 나온다

호랑이   어흥. 네 새끼 한 마리 내놓아라
엄마   여기 있다. 가져가라

엄마, 꼬마 하나를 내준다
호랑이, 꼬마를 잡아먹는다
두 모자, 걸음을 다그쳐 달아난다

한참 가다가 다른 산모퉁이, 호랑이 또 나타난다

첫째야 자장자장 둘째야 자장자장

| 호랑이 | 네 새끼 한 마리 내놔라 |
| 엄마 | 여기 있다. 가져가라 |

엄마, 꼬마 하나를 내준다

호랑이, 꼬마를 씹지도 않고 꿀꺽 삼킨다
엄마, 걸음을 다그쳐 달아난다

호랑이, 식곤증이 나서 잠을 잔다
두 꼬마가 호랑이 아가리를 벌리고 나온다

| 꼬마 1 | 빨리 가자 |
| 꼬마 2 | 응, 빨리 가자 |

꼬마 둘 달아난다
호랑이 침을 흘리며 자고 있다

꼬마 둘 개울을 건너 비탈을 미끄러지면서
엄마를 찾아간다

다람쥐	빨리 가라
	엄마가 저 너머 있다
꼬마 1, 2	고맙다

꼬마들 힘내서 간다

까치 빨리 가라
　　　엄마가 저 너머 간다
꼬마 1, 2 고맙다

꼬마들 힘내서 간다

도토리 빨리 가라
나무　 엄마가 여기를 지나갔다
꼬마 1, 2 고맙다

꼬마들 힘내서 간다

꼬마들 집에 닿는다
마루에 호랑이와 엄마가 앉아 있다
엄마 호랑이를 쳐다보며 웃는다
엄마의 머리가 호랑이가 된다
엄마의 가슴이 호랑이가 된다
엄마 치마 밑으로 긴 꼬리가 나온다
엄마는 호랑이가 됐다
호랑이는 엄마를 만져준다

바자울 너머 숨어서 보던 꼬마 달아난다

호랑이들, 이쪽을 쳐다본다

호랑이들, 어흥 따라온다

꼬마 1   (달아나면서)

　　　　빨리 나무에 올라가서

꼬마 2   하늘에서

꼬마 1   밧줄이 내려와서

꼬마 2   너랑

꼬마 1   나랑

꼬마 2   밧줄을 타고

꼬마 1   하늘로 올라가고

　　　　호랑이는

꼬마 2   썩은 밧줄을 타고

꼬마 1   하늘로 올라오다가

꼬마 2   밧줄이 끊어져서

꼬마 1   뚝 떨어져

꼬마 2   수수깡 찔려 죽고

꼬마 1   엄마는 썩은 밧줄이 내려야 할지

꼬마 2   엄마는 성한 밧줄이 내려야 할지

꼬마 1   네가 말해

꼬마 2   네가 말해

아무도 정하지 못해

네가 말해 네가 말해

나무에 올라가기 전에 정해야 할 일을

네가 말해 네가 말해

서로 정하지 못해

큰 나무가 있어서도

그냥 지나쳐

달리기만 한다

호랑이와 호랑이

어흥어흥 쫓아온다

깊은 산속 오막살이
달 밝은 한밤중

엄마	첫째야
	첫째야
	가위 눌리는구나
꼬마 1	음음
엄마	둘째야
	둘째야
	가위 눌리는구나
꼬마 1, 2	엄마
	엄마

엄마	엄마 예 있다
	엄마 예 있다
꼬마 1, 2	엄마
	엄마
엄마	엄마 예 있다
	엄마 예 있다

      이윽고 방 속은 다시 조용해지고
      마당에 가득한 달빛

한스와 그레텔

극장의 조명들이 모두 꺼지고 닫힌 막 앞 발끝만 희미한 조명 속에 어린이 한스 나온다
"그레텔! 그레텔!" 부르면서 사라지면
뒤따라 그레텔 나오면서 "한스! 한스!
어디 있어?" 부르면서 퇴장한다

X (아직 닫힌 채로인 막 앞으로 선물용으로 포장한 꾸러미 두 개를 들고, 한쪽에서 등장하면서 거기 있는 가상의 문을 열쇠로 연다. 문을 밀고 들어서면서 — 관객 쪽을 향한다) 여기는 감옥입니다. 위치는 말씀드리지 못하겠습니다. 이곳에 수감되어 있는 죄수는 한 사람입니다. 그는 1943년 이후 이곳에 갇혀 있습니다. 거의 30년에 가깝습니다. 1년에 한 번 그의 아내가 면회를 옵니다. 그 밖에 그와

접촉하는 사람은 저뿐입니다. 모든 것을 제가 돌봅니다. 저는 아침마다, 이 건물의 한 방, 제 거실이자 사무실 의자에서 일어섭니다. 문을 열고 복도에 나섭니다. 감방으로 오는 길입니다. 열쇠를 꺼내 중간문을 몇 번이나 열고 지납니다. (무대를 가로질러 무대의 다른 끝에 이르러 다시 관객 쪽을 향해) 마지막 중간문입니다. (열쇠를 꽂아 거기 있는 가상의 문을 열고 들어선 다음 걸어간다—퇴장한다)

막이 오르면
거실이자 작업실
뒤쪽에 큰 쇠창살이 달린 창문
자코메티의 「아침 4시의 궁전」의 느낌을 주는 배경,
그 때문에 보통 가구들이지만 완전히 다른 분위기
한스 보르헤르트 침실 문간에 나타난다
천천히 걸어나와 똑바로 작업대 앞 의자에 앉는다
작업대에서 렌즈를 집어 틀에 끼운다
60세쯤
흰 머리카락, 엄격한, 순수한, 수도자 같은 인상
작업에 열중한다
렌즈를 떼어내 수건으로 닦는다
골똘히 생각에 잠긴다
가끔 고개를 들어 앞을 바라본다

렌즈를 손에 들고

일어선다

렌즈를 닦으며

천천히 걷는다

한 발, 한 발

생각하면서

떼어놓는 느낌

렌즈를 닦는 동작이 곧 생각하는 동작인 듯한

그런 느낌의—

방끝에 가서는 잠시 멈췄다가

천천히 돌아선다

다시 걸어간다

시간이 무한히 많은 사람이

오직 렌즈 만드는 일밖에는

다른 일이 없을 때에 그렇게 할 것 같은 동작, 걸음걸이

무대 중간쯤에서 가끔 멈추기도 한다

그럴 때는 한참 서서 무엇인가 마치 렌즈 속에서 어떤

문제를 해결하려고 애쓰는 듯이 보인다

그러다가 이윽고

다시 걸음을 떼어놓는다

가끔 방 안을 찬찬히

돌아본다

새소리

　　　　　귀를 기울인다

　　　　　철창문을 올려다본다

　　　　　이 방이 이상하게 느껴지는 것은

　　　　　그 창 때문이다

　　　　　유별나게 크다

　　　　　창살은 과장되게 굵다

　　　　　새소리 그친다

　　　　　귀를 기울이는 보르헤르트

　　　　　문간에 기척

　　　　　기계장치가 돌아가는 소리

　　　　　문이 열린다

　　　　　X가 들어선다

　　　　　보르헤르트와 비슷한 나이

　　　　　은퇴한, 악단의 경영자 같은 느낌

　　　　　잠깐 문간에 머문다

　　　　　보르헤르트, 눈길을 들어 맞는다

　　　　　X 걸어와서

X　　　　생일을 축하합니다. 기분은 어떠십니까?

보르헤르트　(잠깐 사이를 두고) 고맙소——, 좋소

X　　　　건강이 제일입니다. (정중하게 앉으면서)……피차에——

보르헤르트　당신도 좋아 보이는군

X　　　　덕분에…… (들고 온 것 중에서) 시갑니다

보르헤르트	고맙소 (렌즈를 닦으면서)
X	불편하신 것이 있으시면
보르헤르트	있소. 여기가 불편하오. 나, 한스 보르헤르트는 국제법과 인도주의의 원칙에 입각하여 다음과 같이 요구하오. 나를 즉시 석방하시오. 나를 공개재판에 넘겨주시오
X	(사이. 이윽고 감개무량하게) 30년 동안 당신의 생일마다 주고받아온 말이지만 언제나 새롭군요. 당신이 그렇게 말하면 나는 언제나(공식적인 어조로 바뀌면서)…… 그렇게 상부에 보고하겠습니다…… 이렇게 대답해왔지요— 30년 동안…… 그러나(자세를 고치면서)…… 그러나 오늘은 그렇지 않습니다
보르헤르트	(쳐다본다)
X	오늘은. 이렇습니다. —귀하의 석방 요구에 대하여 상부는 진지한 관심을 표명하는 바입니다. 상부가 제의하는 조건을 귀하가 받아들인다면, 상부는 귀하의 석방을 진지하게 고려할 용의가 있습니다
보르헤르트	(일어선다) —석방을 —고려한다—
X	그렇습니다
보르헤르트	(X를 주시한다. 이윽고) 조건은?
X	첫째, 석방 후의 귀하의 거처는 유럽 이외의 지역이어야 한다
보르헤르트	……(표정이 날카로워진다)
X	둘째, 석방 후에도 본인은 귀하를 방문할 수 있어야 한다

| 보르헤르트 | (더 날카로워지는 표정과 자세)
| X | 셋째, 귀하는 귀하가 독일을 떠난 이유와 귀하가 독일을 출국한 이후 오늘까지의 사이에 존재하는 일체의 사실에 대하여 누구에게나, 어떤 형식의 예외도 없이 침묵을 지킬 것을 선서하여야 한다
| 보르헤르트 | (천천히, 렌즈를 쥔 오른편 주먹을 올린다. 주먹을 가슴께로 천천히 끌어올리면서 조용히) ──나는 거부한다

사이

| X | 보르헤르트 씨
| 보르헤르트 | 나는 거부한다. 나는 침묵을 선서할 수 없다
| X | 사실상, 당신이 선서하거나 하지 않거나, 당신의 말을 세계는 듣지 못할 것입니다
| 보르헤르트 | 당신들이 나와 세계 사이에서 물러나지 않을 테니까.
| X | (사이) ──그렇습니다 ──그러니까, 사실상……
| 보르헤르트 | 사실상
| X | (끄덕인다)
| 보르헤르트 | 사실, ……사실이란 어떤 것이오? 세계가 알고 있는 사실이란 어떤 것이오? 당신들이 사실이라고 정한 거짓말, 거짓말이 사실로 통용되고 있다는 데 지나지 않는 것이 아니오? 나는, 세계가 지금 알고 있는 사실이 적어도 사실의 전부가 아니라는 것을 (렌즈를 내밀면서) 세계에

X	알릴 의무가 있소, 나는 그 의무를 포기할 권리가 없소 그 사실을 알아서, 세계가 어떤 이익을 봅니까?
보르헤르트	사실을 안다는 이익— 거기서 모든 이익이 나올 거요
X	그러나, 사실상
보르헤르트	당신들이 나를 여기에 가두어두는 이상, 나는 그 사실을 세계에 알리지 못한다는 말이겠지— 그것은 당신들이 할 일이오, 그러나 내가 거기에 협조할 수는 없소, 나는 내 목숨의 마지막 순간까지, 내가 알고 있는 일을 세계에 말해야 할 의무를 버리지 않겠소, 내가 침묵을 선서하고, 유럽 이외의 지역에서 살고, 당신이 여전히 나를 방문하고— (격분해서) 그것을 당신들은 석방이라고 부르겠소?
X	당신은 부인을 생각에 넣지 않으셨군요
보르헤르트	(충격을 받아) 그레텔……

사이

X	(남은 꾸러미를 내민다) 부인이 보내시더군요. 1930년대 베를린 합창단이 부른 「보리수」입니다. 부인이 용하게 찾아내셨더군요 (꾸러미를 탁자에 올려놓는다)
보르헤르트	(의자에 앉는다. 음반을 집어 들여다본다. 음반을 무릎에 얹고 정면을 멀리 내다본다) ——그레텔……
X	20년 전에 부인이 처음으로 당신의 생존을 통고받고 면

회가 허락된 이후, 부인은 줄곧 당신의 석방을 청원해오고 있습니다. 상부에서 이번에 당신의 석방을 고려하게 된 것은, 당신이 줄곧 밝혀온 석방 요구에 대한 대답이자, 부인의 청원에 대한 대답이기도 합니다. 보르헤르트 씨, 나는 내 생애의 후반을 당신과 함께 살아왔습니다. 내 임무는 당신을 전담하여 당신의 의사와 상부의 요구를 연락하는 일이었습니다. 나는 가끔 생각합니다. 가끔 나는 당신이 됩니다.

보르헤르트　죄수와 간수 사이에, 가끔 일어나는 착각이오

X　가끔…… 30년 동안에는 그 착각이 기묘한 것이 될 수 있다는 것을 당신은 이해하지 못하시겠다는 말씀인가요? 당신과 나 사이와 같은 일이 과연 인간의 역사상에 '가끔' 일어났었을까요?

보르헤르트　나와 같은 사람이 살고 있다는 것을 지금 세계는 알고 있나요?

X　좋습니다. 선례가 있었건 없었건 이것은 나의 인생입니다. 보르헤르트 씨. 우리는— 우리는 늙었습니다. 부인도 늙었습니다.

보르헤르트　……

X　당신은 당신의 신념을 위해서 충분한 봉사를 했습니다

보르헤르트　진실을 위한 봉사에 은퇴가 있겠소? 나도 그랬으면 좋겠소, 만일 나 말고도 이 일을 아는 사람이 있더라도…… 내가 유일한 사람만 아니더라도…… (렌즈를 들

　　　　　여다본다)

X　　　그렇군요, 그 생각은 나도 미처 하지 못했군요, 당신의
　　　　말을 빌린다면, 그것 또한 누가 압니까? 다시 말하면 당
　　　　신은 유일한 사람이 아닐 수도 있다는 말이 되는군요

보르헤르트　(X를 주시한다) 당신네 쪽에서 어떻게 처리하고 있는지
　　　　나는 모르지만, 마지막 결단은 자기가 책임질 수 있는
　　　　일을 기준 삼을 수밖에 없지 않소. 한스 보르헤르트는
　　　　이 지구상에 나밖에 없소. 나는 나를 버릴 수 없소. 인간
　　　　의 마지막, 어떤 변명도 댈 수 없는 죄는 자기를 버리는
　　　　일이오. 나는 나에게 유일한 사람이오 (렌즈를 닦는다)

　　　　사이

X　　　유감입니다. 물론 당신의 의사는 당신의 자유입니다. 나
　　　　는 당신의 말을 상부에 전하겠습니다. 그리고— 개인의
　　　　충고를 말씀드리는 자유도 허락하십시오. 보르헤르트
　　　　씨, 사람의 일은 한번 더 생각해볼 가치가 없는 일이란
　　　　없다는 것이 저의 신념입니다. 이런 신념은 우리가 함께
　　　　누릴 수 있는 신념이 아니겠습니까? 그러니까 제 의견
　　　　을 말씀드려도 무방하겠지요. 물론 사람에게는 자기 자
　　　　신이 유일한 존재겠지요. 자기는 남이 아니란 것만큼 분
　　　　명한 일은 없으니까요. 그러나 보르헤르트 씨, 이런 생
　　　　각은 어떨까요, 남에 대해서 유일한 존재인 자기란 것은

자기 자신에게 대해서 과연 한 가지 얼굴밖에 없는 것일까요, 여러 개의 자기란 것이 있지 않을까요, 우리는 그 여러 개의 자기란 것을 차례로 거쳐오는 것이 아닐까요, 보르헤르트 씨, 사람은 언제나 여러 개의 자기를 가지고 살고 있는 것이 아닐까, 저는 그렇게 생각합니다. 우리가 어릴 때, 젊었을 때의 일을 생각해봅시다. 분명히 그때의 우리는 우리임에는 틀림없는데 가끔 얼마나 그 시절이 남의 일처럼 아득히 느껴집니까? 시간의 거리 때문에서만 오는 느낌일까요? 오히려 우리가 남을 대할 때처럼 그렇게, 어찌할 수 없이 떨어져 보이지 않습니까? 어느 때부턴가 저는 그 모든 자신의 분신— 그렇지요. 그 모든 분신들을 나란 이름 때문에, 그 분신들 모두에게 책임을 지려는 노력을 포기해버렸습니다. 그러고 보니 남들도 모두 그렇게 하고 있다는 것을 알게 되더군요, 그렇지 않고는 이 삶이란 것을 살아갈 수 없으니까요. 단 하나의 나만을 지키도록 이 세상이 어디 사람을 가만두어야 말이지요

보르헤르트　정도의 문제겠지요

X　옳습니다. 정도가 심하지 않으면 이 사람은 그렇게 괴롭지 않겠지요, 그런데 우리는 어쩔 수 없이 정도가 심한 생활을 할 수밖에 없지 않습니까? 어떤 사람에게나 이것은 고통입니다. 그러나 이것을 받아들이지 않으면 생활할 수 없는 직업— 저 같은 직업을 살아온 사람으로

서는 어찌할 수 없는, 생활의 진리더군요. 이런 일이 있었습니다. 제 친구 이야깁니다. 오래 이 계통에서 같이 일한 친굽니다. 그런데 그가 10년 동안 적의 스파이로 일해왔다는 것을 알게 되었지요. 그리고 그를 마지막으로 테스트해서 함정에 빠뜨리는 일이 저한테 맡겨졌습니다. 상부의 의심이 잘못이었기를 얼마나 바랐는지. 그러나 그는 스파이였습니다. 그가 함정에 빠졌을 때의 그 눈빛을 잊을 수가 없군요. (탄식하듯) 그의 비옷을 타고 흘러내리던 빗물, 이상한 것이, 마치 내가 못 할 일을 한 것 같은 느낌이더군요. 아마 그 사건 이후부터가 아닌가 생각합니다. 자기 자신을 오직 하나의 인간으로만 생각할 수 없게 된 것이 말입니다. 왜냐하면 나는 그때, 그 순간 그 친구가 내가 알고 있던 그 친구가 아니라는 사실을 쉽게 받아들이고 있는 것을 느꼈기 때문입니다. 배반, 반역—— 물론 받아들여서는 안 되지요. 그런데 사람은 그럴 수 있고, 그렇다고 그 사람에게서 모든 가치가 없어지는 것은 아니지 않습니까? 즉, 사람은 다른 나를 선택할 수 있는 것이라는 생각이지요

보르헤르트　우리가 여자를 사랑하기 시작할 때 겪는 일이 아닙니까?
X　　　　　그겁니다. 사랑에서는 웬만큼 이 진리를 터득하지요. 그러나 다른 영역, 우정이니, 진리니, 하는 데서는 또 실수를 하게 되지요
보르헤르트　그렇게 보이지 않는데요

X	제가요? 칭찬으로 받아야 할지, 비판으로 받아야 할지
보르헤르트	칭찬 쪽으로 해석하십시오
X	고맙습니다
보르헤르트	포로라는 것은 자기 감시자를 칭찬하기에는 불편한 입장이라는 것을 모르시지 않을 테죠
X	물론입니다. 우리가 함께 살아온 삶에서 제가 더 불행했다는 말은 어디다 내놓지 못하겠지요. 보르헤르트 씨, 그러나 이번에 당신의 석방이 상부에서 고려되게 되었을 때, 나는 참 이상한 일을 겪었습니다. 무엇인 줄 아시겠습니까?
보르헤르트	글쎄요……
X	당신을 놓치고 싶지 않다는 생각입니다
보르헤르트	무서운 우정이군요, 그러나 안심해도 되지 않겠습니까, 이미 제 대답을 들었으니
X	아닙니다, 문제는 그리 간단하지 않습니다
보르헤르트	복잡합니까?
X	그렇습니다. 나는 당신이 오늘까지와는 다른 당신이 되는 것을 도와야 한다는 느낌도 동시에 발견했습니다. 제 속에서……
보르헤르트	알 만합니다
X	그러면서 당신은 받아들이지는 않으시고
보르헤르트	아마 나는 여러 개의 나를 가질 만큼 운명의 허락을 받지 못한 것이겠지요

X	운명의? 운명의 얼굴에는 여러 가지가 있지 않겠습니까? 제가 말씀드리는 것은 그 점입니다
보르헤르트	괴물이 되라는 말 같군요
X	괴물? 좀 지나친 표현이시군요, 아니 오히려 그 편이 좋습니다. 우리가 괴물이 아니란 말입니까? 괴물이면서 그 괴물이 우리라면 우리는 괴물임을 사랑해야 하지 않습니까? 사랑한다는 말은——즉, 고려에 넣어야 하지 않습니까?
보르헤르트	당신의 우정은 충분히 알았다고 말할 수밖에 없군요
X	감사합니다. 30년 동안의 생활 끝에 반드시 그런 말을 들을 수 있다는 보장은 없으니까요.——모든 감시인들이 말입니다
보르헤르트	아까도 말씀드렸듯이, 나는 당신을 칭찬하기에 불편한 입장입니다. 당신에게 이 임무를 준 사람들에 대한 감정을 당신에게 연결시키지 않는 것이 이성 있는 태도라는 것을 알고 있으면서도——
X	물론입니다. 당신에게는 제가 세계로 향한 오직 하나의 창문이고 보면, 사무적으로 당연한 일입니다. 사실 나도 이 임무를 교대해줄 것을 건의한 적도 있습니다. 허락하지 않더군요. 결국 이 나이가 되었습니다. 보르헤르트 씨, 여러 개의 나를 가질 수밖에 없다는 것은, 그렇게 하는 것이 사람에게는 적게는 휴식이 되고, 크게는 창조적이 될 수 있다는 말이 되겠지요. 그런데 한 가지 일에

만 매인다는 것은—이 경우에는 한 인물을 외부로부터 차단한다는 일에 자기 인생을 제한한다는 것은 제 자신도 갇혀 있다는 것을 말하는 것이 아니겠습니까? 간수의 절망—이라는 것은 그닥 흥미를 끌지 못하는 제목이겠지요? 그러나 존재합니다. 모든 간수들에게. 가두는 사람은 갇히는 사람이기도 합니다. 더구나 제가 겪은 세월은 당신 자신보다 더 필연성이 적습니다. 기계적일 뿐입니다. 제가 당신을 선택한 것이 아닙니다. 제가 직업을 선택했고, 다음에는 직업이 저를 선택한 것입니다. 처음 5년 동안이 제일 못 견디겠더군요. 그래서 교대해 줄 것을 상신했지요. 허가되지 않았습니다. 나는 더 위험한 임무의 연속 속에서 살고 싶었습니다. 그때는 젊었으니깐요. 위험 속에서 저는 인생의 불꽃을 보고 싶었습니다. 우리와 같은 분야에 종사하는 사람은 여러 가지 심경을 지니고 생활하는 것이겠지요. 그러나, 저는 신비한 직업이라고 생각합니다. 절망한 사람과, 절망에 대해서도 절망한 사람들의 직업이라고 생각합니다. 아마 이 두 가지는 어디서 구분해야 될지 모르겠군요. 아무튼 본인이 어떻게 생각하든 이 분야에 종사하는 사람들의 인생은, 객관적으로 그런 것입니다. 국가 속의 국가입니다. 가장 어두운 옷을 입은 가장 신성한 직업입니다. 혹은 그 반대입니다. 혁명이 성공한 다음에 혁명의 가장 진실한 인재들은 각기 연설가로, 행정가로, 속물이 될 수밖에 없습니다. 그러나 남는 사람들이 있습니다. 혁명이 성공한 다음에는 혁명의 불꽃은 가장 어두운, 이 사회라는 생물의 가장 어두운 부분에만 존재합니다. 햇빛 안 드는 어두운 임무. 무슨 말씀인지 아시겠지요? 혁명이란 말 대신에 권력이란 말을 써도 마찬가지겠지요. 유럽 문명은 오랜 문명입니다. 유럽 문명이라는 권력은 오랜, 늙은 권력입니다. 우리는, 뜻을 가지고 인생을 출발한 숱한 젊은이들이, 이 문명의 주인이 되기를 원하면서 공부하고 자기를 가꾸어나가다 보면, 어느 길목에선가 자신이 이 문명의 젊은 주인이 아니라, 이 늙은 문명에 힘을 보태는 심부름꾼이 되어 있는 것을 발견하게 되지 않습니까, 아시겠습니까, 보르헤르트 씨?

보르헤르트 당신이 늘 하는 주장이지요. 나도 유럽인입니다, 당신들만이 정통이라는 감각에는 반대지만, 일반론으로서라면, 비유로 말한다면, 그렇겠지요

X 비유입니다. 일반론으로서 주장하는 것입니다. 비유와 사실이 다르다고 생각하는 것이 아마 당신의 과학적 성미겠지만, 나는 그런 일반론에 입각해서 당신을, 나는 차츰 내 생활의 운명으로 받아들이게 되었지요. 상부가 나와 당신에게 내린 규정을 어김이 없이, 우리는 우리 관계를 얼마든지 여러 가지 얼굴을 가진 관계로 만들 수 있었지요. 우리는 신비주의의 공동 연구가도 될 수 있었고 유럽경연대회에서 대상을 받은 당신이 만든 렌즈의

숨은 원조자가 될 수도 있었습니다. (정중히 렌즈를 가리킨다) 제게도 진정한 창조에의 꿈은 있으니깐요. 규칙이 허락하는 한에서 나는 당신의 건강에 도움이 되려고 노력도 하였습니다

보르헤르트 감사합니다, 나도 처음의 울분과 절망 다음에는, 너무 많은 시간을 죽이기 위해서 렌즈 만드는 일과 내 생애를 돌아보는 일로 살아왔지요, 나는 여기 있는 것 자체가 내 인생의 유일한 의미라고 생각하게 되었습니다, 어떤 뜻에서 일종의 평화와 완성의 시간을 살아왔습니다. 오늘 갑자기 석방의 조건이 제시되리라고는 생각도 못했지요, 나는 두렵습니다, 과연 내 속에도 또 한 사람의 내가 있는지 없는지, (렌즈를 응시한다——) 나도 모르기는 하지요, 그러나, 지금 내가 굴복하면 나는 아마도 잘못 선택하는 것이 될 것입니다

X 알고 있습니다. 갑작스런 일이기는 합니다. 그러나 어떤 일이 갑작스럽지 않던가요? 중요한 일일수록 갑작스럽지 않습니까? 지금은 이만 물러가겠습니다. 저녁 산책 시간까지 잘 생각하시고, 아니, —— 시한 없이 검토하십시오

X, 일어선다
문간으로 간다
문이 작동하는 소리

문 열린다

X 나간다

문 닫힌다

보르헤르트 움직이지 않는다

오랜 사이

새소리

보르헤르트 탁자를 내려다본다

렌즈를 내려놓고

음반을 두 손으로 든다

음반에 입을 맞춘다

일어서서 한쪽에 놓인

플레이어로 가서 음반을 얹어놓는다

자리로 돌아와 앉는다

슈베르트의 「보리수」 흘러나온다

(무대가 바뀐다)

1943년 베를린

보르헤르트의 거실

여행용 가방들이 놓여 있다

보르헤르트와 그레텔, 거실과 침실 사이를 드나들면서

여행을 위한 짐을 꾸리고 있다. 거실에서 그레텔이

그레텔 (침실 쪽에 대고) 여보, 휴가가 나올 줄은 정말 몰랐어요

보르헤르트 (모습은 보이지 않고) 순번이 돌아온 것이기는 하지만, 나도 뜻밖이야

그레텔 겨울에 힘멜 호수에 가게 돼서 좀—

보르헤르트 여보, 겨울의 힘멜 호수는 겨울 말고는 없어요

그레텔 그래요, (사이) 당신 말을 듣고 보니 이번 휴가가 만점이 됐어요. 당신 아주 시인 같아요

보르헤르트 아주 과학적인 이야기를 한 건데, 그렇잖아, 지극히 당연한……

그레텔 저한테는 그래도 아주 멋지게 들리는데요

이때 노크 소리
그레텔 걸어가서 문을 연다
장교 들어선다

장교 총통부에서 왔습니다. 총통 각하께서 비서님을 부르십니다

그레텔 (말문이 막힌다)

보르헤르트 (침실에서 나오면서 침착하게) 곧 준비하겠소. 차나 한 잔?

장교 괜찮습니다. 밖에서 기다리겠습니다

보르헤르트 그러시오

장교 나간다

그레텔	휴간 어떻게 되는 건가요?
보르헤르트	각하께서 돌아오신 모양이군, 내 옷

보르헤르트 옆방으로 들어간다
그레텔 따라 들어간다
옷차림 하는 기척
보르헤르트 거실로 나온다
그레텔 따라나온다
보르헤레트 아내에게 키스하고 급히 나간다
따라나가는 그레텔
차 떠나는 날카로운 소리 속에
(무대 전환)

베토벤 「영웅」 교향악
히틀러, 무대 안쪽 한옆 약간 높은 곳에 서 있다
보르헤르트 들어선다
음악 약해진다
히틀러, 보르헤르트에게 가까이 오라고 손짓한다

히틀러	(침통하게) 스탈린그라드의 파울스 군단이 지금 이 음악을 듣고 있다, 내가 그들에게 보내주는 마지막 선물이다
보르헤르트	마지막……

히틀러	이 음악이 끝나고 나서 러시아군에게 항복을 통고하라고 허락했다
보르헤르트	항복이라니요!
히틀러	남은 장병들은 살아야 한다. 작년 여름부터 지금까지 파울스는 최선을 다했으나 우리 군단은 거꾸로 포위당했다. 우리는 그를 구원할 수 없었다
보르헤르트	……각하
히틀러	……
보르헤르트	총통 각하, 우리는 러시아를 그대로 점령하고 있습니다
히틀러	그들은 반격할 것이다. 적어도 작년 가을에 우리는 스탈린그라드를 점령했어야 했다. 그랬더라면 지금 우리는 러시아의 주인이 되어 있었을 것이다. 그러나 이제 제국의 꿈은 끝났다. 운명은 우리를 버렸다
보르헤르트	(벼락을 맞은 듯)……
히틀러	전쟁을 멈춰야 하겠다. 그러나 적들은 듣지 않을 것이다. 미국이 참전한 지금 더욱 그렇다. 그러나 전쟁은 멈춰야 한다. 적들이 우리를 분쇄하고 우리를 점령하면 독일은 망한다. 그들은 우리를 나누어 가질 것이다. 그러므로 적을 우리 영토 안에 들여놓아서는 안 된다. 1년? 2년? 3년? 우리는 저항할 수 있다. 그러나 저항 기간이 길수록, 우리 운명은 비참할 것이다, ──보르헤르트
보르헤르트	……
히틀러	나는 비상 카드를 사용하기로 결심하였다. (히틀러의 얼

굴에만 창백한 조명) 우리는 전 유럽의 유대인들을 억류하고 있다. 연합국이 휴전에 동의하면 나는 유대인들을 석방하겠다. 그들이 거부하면 나는 유대인들을 모두 처형하겠다

보르헤르트   총통 각하!

히틀러   유대인들은 세계의 공적이다. 독일 국가의 암이다. 그러나 휴전에 동의하면 그들 전원을 석방한다. 보르헤르트, 즉시 전선을 넘어가서 적들에게 나의 뜻을 전하라. 그들이 동의할 때까지 나는 차례로 유대인을 처형하도록 명령하겠다. 그들이 알 수 있도록 한 번에 대량을 집단적으로 처형하겠다. 그들이 대답을 늦추는 시간에 유대인들의 피는 계속 흐를 것이다. 그들이 정말 유대인을 사랑한다면 그들은 응할 것이다

보르헤르트   총통 각하, 우리는 세계를 적으로 돌리게 될 것입니다

히틀러   방법이 없다. 그들도 그들의 식민지를 피로 얻었다. 지금 아메리카 인디언들은 어디 있는가? 독일도 그들과 마찬가지 권리를 가진다. 독일은 현 점령 지역에서 철수하여 독일 영토 안으로 후퇴한다. 독일 국경은 지켜진다. 이것만이 조건이다. 독일은 배상에 응할 용의가 있다. 그러나 점령은 거부한다. 보르헤르트, 너와 나만이 이 교섭을 알고 있다. 앞으로도 그렇다. 즉시 출발하라. 비행기가 대기하고 있다. 그들의 선택에 따라 유대인의 피는 한 방울도 흐르지 않을 수도 있다

보르헤르트   총통 각하, 비서실의 일개 비서인 제가 이 임무에 어울릴 수 있겠습니까?

히틀러   유대인에 대한 명령은 내가 직접 한다. 내 손만 더러워질 것이다. 정치적 책임 없이 나의 의사를 사무적으로 옮기는 전달자로서 너를 택했다. 너의 신분에 관계없이, 곧 그들이 확인할 수 있는 후속 조치가 전달의 내용을 뒷받침할 것이다. 보르헤르트, 너는 깨끗한 손으로 적들에게 가는 것이다―― 그레텔을 만나고 가도 좋다. 출발하라. 최고 책임자에게 직접 전달하라. 그 이외의 어떤 자에게도 전달해서는 안 된다. 출발

두 사람 마주 본다
음악이 그쳐 있다

보르헤르트   총통 각하, 명령에 따르겠습니다

보르헤르트 뒷걸음으로 물러나는 가운데 (무대 전환)

보르헤르트의 거실
날카로운 차소리
들어서는 보르헤르트 (자기를 추스르며)

보르헤르트   (침통하게) 그레텔, 출장 명령이야

그레텔	출장? 어디로요?
보르헤르트	돌아와서 얘기할게

보르헤르트, 그레텔 포옹한다

보르헤르트	그레텔, (쾌활하게) 겨울의 힘멜 호수는, 내일도 모레도, 언제나 있잖아? 내가 어디 있든 당신만을 사랑해, 그것만이 가장 중요하잖아?
그레텔	다녀와요

돌아보면서 보르헤르트 나간다
그레텔 불안하게 서 있다 (무대 전환)

조명 차츰 밝아짐
감방
보르헤르트
일어선다
무대 앞으로 천천히 나온다

보르헤르트	겨울의 힘멜 호수는, 내일도 모레도, 언제나 있지, 그러나 우리들의 인생은? 우리들의 인생은? (렌즈를 들여다본다) 나와 같은 처지에 놓인 인간에게도 여러 개의 자기가 허락될 수 있을까?

의자에 가 앉는다

오랜 사이

조명 어두워짐

보르헤르트 일어선다

걷는다

귀를 기울인다

보르헤르트   새소리, 30년 동안 가장 많은 경험을 한 것은 저 새소리지. 새소리는 제한받지 않았으니까. 듣고 있노라면 그 소리에는 이야기가 있지. 무슨 이야긴지는 몰라도, 기쁨, 슬픔, 망설임, 안타까움, 토라짐, 무심히 그저 지저귀는 것, (말끝마다 표정, 새들을 흉내 낸)── 그들에게는 그것으로 족한 모양이지, 그들의 생활에는. 나도 그런 때가 있었지. (렌즈를 들여다본다) 어렸을 때 고향의 언덕에서, 그레텔과 나비를 쫓아가고 숲에 들어가 딸기와 버섯을 따며 긴긴 여름날과 가을 하루를 보내던 때, 아 그때는 왜 그렇게 모든 것이 신비스러웠는지, 마을 어른들이 모두 거인들처럼 보였지, 아버지, 어머니, 그레텔의 아버지 스토크만 씨, 그녀의 어머니 엘리자 아주머니, 대장장이 프리츠, 여름이면 언제나 나타나던 떠돌이 거지 하인리히까지도 신비스러웠지, 교회에 있는 그림 속의 성자들처럼, 우리는 그저 놀면 되었지, 나비와 벌과 딸기와 버섯을 찾아다니면서—종다리들은 지지배배 하늘 높이에서 울고 나그네여 서러워 말라, 그대에게 휴식이 마련되어 있나니, 거지 하인리히에게까지도, 산봉우리 지는 해와 동구 앞길에 그대 위한 휴식은 있을지니, 교회의 종소리는 절대자의 엄존하심을 약속하고 사람들은 저세상으로 가면서도 허전하지는 않았다. 물론 가난하고 병들고 죽고 헤어졌지. 그래도 그것들은, 모두, 어디엔가 기록되고, 언젠가 눈물은 보상받으리라는 것을 어찌 의심할 수 있었겠는가? 기록되지 않는 눈물—그런 것이 있을 수 있겠는가? 보리수 가지에 흘린 새똥도 몇 년씩 지워지지 않았는데 인간의 눈물이 어찌 연기처럼 스러지고만 말 것인가? 그렇지, 모든 사람들이 가슴 깊이에서 그 크낙한 장부책을 믿었지. 저 별자리보다 더 큰 장부책을, 하인리히의 한숨과 너털웃음까지를 기록하는 그 장부책을. 만 년, 십만 년, 백만 년, 아니 그 이전부터 사람들이 믿어온 그 장부책의 존재를, 그 장부책의 존재가 의심스러워지기 시작하면서부터 괴로움은 비롯되었지. 사람들이 이 세상을 움직이는 것은 별의 금박을 입힌 그 커다란 장부책이 아니라, 유대인의 장부책과, 러시아인들의 저 신비한 핏빛 장부책이라고 수군거리기 시작하면서부터 꽃과 새와 나비와 보리수 가지의 새똥 무더기와 마이네케 여우와 딸기와 버섯과 거지 하인리히와 교회당 종소리의 세계는 무너지기 시작했지. 하늘의 커다란 장부책 대신에 유대인들과 러시아인들의 장부책에서 셈을 맞추기는 정말 어려웠지. 아무도 셈을 받아들일 수 없었지. 내 몫은 작고 남의 몫은 커 보였지. 남은 많이 적어놓고 나는 에누리해서 적었다고 생각했지. 어디서나 셈을 하느라 사람들은 눈에 불을 켜고 눈에 핏발이 섰지. 나비는 누구의 것인가, 새는 몇 마린가, 내 딸기보다 네 딸기가 더 많지 않은가, 하인리히는 괘씸한 도적놈이 되었고, 모든 것을 셈하기 시작했지, 누가 누구보다 더 도적놈인가, 사람들도 괴로웠지만 저 하늘의 큰 장부책이 없고 보면, 이 땅 위에서 셈을 맞출 수밖에는 없는 이치였지. 모든 사람들이 모든 사람들을 셈하였지. 투표에 따라 큰 셈을 하고 표를 셈하고 사고팔면서도 사람들은 언제나 표의 값과 환율에 일치를 볼 수 없었지. 장부책을 적는 기술을 가진 사람들은 대서방을 차렸고 은행을 차렸지. 그리고 기관총을 든 망보기를 세웠지. 장부책이 너무 많아져서 사람들은 자기 예금을 청구해도 언제나 수속 중이라는 통고를 받고, 인생을 예금하고 푼돈을 빌려 썼지. 마침내 은행강도가 생기고 착한 사람은 나쁜 셈꾼이고, 훔치는 것이 옳은 계산이고, 옳은 계산이 나쁜 계산이고, 나쁜 계산이 옳은 계산이고(셈하는 시늉, 손가락으로) 피를 흘리며 계산하고 쫓기면서 계산하고, 숨어서 계산하고 묶어놓고 셈하면서, 그래도 셈은 맞지 않고 점점 더 어려워지고 이슬 먹은 거미줄은 그것을 낱낱이 셈하려고 드니, 그것은 아름다운 거미줄이 아니라, 절망과 좌절의 무서운 미궁이 되었으며, 산과 들과 목장과 숲과 강은 너무나 절망적인 숙제가 되었지. 있는 것 모두가, 있었던 것 모두가 숙제가 되었지. 사람들은 미치게 되었지. 장부책을 가진 자들도 미치고 셈을 맡긴 사람들도 미치고 누구도 아무도 믿을 수 없이 되고 서로 사람을 값으로 매겨야 하는데 아무도 그가 숨긴 값을 모르므로 그를 셈할 수 없고 거짓말 셈인 줄 알면서도 장사는 해야 하고 암시장의 셈속에는 또 다른 암시장의 셈이 있고. 그럴 때 나치당이 등장했지. 신전에서 저 돈 장사치를 쫓아낸 예수처럼. 골리앗을 물리친 다윗처럼. 독일 민중을 구원할 수 있는 유일한 지그프리트처럼. 그리고 사실 구원했지. 사람들은 힘을 내고 독일의 숲은 살아나고 딸기는 딸기가 되고, 교회의 종소리는 옛날처럼 들리기 시작하고 사람들은 독일의 하늘과 땅과 강과 숲이 그들의 장부책이 된 것을 알았지. 전쟁이라고? 전쟁을 하지 않으면 죽는 길밖에 없다면, 앉아서 죽을 수는 없지 않은가? 2등국이 되는 것은 죽음이라고 생각하는 감각은 그들만의 특권이란 말인가? 유대인의 주인들이 몇백 년 실천해온 계산 방법이 아닌가? 마지막 계산 방법. 비전투원이 분리되어 있지 않은 대도시를 원자 무기로 학살한 것은 전쟁 범죄가 아니란 말인가? 하느님은 독일을 심판할 수 있을망정, 유대인과 유대인의 주인들은 우리를 심판할 수 없다. 적어도 그 일이 있기 전까지는 독일에 대해서는, 그 일! 오 그 일! 총통 각하, 왜 당신은!? 왜? 왜? (렌즈에게 질문하듯, 렌즈를 흔든다) 그런 엄청난 일을 했는가? ―그 순간부터, 당신이 나에게 털어놓던 그 순간부터 당신은 사탄의 장부책을 받아들였다. 당신의 영혼은 이제 이 우주 속에 있는 누구도 구제할 수 없을 것이다. 없다. 그러나 당신이 곧 나치당은 아니다. 당신을 제외한 나치당의 명예는 구제되지 않으면 안 된다. 독일의 하늘과 땅과 생명을 구하기 위해서 영국과 프랑스의 대리인인 유대인을 사회적으로 심판하는 데 동의한 나치당원들은, 당신이 생각해낸 사탄의 방법에까지 동의한 것은 아니다. 손을 더럽힌 나치당원은 한줌도 못 되고, 독일의 목장과 강물처럼 깨끗한 나치당원은 너무나 많다. 나는, 목장 위의 저 구름과 달빛 아래 굴뚝들과 숲 속의 딸기들이 독일의 것임을 정당하게 믿고, 그것을 위해서 싸우고, 유대인들과 그들의 주인들과 다름없는 방법의 한계 안에서만 싸울 용의가 있었던 나치당원들을 대표한다. 내 손이 깨끗함을 증명하기 위해서는, 자기 종들의 운명에 비정했던 유대인들의 주인들의 숨은 이야기를 세상에 알려야 한다. 역사에 의하여 내가 선택되었다. 이 의무를 포기할 수 있겠는가? 스토크만 씨, 만일 내가 이 의무를 포기한다면 나는 당신에게 아무 말도 할 말이 없게 된다. 시간이여, 너는 나를 이기지 못한다. 시간이여, 나는 너의 마취 속에서도 살아남겠다. ─그러나 그레텔은?

보르헤르트, 렌즈를 수건으로 닦으며 천천히 걷는다
한 발 한 발
생각하면서
떼어놓는 느낌
방 끝에 가서는
잠시
멈췄다가
천천히 돌아선다
천천히
다시
걷기 시작한다
시간이
무한히 많은 사람이
오직 렌즈 닦는 일과
걷는 일밖에는
다른 일이 없을 때
그렇게 할 것 같은 걸음걸이
무대 중간쯤에서
가끔

멈추기도 한다

그럴 때는

한참 서서 무엇인가

속으로 어떤 문제를 렌즈 속에서

해결하려고 애쓰는 듯이

보인다

그러다가 이윽고

다시

걸음을 떼어놓는다

가끔 방 안을 찬찬히

돌아본다

새소리

귀를 기울인다, 음악심사원처럼

철창문을 올려다본다

이 방이 이상하게 느껴지는 것은

그 창문 때문이다

유별나게 크다

창살은 굉장히 굵다, 과장되게

문에서 기척

기계장치가 돌아가는 소리

문이 열린다

X 들어온다

X의 걸음걸이, 조명, 보르헤르트가 X를 맞는 몸짓, 모두 1장의 되풀이, 따라서 여기부터는 마치 꿈속 같은 느낌의 연출

X   건강은 어떠십니까?

보르헤르트   ……(렌즈를 닦는다)

X   부인의 편집니다 (편지를 탁자에 밀어놓는다)

보르헤르트   (렌즈를 내려놓는다. 눈길로 쓰다듬듯 부인의 편지를 바라본다)

X   생각해보셨습니까?

보르헤르트   나 한스 보르헤르트는 국제법과 인도주의 원칙에 입각하여 다음과 같이 요구하오. 첫째 나를 즉시 석방할 것. 둘째 나를 공개재판에 넘길 것

X   그것이 대답입니까?

보르헤르트   그렇소

X   일주일 동안 생각한 끝에 그렇게 대답하시는 겁니까?

보르헤르트   30년 동안 생각한 끝에 그렇게 대답하는 거요

X   당신은 역시 나치당원답군요

보르헤르트   나는 나치당의 명예를 지키겠소. (렌즈를 집어든다)

X   사탄의 명예를?

보르헤르트   한 사람만이 사탄이었소

X   그가 사탄이 되게 도와준 사람들은?

보르헤르트   나치당원의 대부분은 그 사실을 몰랐소, 나치당의 대부

	분은 당신들이 당신들의 나라를 위해 싸웠듯이 자기 나라를 위해 싸웠을 뿐이오
x	6백만의 유대인들도 그렇게 생각할까요?
보르헤르트	(침묵)
x	6백만의 목숨과 관련된 사실에 비교해서 당신이 주장하는 진실은 아무래도 좋지 않습니까?
보르헤르트	6백만의 목숨이 그렇게 되지 않을 수도 있었소
x	당신들이 원자탄을 만들 때까지 우리가 기다려야 했다는 말이지요? 사탄이 볼모를 잡고 있는 것이 두려워서, 만일 우리가 기다렸다면 당신들은 원자탄을 만들었을 테고 그때에야말로 당신들은 인류를 볼모로 잡을 수 있었겠지요
보르헤르트	당신은 솔로몬의 재판을 모르시오? 유대인 문제에는 진정한 어머니가 없었소, 당신들도 애기의 팔을 놓지 않았소. (한 손으로 렌즈를 잡아당기는 시늉)
x	애기의 팔이 사탄의 팔과 한데 묶여 있었기 때문이오. 그리고 우리 뒤에는 그 애기의 형제들이 있었소
보르헤르트	당신들의 뒤에?
x	(끄덕인다)
보르헤르트	형제들이 아니라 노예들이었겠지요
x	굳이 그렇게 부르고 싶다면 우리는 공평해집시다. 당신들의 뒤에도 노예가 있었겠지요
보르헤르트	당신의 말을 빌린다면, 당신은 6백만이라는 숫자를 너무

X	약분을 하시는군── 그만둡시다, 또 되풀이가 되는군 언제나 새롭군요── 그러나 제가 말씀드리고 싶던 일은 개인적인 문제였소
보르헤르트	……
X	당신이 말한 것처럼 모든 사람이 똑같은 힘으로 아이의 팔을 잡아당긴 것이 아니었지 않습니까?
보르헤르트	동감이오
X	그렇다면 당신은 당신의 결백의 부분을 정당하게 주장할 수 있지 않겠습니까?
보르헤르트	나는 나의 결백을 주장하기 위해서 석방을 요구하고, 공개재판을 요구하는 것이 아니오. 나의 결백은 자명하오. 어린아이는 한 어머니가 혼자서 죽이지 않았다는 것, 또 한 사람의 어머니가 있었다는 것을 (한 손으로 렌즈의 언저리를 손가락질한다) 증언하기 위해서요, 솔로몬에게, 인류에게. 당신들은 솔로몬의 증인을 이렇게 (렌즈를 자기 쪽으로 당기며) 숨기고 있는 것이오
X	솔로몬도 결국 우리를 옳다고 할 것입니다. 그러나 당신을 그의 앞에 세우면 판결을 어렵게 할 것입니다. 두 어머니를 모두 나쁘다고 하면 남은 형제들을 누가 기를 것입니까? 지금 그들을 우리가 기르고 있습니다. 아이들은 어머니가 친어머니라고 믿을 필요가 있습니다. 당신이 이곳에 있는 것은 솔로몬의 판결을 돕기 위해섭니다
보르헤르트	그 점은 당신의 오햅니다. 염려할 필요가 없을 것입니

다. 당신네들의 전쟁 지도부의 잘못이 당신네들 전부의 불명예는 아닐 것입니다. 나는 솔로몬을 위해서 이곳에 있는 것이 아니라 당신들의 전쟁 지도자들의 명예를 위해서 이곳에 있다고 해야 옳겠지요.

X 아마 그것이 제일 정직한 설명이 될지도 모르겠군요. 그리고 우리 이야기에도 어떤 돌파구를 마련할 수 있을 것 같군요. 지난 전쟁의 지도자들은 지금 아무도 남아 있지 않습니다. 그러나 기록은 어딘가에 남아 있습니다. 언젠가는 그것이 공표되지 않겠습니까? 모든 관계자들의 개인적 이해관계를 고려해야 할 필요가 없어졌을 때, 과거에도 중대한 사건이 그렇게 처리되었듯이

보르헤르트 당신의 입장에서는 그렇게 말할 수 있겠지요. 그러나 나는, 나 한스 보르헤르트가 바로 그 기록의 일부라고 느끼고 있습니다. 어쩌면 유일한 기록이 아니라고 믿을 근거를 나는 가지지 못했습니다

X 이를테면 나도 있습니다

보르헤르트 당신은 스스로 자신을 인멸하고 있는 기록이지요, 당신은 아마 내 괴로움을 모를 것입니다

X 이해합니다. 그러나 역시 당신도 나를 모르십니다. 나도 지금 같은 임무를 가지고 한평생을 보내리라고는 짐작할 수도 없었지요. 세계가 그 존재를 알지 못하는, 한 수감자의 간수로서 일생을 마친다는 것—아시는 바와 같이 저는 일생 독신으로 지내왔습니다. 그리고 만족해왔습

니다. 자기 말고도 자기처럼 다뤄야 할 사람을 가진다는 일이 겁이 나서였지요. 사람은 자기 나름대로 살 수밖에 없지 않습니까? 그러나 자기가 자기 나름대로 산다는 것과, 남의 나름을 이해한다는 것은 모순되는 일이 아니지요. 남의 나름을 이해한다는 것은, 이 세상에 나 말고도 남도 존재한다는 것이니깐요. 보르헤르트 씨, 30년간 내게 있어서의 남이란 당신이었습니다. 당신이 있었기 때문에 내가, 적어도 그동안의 내가 있었던 것이지요. 그리고 그동안의 나 말고 다른 나는 존재하지 않는 것이 아닙니까? 그것이 저의 유일한 나였습니다. 이 나이가 되면 사람은 자신을 받아들이는 것이 자기를 완성하는 길이라는 것이 알아지더군요. 그것이 비록 어떤 나이든 간에 말입니다. 나를 받아들이니깐, 당신도 받아들일 수 있더군요. 당신이 여기 있는 것이 당신의 의무를 다하고 있는 것이라는 사실도 알아지더군요. 이 감옥. 당신을 위한 이 감옥. 나는 당신의 소장이자, 간수, 간호원, 청소부를 겸한 생활을 해왔습니다. 당신의 육체는 30년 동안 내 손을 빌려 생활해왔습니다. 바깥 사람들은 내가 이 큰 집에 30년 동안 은퇴 생활을 해오는 부자라고 생각하고 있겠지요, 사람 만나기를 싫어하는, 우리는 그동안 많은 이야기를 하였지요. 야콥 베메에 대해서 우리는 한겨울 내 토론하지 않았습니까? 누가 누구의 죄수라고 하기에는 우리는 너무 오래 함께 살았습니다. 이번에 상부에서 당신의 석방을 검토한다는 통고를 받고 당신이 내 생활의 전부였던 것을 알았습니다. 그러나 저번에도 말씀드렸듯이 충심으로 나는 당신의 석방을 희망합니다. 당신은 당신과 한몸인 사람을 가지고 있기 때문입니다. 지금에 와서는 당신의 석방은 당연합니다. 당신은 의무를 다했습니다. 당신은 진실에는 은퇴가 없다고 하십니다만, 나는 진실에 대한 봉사에도 은퇴는 있다고 생각합니다. 천사가 아니라고 해서 악마인 것은 아니지 않습니까? 만일 우리가 천사가 되지 못했다고 해서 우리 자신을 송두리째 버린다면, 우리는 우리 속에 있는 귀중한 것까지를 껴묻혀서 버리게 됩니다. 그것들은 다 거둬 모으면 아마 몇 사람의 천사를 만들 만한 수량을 말이지요. 유럽 문명은 노예 사용자의 문명입니다. 우리는 노예들의 마음을 거슬러서는 안 됩니다. 당신네들의 철학은 노예들을 화나게 합니다. 러시아인들의 철학은 노예들을 미치게 합니다. 둘 다 위험합니다. 사람은 늙는 것입니다. 생물로서의 조건을 사람은 받아들일 권리가 있습니다. 저는 그렇게 생각합니다. 그럼 이만 물러가겠습니다. 상부의 지시에 의하면 당신에 대한 석방 제의는 시한이 없습니다. 생각이 달라지면 얼마든지 말씀하십시오

X 일어서서 나간다

보르헤르트 움직이지 않는다
편지를 꺼내 읽는다

소리   한스, 건강은 어떠세요? 소식을 들으셨겠지요? 당신의 석방을 고려한다구요? 그러나 아직 확실치 않다고요? 당신이 왜 갇혀 있는지를 모르는 나는 당신의 석방을 가로막는 것이 무엇인지도 알지 못합니다. 그것이 무엇이든 당신의 운명은 나의 운명입니다. 내가 말할 수 있는 것은 당신을 사랑한다는 말뿐입니다. 언제나, 나의 아버지 앞에서 당신을 선택한 그날 이후, 나는 당신에 대한 사랑에 충실했습니다. 다음 면회 때에 필요한 것이 있으면 말씀 전해주세요. 「보리수」 음반은 나의 외가 쪽에 있는 어떤 애호가한테서 받은 것입니다. 한스, 당신이 제일 좋다고 생각하는 바에 따라 결정하십시오. 나의 사랑은 언제나 당신의 것입니다

보르헤르트 편지를 무릎에 얹고 정면을 바라본다
보르헤르트 편지를 탁자에 얹고 플레이어로 가서 스위치를 넣는다

「보리수」 흘러나오는 속에 (무대 전환)

조명 들어온다

무대 가운데 안쪽에 바퀴의자에 앉아 있는 그레텔의 아버지 스토크만 씨
그 앞에 보르헤르트와 그레텔 서 있다

보르헤르트　스토크만 씨, 나는 나치당원으로서 청혼하고 있는 것이 아닙니다. 나는 그레텔을 사랑합니다
스토크만　인간의 사랑은 그 인간의 사상과 떨어져서 존재하는 것이 아니야
보르헤르트　나치즘은 인간의 사랑과 어울리지 못할 이유도 없습니다
스토크만　자네, 아버지 앞에서도 그렇게 말할 수 있겠는가?
보르헤르트　(격하게) 아버지! 아버지! 물론입니다. 말할 수 있습니다. 아버지를 이 자리에 돌려보내준다면. 그들은 아버지를 어떻게 했습니까? 그들은 아버지를 어디로 보냈습니까?
스토크만　당이 부과한 임무를 맡고 있겠지
보르헤르트　사람들은 그렇게 말하지 않더군요. 아버지는 처형되었다더군요, 스파이라고. 러시아 사람들은 독일 공산당의 불굴의 용사를, 망명해온 동지를 그들 내부의 권력 투쟁 때문에 스파이라는 이름을 주어 처형했습니다
스토크만　낭설이다
보르헤르트　확실한 소식통입니다. 모두 알고 있는 공공연한 비밀입니다
스토크만　공산당원은, 공산당 안에서 어떤 대우를 받건 그것을 자

기 결정으로 받아들인다

보르헤르트 아버지를 찾아서 들어간 어머니는 어디로 갔습니까?

스토크만 ……

보르헤르트 당원이 아닌 어머니의 행방불명을, 그 여자의 아들은 어떻게 받아들여야 합니까?

스토크만 러시아의 동지들은 적들의 포위 속에서 어려운 싸움을 하고 있다. 우리는 그들의 결정과 행동의 기초는 믿고 있으나 모든 사정을 알 수는 없다. 자네 아버지가 일단 러시아에 간 이상 그는 역사와 함께 있다!

보르헤르트 역사와 함께!

스토크만 우리는 독일 공산당의 가장 귀한 아들들이 모두 나처럼 (자기 무릎을 두드린다) 나치즘의 희생양이 되지 않기 위해서 자네 아버지를 러시아에 보냈다

보르헤르트 스토크만 씨, 당신을 습격한 자들이 나치당원이라는 증거가 어디 있습니까?

스토크만 독일 공산당이 주최한 노동자대회에 난입하여, 살육과 파괴를 감행할 자가 나치당 말고 지금 이 독일에 누가 있단 말인가?

보르헤르트 증거를!

스토크만 좀도적을 취조하는 부르주아 경찰관처럼 굴지 마라. 정치적 집단에 가해진 폭력은 그 사회의 정치 정세를 분석하면 그 범인이 누군가는 논리적으로 자명한 것이야. 나치당에서는 그런 교육도 받지 못하였는가?

보르헤르트   받았습니다. 프랑스와 영국 자본주의는 유대인을 빨대로 삼아 독일 민중의 고혈을 빨아내고, 러시아 공산당은 독일 공산당을 함정으로 삼아서 독일 민족을 사로잡으려 하고 있습니다

스토크만   유치한 자들! 그것이 정치 이론인가? 그런 자들이 독일을 이 지경으로 만들다니

보르헤르트   유치하다고요? 내 아버지, 내 어머니의 운명을 통해 확인할 수 있는 진리가 유치하다고요? 자기 당의 가장 뛰어난 투사가 하루아침에 스파이가 되는 이론이 고상 심오하구요? 스토크만 씨, 유대인들과 러시아인들의 아편에서 깨어나야 합니다. 아편을 태워버리고 아편 장사들을 몰아내야 합니다

스토크만   한스, 자네 아버지가 보여준 역사의 옳은 흐름에 서지 않고 어째서 미친 불한당의 편에 선단 말인가? 지금도 늦지 않았어. 나치당에서 탈퇴하면 나는 자네들을 축복하겠네. 자네 아버지의 아들임을 생각하게. 우리는 자네를 후보 당원이라고 불렀지

보르헤르트   그래요, 저는 당신을 스토크만 아저씨라고 불렀지요. 중학교에 다닐 때 당신은 나에게 크리스마스 선물로 스키를 사주셨지요. 우리 집 지하실에서 당신과 아버지와 그리고 당신네 동지들이 무엇인가 낮은 소리로 이야기할 때, 당신들의 표정은 마치 기도하는 사람들처럼 언제나 경건했던 것이 생각납니다. 그러나 다 쓸데없는 옛날 얘

집니다. 나의 아버지를 스파이로 처형한 사람들도 그런 표정으로 이야기하는 사람들이었겠지요. 표정은 정치학이 아니니깐요. ─스토크만 씨, 언제나 우리 이야기는 마찬가집니다. 결혼은 나와 그레텔이 합니다. 그레텔이 결정하게 합시다

스토크만 (그레텔을 본다)

그레텔 (사이) 아버지, 저는 한스와 결혼하겠습니다. 저는 두 분의 말씀이 누가 옳은지 가리지는 못하겠습니다. 저는 그의 사상과 결혼하려는 것이 아닙니다. 저는 한스를 사랑합니다. 나의 사랑을 믿으렵니다

스토크만, 바퀴의자를 돌려 침실로 굴려 간다
그레텔, 두 손으로 얼굴을 가린다
한스, 다가서서 그녀의 어깨에 손을 얹는다
침실에서 울려나오는 「보리수」

그레텔 (얼굴에서 손을 떼며) 엄마가 좋아하던 곡이에요
보르헤르트 (그레텔의 손을 잡는다)

무대 전환, 감방
보르헤르트, 렌즈를 손에 들고 서 있다 소리 없는 음악에 귀 기울이듯
무대를 가로질러 천천히 걷는다

끝에서 돌아 다시 걷는다
정면을 향한다
한 발 나서며

보르헤르트　(외우듯) 나의 사랑을 믿으렵니다……

스피커에서 그레텔의 소리
"나의 사랑은 언제나 당신의 것입니다"
보르헤르트
머리를 흔든다

보르헤르트　나는 그녀에게 무엇을 주었는가? 그녀는 나에게 사랑을 ── 그녀가 가진 모든 것을 주었다. 얼마 남지 않은 우리들의 여생, 그녀는 나에게서 그 시간을 요구할 권리가 있지 않은가? 과연 이 세계는 우리들의 마지막 행복을 희생으로 요구할 권리가 있는가? 스토크만 씨, 전쟁 중에 돌아가신 당신은 행복했습니다. 당신의 우상이 무너지는 것을 보지 않아도 되었으니까요. 당신은 꿋꿋이 용사답게 살았습니다. 당신이 죽은 후 당신이 믿던 당은 당신이 생각하던 것과는 달랐다는 것을 스스로 고백했습니다. 당신의 딸은 당신을 버리고도 행복을 얻지 못했습니다. 당신의 사위는 당신 앞에서 그렇게 자랑하던 당의 지도자가 사탄에게 영혼을 판 값을 치르기 위하여 이렇게 갇혀 있습니다. 스토크만 씨, 그러나 당신의 잘못은 없었습니다. 저 멀리 높은 곳에 당신이 증거 없이도 믿던 높은 동지들이 당신의 이념을 악마와 흥정한 것입니다. 모든 동지들이 자기를—당신처럼 자기를 버릴 용기가 있었다면 역사는 진리가 에누리 없이 이기는 것을 보았을 것입니다. 역사에 에누리가 생기는 것은 높은 동지들이 자신들의 이익을 역사의 이름으로 장부책에 계산했기 때문입니다. 마찬가지로 나에게도 잘못은 없었습니다. 내가 당신의 딸에게 청혼했을 때 내 손은 깨끗했습니다. 지금도 내 손은 깨끗합니다. (두 손을 엇바꿔 펴서 눈앞에 올린다) 30년 동안 나는 이 손을 지켜왔습니다. 높은 동지들이, 높은 지도자들이 그 높은 곳에서 흘려보낸 흙탕물을 우리같이 작은 사람들이 손바닥으로 막을 수 있겠습니까? 스토크만 씨, 우리에게도 잘못을 저지르는 권리가 주어져야 합니다. 그렇습니다. 역사란 그런 것이 아니지요, 인생이란 그런 것이 아니지요, 인제 내 시간은 얼마 남지 않았다. 내 자신에게 휴식을 줘야지. 휴식을. 이 손을 (손을 눈앞에 가져온다) 이 손을, 깨끗하게 지키자고 한 것이 잘못입니다. 아니지요, 완전하게 깨끗하게 지키자고 하면 그것이 잘못입니다. 두 사람의 한스 보르헤르트—그녀를 사랑하는 한 남자인 한스 보르헤르트, (렌즈를 오른손으로 들었다가) 그리고 그녀를 진리 쪽으로 잡아당기는 한스 보르헤르트, (다른 손으로 잡아당기는 시늉) 이제 나는 손을 놓습니다. (왼손을 뗀다) 나는 그레텔을 사랑하는 남자 한스 보르헤르트에게 양보합니다. 스토크만 씨, 당신이 그러했던 것처럼, 그레텔, 당신이 그러했던 것처럼

환상적인 조명
문에서 기척
X 들어온다

X	보르헤르트 씨
보르헤르트	나는 석방 조건에 동의합니다
X	축하합니다 (보르헤르트와 악수한다)

X 나간다
보르헤르트 쾌활하게 오락가락한다
차츰 걸음이 느려진다
마침내 의자에 앉는다
무엇인가 골똘히 생각하고 있다
가끔 고개를 들어 방 안을 둘러본다
일어선다
뒷짐을 지고 천천히 걷는다
한 발 한 발 생각하면서
걷는다

방 끝에 가서는
잠시 멈췄다가
천천히 돌아선다
다시 걸어간다
렌즈를 닦으며
시간이 셀 수 없이 많은 사람이 오직 걸으면서 렌즈 닦는
일밖에는 다른 일이 없을 때에 그렇게 할 것 같은 걸음걸이
무대 중간쯤에서
가끔
멈추기도 한다
그럴 때에는
한참 서서 무엇인가
렌즈 속으로 어떤 문제를 해결하려고 애쓰는 듯이 보인다
그러다가 이윽고
다시 걸음을 떼어놓는다
가끔 방 안을
찬찬히 돌아본다
새소리
귀를 기울인다
철창문을 올려다본다
이 방이 이상하게 느껴지는 것은 그 창 때문이다
유별나게 큰 쇠창살 문
창살은 과장되게 굵다

다시 걷기 시작한다

무대 중앙에 와서

렌즈를 눈높이로 들어 바라보면서

보르헤르트 그런데, ……왜 이런가? 30년이 마치 사흘처럼 짧아지면서…… 모두 끝났는데…… (손을 엇바꿔 떼어 눈앞에 가져오면서)……과연 ……왜 갑자기, 이렇게 참을 수 없이…… 스토크만 씨 우리는 과연…… 이럴 리가 없는데…… 암, 매일, 매일, 너무 많은 시간이 주어졌기 때문에 나는 달리 할 일이 없었다. 오직 한 가지밖에는—여기서 살게 되기까지의 내 생애를 돌이켜보는 일밖에는. 생각한다는 것은 확실한 일을 불확실하게 만드는 일이라는 것을 알게 됐지. 생각하고 생각한 끝에 결정했던 일들이 돌이켜 생각하면, 아무렇게나 결정해버리기나 했던 일처럼 자신이 없어졌지. 아마, 그때 생각했던 일을 잊어버린 탓도 있겠지. 그럴수록, 내 생애를 하나도 빠짐없이 모든 가닥이 서로 얽히게 생각 속에서 마무리를 지어야 했다. 사람이란 참으로 아무것도 아니다. 잊어버리면 아무것도 아니다. 없었던 것과 다름없다. 아무리 무겁고 깊은 일도— 없었던 것과 같다. 잊어버리지 않은 것만이 자기가 가진 것이지. 잊어버리지 않은 것만이. 그래서 나는 내가 본 것, 생각한 것, 한 일을 모두 차례대로 하나도 빠짐없이 차곡차곡 맞춰나가기 시작했지. 그리고 그것을 렌즈 속에 가두었지. 몇 달씩이나 걸렸지. 그러면 마침내 나는 기억의 큰 성당을 만들어낼 수 있었지. 렌즈 속에 문과 창들과 의자와 설교단과 성화들과 지붕과 지하실과—그뿐 아니라, 그 안에서 일어난 온갖 일들을 다 새겨가지고 있는 기억의 성당을. 그 성당이 렌즈가 되고 그 렌즈가, 나—한스 보르헤르트야. 나는 하나도 잊어버리지 않았지. 모든 것이 놓일 자리에 놓이고. 몇 달 만에 이렇게 기억의 성당을 렌즈 속에 짓고 나면 나는 비로소 마음을 놓았지. 내 생애가 튼튼하게 내 것이 되었으니깐. 즉 나는 내 것이 되었으니깐. 그런데 이렇게 어렵게 지어놓은 기억의 집이, 그 정교한 렌즈가 한참 있다 보면 흐려지기 시작하고 마치 사막 위의 신기루처럼 걷잡을 수 없이 몽롱해지다가는 마침내 사라지고 말지 않았는가? 평화는 깨어지고 나는 다시 집을 짓기 시작하지. 렌즈를, 한 번 생각했던 것을 잊어버린다는 것이 인간의 가장 큰 불행이라는 것을 아는 사람은 알겠지. 뻔히 전번에 생각했던 일을 다시 더듬어 찾아낸다. 마치 하늘을 찌를 듯한 집을 지었다가는 헐어버리고 또다시 짓는 일, 그렇게 해서 다시 집을 지어놓으면—렌즈를 완성하면—나는 안심한다. 내가 걸어온 길이 가장 옳은 길이었다는 안심을 가지게 된다. 나는 마치 하느님을 본 수도자처럼 편해진다. 될수록 아무것도 생각하지 않으면서 한 달쯤, 두 달쯤 지나간다.

이 감옥이 조금도 불편하지 않아 보인다. 그런 것은 대단한 일이 아니라고 믿긴다. 무어라고 설명할 수 없는 자리에서 나는 세상이 이렇게밖에는 될 수 없다는 것을 알고 있는 느낌이다. 그런데 이런 상태는 오래가지 않는다. 또다시 렌즈가 흐려진다. 아직도 내가 잊어버린 것이 많다는 것을 알게 된다. 기억들이 렌즈 속에서 제자리에 놓이지 않고 있다는 느낌이 든다. 다시 다시, 또다시 시작이다. 평화는 결국 중간에밖에는 없다. 그 짧은 사이, 두어 달, 길어야 서너 달. 30년이 모두 이런 연속이었지. 무서운 일이다. 사람은 그렇게 온갖 것을 알았다가도, 잠깐 사이에 모두 잊어버릴 수도 있다니. 갇힌 자에게는 기억밖에는 세계가 없으므로, 나는, 한사코 잊어버리지 않으려고 했지, 세월이 갈수록, 생각해야 할 일은 더 많아지고, 잊어버리기도 더 흔해졌지. 그러나, 한 가지 변하지 않은 일은 언제나 나는 이렇게밖에는 될 수 없었다는 확신이었다. 아마 내가 여기서 죽을 때까지 놓여나지 못하리라는 대전제가 있었기 때문에 그렇지 않았을까? 그러니까 나는 살아 있으면서 끝나 있는 인간이었지. 렌즈처럼. 그런데 지금, 내가 석방되게 된 마당에 서고 보니, 왜 이렇게 모든 일이 불확실해지는 것일까? 고향 마을의 우물가에서 이 렌즈 속까지 곧은 외줄기로 이어진 길이 조금도 확실하지 않다. 내가 살았으면서도 모르고 지나온 어느 다른 가닥이, 갑자기 튀어나와 나를 다시 세상으로 데리고 나가는 것 같다. 어떤 가닥일까? (렌즈를 살핀다) 어떤? 여태껏 이런 상상을 한번이라도 해보았는가? 아니. 한번도. 그럴 가능성이 없다고 생각했으니까. 관계자들은 모두 죽었는가? 우리를 빼고는. 30년은 무의미한 것이었는가? 나는 나치당이 아닌 길도 택할 수 있었던 것일까? 사람은 여러 개의 자기를 가질 수 있다? 내가 만든 그 많은 렌즈알처럼? 미래에 그럴 수 있다면 과거에도 그럴 수 있었다는 말이 되지 않는가? 과거에도? 과거에도? 나치당이 아니고 독일을 구할 수 있는 다른 길도 있었다는 말인가? 아니다. 그것은 유일한 길이었다. 이긴 길이었다는 것과 유일한 길이었다는 것은 다른 말이 아닌가? 이긴 길이 가장 옳은 길이었을까? 가장 옳은 길이 왜 총통 각하의 그 불행한 길로 들어섰는가? 처음부터 잘못된 것이 아니었다고 말할 수 있을까? 나치의 길에도 여러 갈래의 길이 있었다고 생각하면 되겠군. 내가 나의 결백을 믿은 것도 그렇게 생각해야만 된단 말이지? 그런데 지금 내가 이 감옥을 나가면, 나는 어디서 히틀러와 나를 구별하겠다는 말인가? 그를 암살하려고 한 그의 동료들도, 아마도, 이런 공포를 느꼈던 것일 테지. 나도 그들의 편에 섰을 것이다. 나를 억류한 자들은 내게서 그 기회를 빼앗았다. 6백만 명을 죽인다—그런 끔찍한 일이 설마 실현되리라고 나는 믿지 않았다. 전쟁이 끝날 때까지 나를

한스와 그레텔 471

억류한 자들은 나에게 아무 정보도 주지 않았다. 그 일이 마침내 실현되었을 때 나의 태도를 표시할 기회도 주지 않았다. 그리고 지금, 내게 남은 유일한 의미——숨겨진 진실에 대한 증언의 권리를 유보한다는, 정치적 인간으로서의 유일한 의미를 뺏으려 한다. 내 자신에게 휴식을 주자? 이 손을 깨끗하게 지키자고 한 것이 잘못이라고? 이 손이…… 이 손이…… 사랑은…… 사랑은 언제나 그런 것이었을까? 사랑이란——다른 사랑을 죽인 피묻은 손으로만 얻어지는 그런 것이었을까? 그것은 언제나 죄의 과실이었을까? 아무것도 해결하지 못했다, 아무것도, 30년이나 이렇게 생각해왔는데 아무것도 확실한 것이 없지 않은가? ——나에게는. 이럴 수 있는가? 그렇다면 사람이 산다는 것은 불가능하지 않은가? 30년이나 이렇게 철저하게 생각해도 아무것도 확실해지지 않는다면,——사람은 아무렇게나 산다는 말이 되지 않는가? 아무렇게나, 오, 아무렇게나라니! 모두 그렇게 살고 있단 말인가? 그러면서 이 감방을 나가야 한단 말인가? 아무 믿음 없이 30년을 버려야 한단 말인가? 이렇지 않았는데, 우리가 인생을 시작했을 때는 이렇지 않았는데, 적어도 그때는…… 그 거리에서, 마을의 공동 우물터에서, 눈 오는 밤에 나들이에서 돌아올 때 환히 불이 켜진 우리 집 창문을 바라볼 때, 그레텔과 함께 그녀의 어머니 엘리자 아주머니가 만들어준 도시락을 가지고 딸기 따러 숲으로 들어갔을 때, 그 시원한 그늘 속을 걸어갔을 때의 우리가 언제까지나 우리일 텐데……

렌즈를 들여다본다
렌즈 핏빛으로 변한다
보르헤르트 렌즈를 떨어뜨린다
폭음이 일어나며 깨어지는 렌즈
마술의 구슬에서처럼 뭉게뭉게 피어나는 연기
한스와 그레텔(두 사람 모두 어린이 옷에 어린이 가면을 썼다)
손을 잡고 나온다. 그레텔 바구니를 한쪽 팔에 걸고 있다. (스피커의 소리) "어느 날, 우리는 버섯 따러 숲 속으로 들어갔습니다." 천장에서 줄에 매단 나무들(장난감)이 내려온다. (스피커의 목소리, 그레텔) "한스, 나가는 길이 어딘지 모르겠어." (한스의 목소리) "이상한데, 점점 모르는 길이야." 나무가 하나, 둘, 올라가고 대신에 줄에 매단 해골이 하나, 둘 내려온다. (스피커의 목소리, 두 사람의) "한스!" "그레텔!" 해골 사이를 빠져 달아나는 한스와 그레텔, 그레텔을 잃어버리고 혼자 헤매는 한스, 해골들이 부딪치는 소리, 부엉이 울음소리, 마침내 온 무대에 산더미처럼 쌓인 해골들에 파묻혀버리는 한스, 그러자, 해골 더미 위에 나치 제복을 입고 히틀러의 자세로 우뚝 서 있는 한스 보르헤르트

혹은 무대 뒷벽의 스크린에 조명이 들어오면, 화면

넓은 풀밭

화면의 왼쪽 앞에 큰 보리수가 서 있다

멀리서 춤추듯 걸어오는 남녀

한스와 그레텔

보리수를 끼고 돌아간다

쫓고 쫓기는 그들

음악 「보리수」

보리수잎이 모두 해골이 된다

목장의 풀이 모두 해골이 된다 도망치는 그들 발길 앞에 솟아나는 해골, 그레텔을 잃어버리고 혼자 헤매는 한스, 마침내 한스 해골 속에 파묻힌다. 그러자 해골 더미 위에 나치 제복을 입고 우뚝 서 있는 한스 보르헤르트. 스크린 사라진다

어두운 조명 속에 마루에 쪼그리고 엎드린 보르헤르트

차츰 더 어두워지는 조명

완전한 암흑

차츰 밝아지지만

완전히 밝아지지는 않는 무대

새소리

보르헤르트 아주 천천히 일어선다

보르헤르트 ……그때, 나는 죽었어야 했다, 아니면, 적측에 도착하는 즉시 망명을 요청했어야 했다, 나는 심부름할 수 없는 심부름을 했다. 인간의 입술에 옮길 수 있는 말과 옮길 수 없는 말이 있다. 히틀러의 말이라는 이름으로 6백만의 인간을 처단하겠다는 말을 옮겼을 때—나는 그 누구에게도 떠맡길 수 없는 내 자신의 죄를 저질렀다, 30년의 감금의 뜻을 이제야 알겠다, 마땅히 내가 받아야 할 벌이었다—편안하군…… 이제 비로소…… (더 밝아지는 조명, 걸어다닌다)…… 역사의 증인으로서의 책임은……? 여전히 중요한 문제다…… 그러기 위해서는 이곳에 남는 것이 옳겠지…… 그러나 어쩐지 그것은 그리 중요하지 않아 보인다…… 아니 중요하다. 여전히, 그러나 무어랄까…… (보르헤르트, 갑자기, 무서운 걸음걸이로 걸어가서 다른 사람에게 의자를 권하는 시늉을 한 후, 자신이 의자에 앉는다, 그런 다음 얼른 자신은 일어선다. 정중하게, 연극처럼) 그렇게, 그 책임을 위해 당신은 거기 남아 있을 권리가 있다고 생각합니다. 보르헤르트 씨…… 그러나 나는(뒷걸음으로 두어 걸음 물러나면서)…… 그때, 한 방의 총소리였거나, 혹은 명석한 정치적 판단을 나타내는 행동을 하지 못한 이, 또 한 사람의 한스 보르헤르트는, 그레텔에게로 돌아가렵니다…… 그래야 한다는 느낌이 드는군요…… 무어랄까 내 마음이 평화롭군요…… 자 긴 말을 할 시간이 없군요……

　　　　　　피차의 심정을 다 아는 것으로 알겠소…… 그럼……

　　　　　　보르헤르트, 출입구 쪽을 향해 선다
　　　　　　오랜 사이
　　　　　　문 앞에 X와 그레텔 나온다

　　　　　　그레텔, 꽃을 들고 있다.
　　　　　　그레텔, 부드럽고 조용한 노부인,
　　　　　　X, 그레텔에게

X　　　　　축하합니다, 저도 이것이 간수로서의 마지막 날입니다
그레텔　　（끄덕인다）

　　　　　　X 문을 연다
　　　　　　두 사람 들어선다
　　　　　　들어서면서

X　　　　　보르헤르트 씨, 석방입니다, 부인이 오셨습니다
그레텔　　한스, 인제 끝났어요
보르헤르트　그레텔

　　　　　　두 사람 다가선다
　　　　　　포옹한다

X 조심스레 다가선다

두 사람 서로 부축하며 퇴장하기 시작한다

문득 멈추며, 보르헤르트 의자를 돌아본다

그레텔, X, 보르헤르트의 시선을 좇으려 할 때

보르헤르트 다시 고개를 돌려 퇴장을 계속한다

X 정중하게 뒤따르며

「보리수」흘러나온다

— 막

해설

극시인의 탄생

이상일
(연극평론가)

(1) 나는 소설가 최인훈은 알지 못한다. 그러나 극문학의 시인으로 그를 안다. 그는 넓은 뜻에서 말하는 시인Dichter이다. 상투적인 극작가라는 호칭 대신에, 그는 극시인으로 불려 마땅하다. 시인의 월계관은 그의 작품을 통해 얻어진다. 이미 그는 「어디서 무엇이 되어 만나랴」「옛날 옛적에 훠어이 훠이」「봄이 오면 산에 들에」 등으로 극문학의 새로운 전개를 거듭했고, 『세계의 문학』에 「둥둥 낙랑둥」을 발표하여 소설가에서 극시인으로의 찬란한 변신을 확고히 한다.

그가 즐겨 다루어왔던 원초적, 신화적 모티프의 보편적 확대를 잠깐 미루어두고 민족 설화 왕자 호동과 낙랑 공주 이야기로 환상과 역사성을 무대에 올린 이 작품은 작가 최인훈에게 있어서도 하나의 이정표가 될 것이다.

극시인으로 변신한 그가 넓은 뜻의 시 속에 드라마를 함몰시킬

것이냐, 아니면 그가 현실의 역사성으로 돌아올 것이냐는 내 관심의 초점이었다. 역사성에 대한 인식은 현실에 대한 관심이자 그의 극문학에 있어서의 구체적 작업, 곧 드라마적 구축의 기량화를 뜻하기도 하는 것이다.

우리는 최인훈의 작품 세계, 그의 작가 정신 그리고 주제의 깊은 통찰과 서사적 구성의 치밀한 계산을 익히지 않고 있다. 그러나 변신에 따르는 드라마의 기량에 대해서는 아직 안심할 수가 없었던 것이 사실이다.

연극 세계에 뛰어든 그의 참신한 매력은 드라마에 부여한 시적 세계의 확산이며, 그의 작품을 통해 극장 무대에 시적 형상화가 가능해질 조짐이 보였기 때문이었다. 그러나 그 불가시적인 것, 파악 불능한 것의 가시화 그리고 파악 가능한 것으로의 변모는 극문학이라는 일정한 테두리 속의 작품으로 구체화되어야 하는 것이다.

드라마의 난점은 시적 의지의 자의적일 발신을 어떻게 통어하느냐 하는 것과, 통상 극작가들이 빠져 있는 드라마 기능공의 역할에서 어떻게 빠져나오느냐 하는 데 있을 것이다. 드라마의 기계적인 짜임새에 눌려 있는 극작가와, 시적 감격 속에 살며 기량을 배우지 못하는 극작가들 무리 가운데서, 우리는 최인훈이라는 한 극시인의 재능에 대해서 일말의 불안감을 씻지 못한 것도 사실이었다. 그의 시인적인 관조, 그리고 소설가적인 구상력이 드라마 장르에서 어떤 양식으로 표현의 꽃을 피울 것이냐에 대해서 평가를 미루어온 것은 구체적 작업의 성과를 보고 나서야 가능해지기 때문인 것이다.

「둥둥 낙랑둥」── 북소리의 의음화擬音化로 붙여진 낙랑의 비련은 형상의 흐름에 치중되었던 전작들에 비해 극중 인물들이 구체적이고 생동적이다.

전작들의 근원성과 창조적 카오스가 극문학의 강력한 집결력과 폭발력을 약화시킬지도 모른다는 불안을 동반하고 있었음에 비하여, 이 호동 왕자 이야기는 서사적 현실감과 서정적 환상의 적절한 짜임으로 극문학의 완전한 성립을 이룩한다.

흔들리지 않는 구성, 시로 장식된 지문, 압축된 대사, 대사의 시어적 긴장감 그리고 넓은 의미의 시 세계로 확대될 가능성을 지닌 디테일의 묘미 등 최인훈의 극화의 재능은 이 땅의 극작가들이 체득하지 못했던 것들을 보여준다. 분명히 이 작가는 다른 장르 형식으로 처리할 수 있는 소재의 표현 양식 가운데 굳이 드라마를 택한 것이 아니라, 드라마가 아니면 표현할 수 없는 것을 드라마로 표현한다. 이것은 중요한 문제이다.

많은 극작가들이 산문으로 표현할 수 있는 것을 그의 재주인 극작술로 회칠을 해서 서사적 요소와 드라마적 요소를 혼동하고 있는 데 비하면, 이 산문작가 출신인 최인훈은 서사적 양식에서 얻을 수 있는 효과와 양식의 표현에서 얻어지는 감동의 폭을 계산할 줄 알며 또 그들을 구별할 수 있는 재능을 가졌다. 따라서 드라마를 드라마로 표현하며, 하지 않을 수 없는 필연성을 작가가 가짐으로써 그 긴장감은 백열해지지 않을 수가 없는 것이다.

그가 구사하는 시가, 그가 활용하는 산문이, 모두 이 드라마 속에 커다란 극적 요소로 작용한다. 그래서 그의 극문학 속에서는 읽는 사람에 따라 강도의 방사능이 달리 조사될 수 있다.

그 점에 대해서는 정현종 시인이 이미 작품에 나오는 매미 소리와 광대에 관한 미시적 관찰로 작가의 '의식의 주름'과 관련시킨 글도 있다. 그런 관찰을 가능케 할 만큼 이 작품의 세포 하나하나는 그 자체로 살아서 숨 쉰다. 세포 하나하나의 세계는 그 자체로 이미 독립되어 있는 시의 세계다. 그리고 바로 그런 점을 찌르는 정 시인의 눈은 역시 시인답다 할 것이다. 그러나 그와 동시에 우리는 이 작품이 극문학으로서의 순도 높은 존재 의의를 획득하는 거시적 건축술—'꿈'과 연결시키는 '현실'의 대립과 신화에 대해서 더 큰 관심을 기울이지 않을 수 없다.

호동 꿈에, 그것이 꿈이었다면, 차라리 꿈이었다면

왕비 꿈에 만난 사람은 정말 만나게 된다고 합니다. 그래서 지금 이렇게 만나고 있지 않습니까?

호동 이것이, 이것이 정말이 된 꿈입니까?

왕비 정말이 된 꿈입니다, 왕자는 벌써 여기를 다녀가셨소, 저를 만나 적이 있고, 그런데 지금 여기서, 저를 (손을 잡으며) 이렇게 손을 잡고 있지 않습니까?

호동 이것이 정말이었으면

왕비 정말입니다

호동 이것이 꿈이었으면

왕비 이것이 꿈입니다

호동 어느 것이 정말입니까?
왕비 꿈이 정말입니다, 정말이 꿈입니다. 꿈속에 정말이 있고, 정말 속에 꿈이 있습니다 (p. 258)

  우리의 희곡 작품들이 천편일률적으로 지녔던 드라마 형식의 이야기는 드라마와 서사성의 혼재 때문에 그리고 우위에 있는 서사서 때문에 산문 소설로 뺏기는 독자의 관심을 끌 수가 없었지만, 이제 최인훈 같은 극시인의 극문학을 통해 우리는 '연극의 읽는 즐거움'을 배울 수가 있게 될 것이다. 극문학은 그것이 절대로 시나 소설의 이복동생이 될 수가 없다. 그것은 그 자체로서 떳떳한 적자이고 그대로의 혈통으로 가문을 이룬다.
  그 점에 대한 인식이 없기 때문에 우리는 희곡이 주는, 읽는 '연극'의 즐거움을 공급받지 못했다. 오직 무대 상연의 대본으로서 드라마의 기능은 제한되어 나왔으며 독자들도 극문학이 읽히는—넓은 의미의 모든 시가 다 그런 것처럼—측면을 놓치고 만 것이다.
  극형식에 담긴 이야기체는 어떤 면으로 보면 편집된 의교문擬敎文, 곧 대본밖에 되지 않는다. 따라서 거기에는 문학예술이 풍겨주는 감명이 없다. 이 치명적인 사각에 걸려 우리의 문학 풍토에서는 희곡이 서자 취급을 받아온 것이 사실이며, 극작가들도 의당 그러려니 하고 그 사각을 메울 엄두를 내지 않았던 것이다. 「둥둥 낙랑둥」으로써 완전한 극시인임을 증명한 최인훈 때문에 이제 우리는 읽는 '연극'의 즐거움—곧 극문학의 발전을 예견하게 된다.
  작가는 역사적 인물을 대담하게 서사적으로 재편성하면서 서정적으로 윤색하여 극적 효과를 상승시킨다. 곧 서사적으로 구체화되는 호동 왕자는 하나의 현실이며, 서정적으로 윤색되는 사랑의 이야기는 환상의 세계이다. 이 현실과 꿈이라는 올과 결로 짜인 희곡 드라마는 그럴 수 없이 강력한 인상의 화판이 된다.

최인훈은 이광수 이래 우리의 고정관념으로 자리 잡고 있는 호동과 낙랑 공주 이야기를, 우선 끝난 곳에서 시작함으로써 뒤집어놓고, 고구려 왕비와 낙랑 공주를 쌍둥이 자매로 설정시켜 '현실'과 '꿈'을 극화시킨다. 낙랑을 정복하고 돌아온 호동 왕자가 궁중에서 왕비에 의한 낙랑을 살게 되고 왕비가 공주를 살게 되는 장면들은 극적으로 아주 고조된 순간이며, 의미심장한 장면이 된다. 그것은 읽는 즐거움, 낭송의 극화이기도 하다

왕비 동생아, 너하고 지낸 세월을 다시 살아보는 일이 그렇게 즐겁다면 내가 너처럼 살아주마, 이상한 의붓어미의 사랑이여, 그러나 이것이 내 길이라면 네 아닌 너를 살아주마, 〔……〕 너와 내가 다니던 길, 앉은 자리, 웃던 연못, 놀라던 골짜기, 모두 걸어주마, 모두 앉아주마, 그대로 웃어주마, 그렇게 놀라주마, 〔……〕 나도 오랜만에 낙랑에 다녀오니 한결 마음이 가볍다. 〔……〕 동생아 네가 왕자와 더불어 지낸 일을 다 가르쳐다오, 내가 너를 살게, 그래서 네가 나를 살게, 그래서 너와 왕자가 너희들의 꿀 같던 세월을 아무렴 몇 번이라도 고쳐 살게, 동생아 네가 왕자와 지낸 일을 낱낱이 말해다오 (pp. 263~64)

'보는 것'만으로 끝나게 하지 않는 연극은 먼저 읽는 연극에서 시작되어야 한다. 그러기 위하여 극문학의 성립이 불가피하다면 이제 우리에게도 '연극' 읽는 즐거움이 찾아오기 시작한다는 뜻에서 자축의 잔을 들 만하다.

(2) 연극 대본을 희곡이라는 이름으로 만들어내는 테크니션들을 극작가라 부른다면 최인훈은 그런 의미의 희곡 작가는 아니다. 그가 극문학의 작가지, 연극 대본의 작가가 아니라는 사실은, 그의 문학 세계를 규정짓는 데 빼놓을 수 없는 하나의 규범이 된다. 그리하여 그는 다른 극작가들이 성취하지 못했던 한국의 심성, 신화나 설화 속에 침잠해 있던 종교적 모티프들을 극문학으로, 곧 예술로 형성하고 아련한 베일 저편의 심상에 예술적 조명의 불빛을 댄다.

우리는 최인훈의 극문학으로 인하여 비로소 한국 문학 속의 극문학의 성립을 거론할 수 있다는 뜻에서 일찍이 그를 극시인으로 부른 바 있다. 극단적으로 말해서 우리는 신극사 70년에 걸쳐 숱한 연극 대본들을 갖게 되었지만 문학사에 남을 만한 극문학의 자산은 별로 이룩한 것이 없다.

소설가 최인훈의 극시인으로의 변신이 큰 의의를 갖는 것은 바로 이 점에 있어서이다. 그는 소설로서도, 시로서도 표현할 수 없는 극문학 특유의 세계를 우리에게 열어준다. 그것은 소설이 되고 남은 희곡이 아니고 시로 연소되고 남은 희곡도 아니며 더욱이 시도 소설도 되지 못한 무능의 소산일 수는 절대로 없다. 희곡이 아니면 표현할 수 없는 극문학의 성립 — 그리하여 그 희곡 안에 희곡만이 간직할 수 있는 극문학의 세계를 담음으로써 최인훈은 비로소 왜 셰익스피어나 괴테가 희곡 형식을 통해 세계 문학의 정상에 서는가를 우리 나름으로 수긍케 한다.

그의 극문학이 우리의 그만한 주목과 평가를 받게 된 것은 최근작 「달아 달아 밝은 달아」로 이어지는 일련의 작품들을 통해 전개시킨 그의 독창적인 주제 의식과 극문학 구성의 방법 때문이다.

방법은 예술의 형식화이다. 이 형식을 위해서 그는 아주 압축된 지문과 대사의 시화를 시도하고 있다. 주제를 선명하게 하기 위하여 가지를 쳐버리는 그의 드라마투르기는 신화나 민담 세계의 구비 전승 체계에 알맞게 '단순과 순화'의 기능을 의도한다. 단순한 위대함은 반드시 그리스 비극만의 본질일 수 없고 모든 민족의 신화적 심상의 표출에서 전달되는 보편적 감동인 것이다.

그러나 원초적 사유의 단순과 순화 사이로 끼어드는 최인훈의 현대적 감성과 의식은 치열한 불꽃이다. 그의 작품에서 조사되어 나오는 신화적, 종교적 모티프들은 과거의 것이 아니라 근원에서 생명을 얻은 오늘의 문제로 환원된다. 멜히거 교수가 지적하듯 신화적, 출제적 그리스 비극은 근원의 문제이자 동시에 그 당시 사회의 정치적 반영이다.

최인훈의 신화성에서도 영원한 인간의 문제만이 아니라 그 신화에 현대의 액추얼한 사건이 끌려들어 그 암유가 활용되고 있다는 점이 중시되어야 할 것이다. 그런 면에서 최인훈의 신화 세계는 현실을 반영하는 정치적, 사회적 사건의 암유적 재현일 수 있다.

그의 작품 「어디서 무엇이 되어 만나랴」의 주제가 된 것은 표면적으로는 감은사 전설과 바보 온달이지만 그 뒤에는 변신 신앙과 윤회 사상을 가능케 하는 고대의 종교 심성이 있다. 이 고대 심성은 「옛날 옛적에 훠어이 훠이」에서 신화적 이미지를 훨씬 구체화시킨다. 아기장수 탄생 설화에 곁들인 용마 사상을 단순히 억눌리고 배고픈 민중의 꿈의 반영으로 보는 것은 피상적이다. 아기 영웅의 죽음과 부활의 신화는 범세계적으로 퍼져 있는 원초적 어린이Urkind 사상으로서 영웅 시련의 한 모티프이다.

「봄이 오면 산에 들에」에서는 문둥이 형상으로 가다듬어지는 '성스런 추악함'의 모티프가 예술적 조명을 받는다. 그것은 무의적 巫儀的 변신을 매체로 삼는 「둥둥 낙랑둥」의 난쟁이 형상과 함께 우리의 망각된 꿈의 원천을 뒤흔들어놓는 충격이었다.

「달아 달아 밝은 달아」의 심청이 청루에 팔렸다가 풀려나는 것처럼 보이는 그 구도의 이면에는 성스러운 추악의 다른 일면인 성창聖娼의 어슴푸레한 흔적이 있다.

더러움은 고대의 소외이다. 그것은 기이이며 범상치 않다는 점에서 거룩하다. 신화 세계의 신성 감정은 '외경의 비의mysterium tremendum'로 더러움을 성스러움과 결부시키고 음란의 섹스도 다산의 상징으로 성스러움과 결부시킨다. 그런 감정이 신전에 바쳐지는 처녀상으로, 또 그 변형으로서 인당수에 던져지는 심청의 모습으로 가다듬어진다면 성창 의식도 최인훈의 신화 세계에서 그냥 넘겨버릴 수 없는 모티프가 될 수밖에 없다.

민족의 심상이 투영된 신화의 설화 속에서 보편적인 모티프를 찾아 그것을 예술 형식으로 재창조하는 작가에 의해, 우리는 원초적인 것 속에 포함된 미개한 것의 순화와 극복이라는 극문학의 새로운 과제와 만나게 된 셈이다.

〔1979〕

해설

설화적 형상을 통한 인간의 새로운 해석

김만수
(문학평론가)

1. 상처받은 사람들에 대하여

소설 『광장』이 1960년대의 문학사적 지평을 연 문제작이었다면, 희곡 「어디서 무엇이 되어 만나랴」는 1970년대 새로운 희곡의 서장을 연 작품이었다. 가위 눌린 듯 띄엄띄엄 이어지는 대사, 극소화된 무대 배경, 꿈과 현실이 뒤섞인 듯한 극적 사건으로 구성된 그의 희곡은 한국 연극에서 찾아보기 힘든, 무척 재미없고 단조롭고 느린 드라마처럼 보이지만, 거기에는 생략과 압축으로 인한 긴장감이 배어 있다. 청산유수와도 같은 대화보다는 무릇 말이 막힐 때, 말을 아낄 때, 긴장감은 더하기 마련이다. 최인훈 희곡은 특유의 말 없음을 통해 군사독재의 위세가 당당했던 1970년대의 정치 상황, 거기에 억눌린 민중들의 비루한 일상과 터질 듯한 분노를 드러낸다. 그러나 1970년대에 주로 집중된 최인훈의 희곡이 1990년대 이후에 오히려 주목의 대상이 된 점이 더욱 흥미롭다. 한없이 느리고, 극적 갈등이 흐릿한 것처럼 그의 희곡이 스피드와 액션으로 점철된 '스펙터클의 시대'로 돌입한 1990년대 이후의 상황에서 더 주목받는 이유는 무엇일까.

최인훈 희곡의 가장 큰 특징은 원 텍스트의 변용에 있다. 「옛날 옛적에 훠어이 훠이」는 아기장수 설화를 변용하여 "스스로의 운명을 따지고, 고쳐나갈 힘이 없는 사람들의 무겁고 어두운 이야기"를 담고 있으며, 「봄이 오면 산에 들에」는 문둥병 환자 가족이 지향하는 십장생의 세계를 아름답고 비통하게 그려내었다. 「달아 달아 밝은 달아」는 심청 모티프를 변용하여 성스럽고도 추한 여성상을 창조해내었으며, 「어디서 무엇이 되어 만나랴」는 바보 온달과 평강 공주, 「둥둥 낙랑둥」은 호동 왕자와 낙랑 공주의 이야기를 각각 변용했다. 그의 희곡에 한국의 역사와 설화만 반영된 것은 아니다. 그가 변용의 대상으로 선택한 것은 '헨젤과 그레텔' 이야기, 예수의 생애, 출애굽기의 과월절의 유래 등 좀더 보편적인 것을 지향한다. 그는 자신의 작품을 "종교적 선입관 없이, 인간의 보편적 비극으로" 읽히길 기대한다. 우리는 그의 작품에서 1970년대 한국의 사회 현실을 읽어낼 수도 있고, 한국적 심성과 역사의식을 읽어낼 수도 있지만, 그의 희곡은 여기에 머물지 않는다. 그의 희곡은 상처 입은 자들의 시련과 고난의 체험을 통해, 인류 보편의 비극을 제시하고자 한다.

최인훈 희곡의 등장인물들은 모두 상처받은 사람들이다. 우리는 최인훈 희곡에서 효수된 아들의 목을 보자기에 싸서 들고는 하염

없이 길을 떠나는 노파, "갈보처럼" 교태를 지으며 환하게 웃는 늙은 심청을 목도하며 "겨울밤 휘파람처럼" 문밖에서 들려오는 문둥병 환자 어미의 소리를 듣는다. 너무도 충격적인 이들 '상처받은 사람들'은 각자의 상처에 대해 말하고, 각자의 상처를 통해 말한다. 또한 상처에 대해 말하는 과정이 바로 상처를 치유하는 과정이 된다.「옛날 옛적에 훠어이 훠이」는 자식을 스스로 죽일 수밖에 없었던 부모의 상처를 중심으로 전개된다.「봄이 오면 산에 들에」는 천형으로 알려진 문둥병의 상처를 안고 있는 어머니와 그 어머니로 인해 고통받는 가족들의 상처를 다룬다. 공주를 죽게 한 대가로 승리를 얻은 호동 왕자의 심리적 고통에서부터 출발하는「둥둥 낙랑둥」이나 아버지 심봉사와 김서방으로부터 유리되어 청루와 거친 바다에서 고난의 일생을 이어가는 심청이의 사연을 다룬「달아 달아 밝은 달아」또한 주인공의 깊은 상처에 그 근원을 두고 있다. 그 상처는 누구의 탓인가. 어떤 과정을 통해 치유될 수 있는가. 혹 상처를 통해 얻게 되는 삶의 궁극적인 깨달음은 무엇인가. 최인훈의 희곡들은 매우 느리고 우회적인 방식으로 상처에 대해서, 상처를 통해서, 또한 상처를 견디어가는 과정을 다룸으로써, 상처 자체가 자신을 치유해가고 정립해가는 과정이며, 상처 자체가 이야기이고 우리의 삶임을 보여준다.

2. 흔들리는 존재로서의 인간에 대한 재해석

초기작에 해당하는 「어디서 무엇이 되어 만나랴」는 『삼국사기』 열전의 온달 이야기를 변용한다. 원래 이야기에서 바보 온달은 평강 공주와 결혼하여 장군으로 변신, 혁혁한 공을 쌓다가 마침내 전사하는데 시신을 담은 관이 움직이지 않자 공주가 나타나 이를 해결한다. 작가는 이 이야기의 주인공을 공주로 바꾼 다음, 공주의 내면에서 벌어지는 심리의 드라마를 추적한다. 작가가 보기에 공주는 남성을 대리자로 내세워 성공하고자 하는, 한국고전소설의 전형적인 인물인 '여성 영웅'인 동시에, 주변의 방해자로부터 끊임없이 시달리며 이들에게 복수해야 하는 가련한 존재이다. 왕과 계모, 오빠, 그리고 정치적 반대자들에게 고통받는 공주는 온달을 내세워 이들에게 복수를 감행하지만, 결국 복수는 이루지 못하고 온달마저 희생당한다.

최인훈의 희곡에서 급박한 사건이나 뚜렷하게 개성화된 인물을 찾기는 힘들다. 이 작품에서도 작가는 온달과 공주 사이의 사건보다는, 온달의 죽음 이후 공주가 겪는 심리적 혼란에 더 많은 공을 들인다. 사실 이 작품에서 우리는 공주를 정치적 희생양이 되는 가련한 존재로만 확정할 수는 없다. 극단적으로 본다면, 공주는 피해자가 아니라 가해자일 수도 있다. 많은 동화 속에서 어린아이들이 친모를 계모로, 친부를 괴물로 변형시키고 자신을 피해자로 간주하는 환상을 경험하는 것처럼, 평강공주도 자신의 고집과 환상 속에서 거짓 정치적 대립자를 상정하는 환상을 경험하고 있는 것처럼 보이기도 한다. 이런 관점에서 본다면, 공주는 자신의 환상 충족을 위해서 온달을 이용하는, 매우 집요하고 탐욕적인 인물일 수도 있다. 최인훈은 이 작품의 앞자리에 슬그머니 '은혜 갚은 까치'를 삽입한다. 까치는 종을 머리로 받아 울린 다음에 죽음으로써 은혜를 갚고, 꿈속에서 온달의 어머니는 같은 방식으로 구렁이로부터 온달을 살려낸 다음에 죽는다. 또한 온달은 억울하지만 장렬한 전사로써 평강 공주의 사랑에 보답한다. 그러나 공주는 까치와 온모와 온달이 보여준 바와 같은 보은報恩을 실천하지 못한 채 죽는다. 사랑을 실천하지 못하고 탐욕과 불안 속에서 인생을 마감한 인생이라면 더욱 비극적인 인물일 것이다. 이런 면에서 공주의 삶은 더욱 비극적이다. 김광섭의 시「저녁에」에 사용된 '어디서 무엇이 되어 다시 만나랴'라는 구절을 차용한 듯한 이 제목을 통해, 작가는 공주의 불행하나 탐욕스러운 삶이 온달과의 만남을 통해 새로운 에너지로 변형될 수도 있다는 가능성을 보여주고 있는 듯하다. 만약 공주에게 '다시 한 번'의 삶이 주어진다면, 공주는 예전의 삶과는 다른 삶의 방식으로 온달을 만날지도 모른다. 이러한 가능성으로 열려 있는 이 희곡의 결말은 작가가 그리고자 하는 인물이 정치적 희생양이 된 온달과 공주가 아니라, 욕망으로 인해 고통받는 인간 보편을 향하고 있음을 알게 된다.

이러한 인물의 복합성은『삼국사기』내의 호동 왕자와 낙랑 공주 이야기를 변용한「둥둥 낙랑둥」에서도 찾아볼 수 있다.『삼국사기』열전의 이야기가 낙랑 공주의 배반과 죽음, 호동 왕자의 승리, 왕비의 음모와 호동 왕자의 자살로 종결되는 반면, 작가는 살아남은 호동 왕자의 자의식에 초점을 두어 드라마를 전개하고 있다. 최인훈은 「연극이라는 의식」이라는 글에서 다음과 같이 말하고 있다.

모든 영원한 문제가 그런 것처럼 보통 사람은 이런 문제를 끝까지 밀고 가지 못한다. 〔……〕 끝까지 갈 용기가 나지 않는 것은 파멸이 보이기 때문이다. 극 속의 인물들은 이 끝을 피하지 않고 거기까지 걸어간다. 낙랑 공주와 호동 왕자도 그런 사람들이다. 원래 이야기에 없는 호동의 의붓어머니나, 낙랑 공주가 쌍둥이라는 설정은, 호동과 공주가 만난 문제를 더 어려운 것으로 만들어보기 위해서 지어낸 생각이다.

위의 발언 중에서 주목되는 부분은 '끝까지 걸어간 사람이 부딪히게 되는 수렁과 파멸'이다. 우리는 이 발언 중에서 인간의 근원적인 욕망이란 해결될 수 없는 '수렁'과 같은 종류의 것이며, 그것을 끝까지 몰고 가서 그 욕망의 '파멸'을 보여주는 인물이 바로 작가가 그리고자 한 인물임을 알게 된다. 이 작품은 극단적인 욕망의 끝에 놓이는 철저한 파멸을 다룬다. 아들과 의붓어미의 사랑이라는 테마는 라신의 『페드르』에서, 무의식과도 흡사한 영령의 부름에 휘둘리는 주인공의 내면적 갈등은 셰익스피어의 『햄릿』에서 전형적으로 드러나는바, 「둥둥 낙랑둥」은 낙랑의 북소리라는 환청(악령)에 시달리는 호동의 잠재의식의 양편에 '쾌락 원칙'과 '현실 원칙' 사이의 흔들림을 더하고 있다. 호동에게 왕비는 '의붓어머니'이기도 하지만, 사랑하는 '공주'이기도 하다.

왕비	호동 님, 오늘은 사냥 가는 날입니다
호동	네 어머님
왕비	호동 님(교태를 부리며)
호동	네 공주
왕비	호동 님은 저보다 의붓어머니가 더 좋으십니까?
호동	무슨 말씀을, 그분은 제 어머니시라 자식 된 마음으로
왕비	그러니, 저한테는 언니 얘기를 그만하세요 (p.292)

 잃어버린 공주의 사랑을 찾기 위해 쌍둥이 자매인 왕비를 사랑해야 하는 연인으로서의 호동을 지배하는 '쾌락 원칙,' 한 국가의 왕자로서 호동이 지켜야 할 '현실 원칙' 사이의 분열을 다룬 이 작품은 꿈과 현실, 욕망과 억압, 존재와 부재 사이의 갈등을 보여준다. 왕비 또한 현실과 쾌락이라는 원칙 사이에서 흔들리는 존재이다. 왕비는 국가의 무당으로서 주몽신의 말씀을 대리하는 사제자인 동시에, 죽은 여동생의 대체물이자 호동의 연인이다. 결말 부분에서 그녀는 국가의 무당으로서 "호동의 목을 쳐라"고 명령을 내리지만, 그녀 또한 자살하고 만다.

왕비	거룩한 고구려의 왕자 호동 님, 나 당신을 본 첫날부터, [······] 이 세상 소리에 귀먹고 이 세상 모양에 눈멀었습니다(호동의 머리를 집어 들며), 그대 머리여, 그대는 이렇게

　　　　토막이 잘린 이내의 마음이로다. (머리에 입술을 맞춘다) 호동 님, 그대를 따르오리다 (p.318)

　「둥둥 낙랑둥」은 낙랑의 북소리를 여음으로 삼아, 낙랑의 북소리가 환기하는 사랑의 충동에 들린 호동 왕자와 왕비의 격정을 잘 그려낸 수작이다. 작가는 호동 왕자와 왕비의 사랑을 그림자막 뒤의 환상으로, 혹은 시적인 대사 내의 상징을 통해 아름답게 묘사한다. 또한 이들의 격정이 현실 원칙에 의해 억압될 수밖에 없다는 점, 현실 원칙의 억압을 견디기 위해 호동과 왕비가 선택한 '욕망의 대체화' 전략의 교활함 등을 용의주도하게 그려낸다. 꿈속의 호동과 왕비는 그들 자신이 아니라 호동과 낙랑공주의 대체물이며, 이들은 현실에서 그들의 탈을 쓰고 사랑놀이를 하고 있을 따름인 것이다. 인간은 궁극적인 욕망을 성취할 수 없는 까닭에 욕망의 대체물로 욕망을 대신할 따름이라는 라캉의 관찰은, 이 작품에서 끝없는 욕망의 지연이라는 드라마로 승화된다.

3. 방법으로서의 양식화

　「옛날 옛적에 훠어이 훠이」는 민중의 수난과 좌절, 이에 대한 영웅 탄생에 대한 기대와 갈구, 아기 영웅의 탄생과 좌절 등의 스토리를 담은 '아기장수 설화'의 변용이다. 비범한 탄생과 시련, 순교에서 승천에 이르기까지를 담은 아기장수 설화는 예수의 생애 과정과 유사한 구조를 가진다. 이 작품은 눈 내리는 겨울을 배경으로 텅 비어 있는 집, 아내의 멍한 모습, 흩어진 씨앗, 작은 도적이 되었다가 효수당해 죽은 사람, 관군들의 횡포 등을 배치하여 극의 실감을 높이고 있다. 확성기로 들려오는 죽은 아이의 소리, 심한 말더듬이인 남편의 대사는 언로가 막혀버린 1970년대 정치 상황의 환유이거니와, 이 작품에 독특한 양식성을 부여한다. 아기장수의 출현을 겁내 오히려 아이를 죽이는 부모, 아이를 마을에서 영원히 축출하고자 하는 마을 사람들의 모습은 스스로의 운명조차 개척해나갈 의지를 상실해버린 민중의 환유이기에 역설적으로 그 강렬함이 배가된다.

「봄이 오면 산에 들에」는 문둥이가 된 엄마를 따라 가족 모두가 문둥이가 됨으로써 대동大同을 이루는 동화와도 같은 작품이다. "하느님이 내린 탈을/울엄마가 받아 쓰고/울엄마가 받아 쓴 탈/이 딸내가 받아 쓰고/이 딸내가 받아 쓴 탈/울아배가 받아 쓰고/하느님이 내린 탈을/식구 고루 나눠 썼네"로 이어지는 노래를 통해 제시되는 바와 같이, 한 개인에게 내려진 고통을 가족들의 고통으로 나누어 가지는 과정을 통해, 이들은 장엄한 십장생十長生의 세계로 들어선다. 현실적으로는 모두 문둥이라는 천형을 뒤집어 쓴 저주받은 존재로 하강하지만, '봄이 오면 산에 들에'라는 제목이 암시하듯 이들의 세계는 오히려 상승하는 봄의 기운으로 가득 차 있다. 이런 의미에서 이 작품은 고통을 극복하고 생명을 재생하게 하는 봄의 로망스에 가깝다.

「달아 달아 밝은 달아」는 심청전의 변용이다. 작가는 용궁에서

환생하는 심청전의 환상성을 걷어내고 여기에 수난받는 여성의 상처라는 현실성을 부여한다. 심청의 수난은 압송되는 이순신 이야기처럼 언뜻 스쳐가는 이야기를 통해, 그리고 그림자막 뒤에 펼쳐진 환상을 통해 절제되어 펼쳐진다. 작가는 심청의 상처에 대해 치유의 손길을 내밀지 않고, 마지막 장면에서도 늙은 심청이 창부로서의 상처를 그대로 안고 살아가는 모습을 보여줌으로써 충격을 준다.

 우리는 이들 작품에서 작가가 드라마를 통해 성취하고자 한 것이 한국적 설화의 변용과 새로운 주제의 제시뿐만이 아니라, 새로운 드라마 양식의 제시에 있음을 알게 된다. 극적 변용이라는 방법이 양식화될 때, 우리는 변용된 내용보다는 변용의 형식이 드러내고자 하는 극적 진실에 근접하게 된다. 최인훈 희곡에서 사건과 인물은 현실을 재현하는 게 아니라, 이것이 연극의 한 장면임을 보여줄 수 있는 방식으로 양식화된다. 인물들의 대사는 자연스러운 대화보다는 독백, 말더듬이의 어눌함, 광대의 장광설, 시적이고 의고적인 어투 등으로 양식화된다. 인물들은 탈을 쓰거나 인형으로 대체되어 그들이 현실의 인물이 아니라 연극 속의 인물임을 표 나게 강조한다. 변용된 이야기들은 왜 우리 시대에 이런 이야기들의 변용이 필요한가에 대한 성찰의 자리로 우리를 이끈다. 작가는 이러한 작위적인 양식화를 통해, 현실에서 말할 수 없는 드라마적인 형상을 창조하려고 한다. 예를 들어, 인물의 동작을 주문할 때에도,

실제로는 거의 무언극에서의 움직임처럼/그들이 하고 있는 일은/
다 아는 일이기 때문에/흉내만 내면 된다는 그런/연기가 아니고/말
은 할 수 없고/그 움직임만으로 무엇인가를/옮겨야 한다는 느낌으
로/아니, 그들이 하는 일이/쉽게 알 수는 없는 어떤 신비한 일이기
때문에 되풀이해서 관객에게/옮기려 해도/안 되기 때문에 자꾸 되
풀이하고 있다는 그런 느낌이 나게 (「봄이 오면 산에 들에」)

움직이도록 만든다. 작가는 드라마가 방법의 양식화에 입각해야
한다는 사실을 여러 곳에서 강조한다. 예를 들어「봄이 오면 산에
들에」에서 문둥이 엄마가 집에 찾아올지 모른다는 걱정을 스쳐가
는 바람 소리로 증폭시킴으로써 문둥이 엄마의 무대적 재현물을
얻는다.

바람 소리/먼 데서/겨울밤의/산속의/한참 듣고 있노라면/이쪽
넋이 옮아가는지/마음에 바람이 옮아앉는지/가릴 수 없이 돼가면서
/흐느끼듯/울부짖듯/어느 바위 모서리에/부딪혀/피 흘리며 한숨
쉬듯/울부짖는/그/겨울밤의/바람 소리

무척 시적인 것으로 들리는 이 바람 소리는 곧이어 "푸드덕, 하
고/무엇인가, 새 같은 소리" "지붕에 쌓인 눈이/부서져내리는 소
리" '늑대 우는 소리' 등으로 구체화된다. 이토록 공들여 묘사된
소리는 희곡을 읽는 독자에게는 상상의 재료를 제공하고, 드라마
를 연출하고 실행하는 연출가와 배우에게는 이의 무대적 형상화를

위한 잠재적 힘을 제공한다. 이 중에서도 「달아 달아 밝은 달아」는 최인훈 희곡의 드라마적 양식성이 극대화한 작품이다. 예를 들어, 심청이 창루에서 당하는 수난은 무대 위에서는 "심청의 머리채를 끌고 부엌간으로 들어간다" 정도로 처리되지만, 뒤이어 "불이 들어오는 창호지"를 그림자막으로 삼아 심청 대신 인형을 사용하여 "인형을 덮치는 용의 그림자" "바닷물이 철썩철썩 물결치는 소리" 등의 절제되고 양식화된 무대 표현으로 재현된다.

4. 무대화의 가능성을 위하여

최인훈의 작품에는 메인 플롯에서 벗어난 부수적인 이야기들이 간혹 삽입되기도 한다. 예를 들어, 「달아 달아 밝은 달아」에는 이해하기 힘든 '이순신 압송 장면'이 삽입된다. 심청은 이순신 장군이 압송되는 장면을 구경하다 보따리를 잃어버리는데, 전후 맥락에서 이순신 압송 장면은 이야기 진행에 거의 불필요한 요소이다. 그럼에도 불구하고 이 장면이 삽입된 이유는 무엇일까.

심청   이장군이 누구예요?
아낙네   아니 이장군이 누구라니, 바다 건너온 도적들을 쳐서 이긴 분이시지 누군 누구야
심청   바다 건너온 도적들을
아낙네   그럼

>   **심청**   그런데 왜?
>   저렇게 잡혀가요?
>   **아낙네** 그러니까 잡혀가는 게지
>   **심청**   네, 왜요?
>   **아낙네** ……? (p.397)

이 장면에서 아낙네가 보인 반응도, 작가가 이 장면을 삽입한 이유도 분명하지 않다. 다만 우리는 이 장면을 통해 세상에 억울한 일이 있을 수 있다는 것 정도만 감지할 수 있을 뿐이다. 그리고 심청과 이순신 사이의, 멀지만, 가능한 유추적 관계를 상상하게 된다. 작가는 작품 곳곳에 수수께끼 같은 질문을 던지고 침묵한다. 우리는 그 수수께끼 풀이를 통해 최인훈의 희곡에서 아직 무대화되지 않은 여러 개의 그림을 상상해볼 수 있다. 우리는 문둥이가 된 가족들이 탈을 쓰고 짐승들과 대동이 되어 살아가는 「봄이 오면 산에 들에」의 마지막 장면, 용마를 타고 하늘로 올라가는 애기와 부모의 모습을 담은 「옛날 옛적에 훠어이 훠이」의 마지막 장면, 「둥둥 낙랑둥」의 혼란스럽고 어지러운 피의 난장 장면들 외에도 아직 그림이 그려지지 않은, 무대화되지 않은 장면들을 희곡에서 찾아내야 한다. 이것이 바로 희곡 읽기의 즐거움일 것이다.

자주 언급되지 않는 두 편의 소품도 언급하기로 한다. 「첫째야 자장자장 둘째야 자장자장」은 두 아이를 재우기 위한 엄마의 자장가여야 마땅하다. 그러나 '해와 달이 된 오누이'를 변용한 이 희곡은 엄마가 호랑이한테 잡아먹히고, 아이들은 하늘로 올라가 해와

달이 되고, 호랑이는 썩은 밧줄을 타고 오르다 떨어져 죽는다는 원래의 설화에서 호랑이를 삭제하고, 엄마가 호랑이 역할을 겸하는 잔혹과 공포와 악몽의 드라마로 대체되었다. 상당 부분이 엄마의 가위눌림으로 처리되어 있지만, 이 희곡에 등장하는 여성으로서의 엄마는 파괴의 신 시바가 사랑과 보존의 신 비시누와 공존하는 힌두 신화 속의 여성상을 연상시킨다. 워낙 소품이어서 공연 가능성은 적어 보이지만, 한 인물에 공존할 수 있는 분열된 성격을 담고 있어서 최인훈 희곡의 한 특징을 잘 보여주는 작품이다. 자아는 이드와 초자아의 치열한 대결의 장일 뿐이라는 프로이트적 명제가 언뜻 빛나는 이 작품은 인간은 통일된 인격일 수 없다는 것, 초자아와 이드의 공격에 시달리는 가련한 존재일 뿐이라는 생각을 던진다. 힌두 신화에서 사랑과 파괴가 양립하듯, 한 어머니에게도 호랑이와 어머니의 모습이 공존할 수 있다는 이러한 악몽이 그저 꿈만은 아니며, 우리 현실에 적용되는 어떤 법칙일 수도 있다는 점을 넌지시 드러낸 이 작품은 인물에 대한 확정적인 해석을 피하고자 하는 작가의 의도를 잘 반영하고 있다.

「한스와 그레텔」은 '헨젤과 그레텔' 이야기의 변용이다. 원래 이야기에서 가난을 두려워한 계모는 헨젤과 그레텔을 숲 속에 버리라고 종용하고 마침내 두 아이는 길을 잃고 마녀의 희생이 될 위기에 처한다. 작가는 헨젤과 그레텔을 히틀러 총통의 비서 한스와 그의 아내 그레텔로 바꾸고, 설화에 담긴 계모의 기아棄兒 행위와 마녀의 식인 행위를 6백만 유대인 학살의 참사로 바꾼다. 길을 잃은 헨젤과 그레텔은 그들의 지혜로 무시무시한 숲의 공포에서 빠져나오지만, 유대인 학살의 책임에 대한 비밀을 알고 있는 한스 보르헤르트는 30년 동안 감옥에 유폐되어 있다. 고립된 진실을 밝히고자 하는 한스와 아내의 품으로 돌아가 인간적인 삶을 살고자 하는 한스 사이의 갈등에서 한스는 마침내 자신을 유폐시킨 적들의 제안을 받아들이고 그레텔에게로 돌아간다. 30년 동안 지켜온 진실을 마침내 포기하는 한스의 결정에서 우리는 역사적 진실보다 한 개인의 삶이 더 무거울 수도 있다는 침통한 결론을 보게 된다. 한스의 결정은 패배적이고 충격적이지만, 작가는 한스의 결정을 침통하게 수용하는 듯하다. 이러한 작가의 생각은 말년의 프로이트가 도달한 결론, 원래 인간은 무엇인가에 휘둘리는 가련한 존재일 뿐이라는 생각과 맞닿아 있는 듯하다. 인간은 불완전하고 가련한 존재라는 것, 그러나 그 상처를 가지고 살아가야 한다는 것이야말로 희곡 작가 최인훈이 그려내고자 한 인간의 모습인 것. 우리가 이들 인간형을 지켜보는 것은 끝까지 고통스럽다.

〔2009〕

■ 수록 도판 목록

어디서 무엇이 되어 만나랴   강서대묘, 현무.
옛날 옛적에 훠어이 훠이   김시, 「동자견려도」, 16세기 후반.
봄이 오면 산에 들에   작자 미상, 「십장생도」, 조선 20세기 말기.
둥둥 낙랑둥   우현리 삼묘의 장식.
달아 달아 밝은 달아   김두양, 「월야산수도」, 1744.
첫째야 자장자장 둘째야 자장자장   작자 미상, 「까치호랑이」, 조선 후기.
한스와 그레텔   자코메티, 「아침 4시의 궁전」, 1932.